Diogenes Taschenbuch 22616

de
te
be

Guy de Maupassant

Das Glück

und andere Erzählungen

Aus dem Französischen von Walter Widmer

Diogenes

Der vorliegende Band wurde 1983
unter dem Titel ›Mein Freund Patience‹
im Diogenes Verlag veröffentlicht
Umschlagillustration:
Henri de Toulouse-Lautrec, ›Confetti‹
1894 (Ausschnitt)

30/93/36/1
ISBN 3 257 22616 0

Inhalt

ROSE

Es sieht aus, als wären die beiden jungen Frauen unter einer dichten Blumendecke begraben. Sie sitzen allein in dem großen Landauer, der wie ein Riesenkorb mit Blumen vollgeladen ist. Auf dem Vordersitz stehen zwei weißseidene Körbchen voller Veilchen aus Nizza, und auf dem Bärenfell, das über ihre Knie gebreitet ist, liegen ganze Haufen von Rosen, Mimosen, Levkojen, Margeriten, Tuberosen und Orangeblüten, mit schmalen Seidenbändern zusammengebunden, daß es aussieht, als würden die beiden zarten Frauen erdrückt. Aus dem bunten, duftenden Bett ragen nur Schulter und Arme und ein Stück des Oberleibs hervor, blau bei der einen und lila bei der andern.

Die Peitsche des Kutschers ist mit Anemonen umwunden, die Zugstränge der Pferde sind mit Goldlack besteckt, die Radspeichen mit Reseda verkleidet, und statt der Laternen leuchten zwei riesige runde Blumensträuße wie die beiden seltsamen Augen dieses rollenden, blütenüberwachsenen Tieres.

Der Landauer fährt in raschem Trab durch die Straße, die Rue d'Antibes; voraus, hintennach und links und rechts von ihm fahren andere mit Girlanden geschmückte Wagen voll Frauen, die unter einer Flut von Veilchen verschwinden. Denn man feiert das Blumenfest von Cannes.

Nun gelangt der Wagen zum Boulevard de la Foncière, wo die Blumenschlacht stattfindet. In der ganzen Länge der endlosen Avenue wogt eine doppelte Reihe blumenbekränzter Kutschen hin und her wie ein Band, das kein Ende hat. Von einer Seite dieser langen Wagenreihe zur andern wirft man sich Blumen zu. Sie fliegen wie Bälle durch die Luft, treffen die jugendfrischen Gesichter, überschlagen sich und fallen in den Staub, wo ein ganzes Heer von Straßenjungen sie aufliest.

Eine dichtgedrängte Menge steht Kopf an Kopf längs der Trottoirs und schaut lärmend oder auch ruhig zu. Berittene Gendarmen halten sie zusammen; sie reiten rücksichtslos dicht an den Leuten entlang und treiben die schaulustigen Fußgänger zurück, als wollten sie dem gemeinen Volk nicht erlauben, sich unter die Reichen zu mischen.

Die Herrschaften in den Kutschen rufen einander zu, erkennen sich und bewerfen sich mit Rosen. Ein Wagen, voll mit hübschen Frauen, die rot wie Teufel gekleidet sind, zieht alle Blicke auf sich und bezaubert die Zuschauer. Ein Herr, der aussieht wie ein lebendig gewordenes Bildnis Heinrichs IV., schleudert mit übermütigem Eifer ein riesiges Bukett, das an einem Gummiband befestigt ist. Vor dem drohenden Wurf halten die Damen die Hände vor die Augen, die Männer ducken sich, doch das graziöse Wurfgeschoß beschreibt rasch und gelehrig einen Bogen und kehrt zu seinem Herrn zurück, der es alsbald einem neuen Opfer zuwirft.

Die beiden jungen Frauen verschießen mit vollen Händen ihren Vorrat an Sträußchen, bis nichts mehr da ist, und erhalten dafür einen Hagel von Blumen. So dauert die Schlacht gut eine Stunde; dann werden sie ein bißchen müde und befehlen dem Kutscher, die Landstraße zum Golfe Juan einzuschlagen, die am Meer entlangführt.

Die Sonne verschwindet hinter dem Esterel und zeichnet auf feuerrotem Himmel tiefschwarz die gezackte Silhouette des langgestreckten Gebirges ab. Das ruhige Meer dehnt sich blau und klar bis zum Horizont hin, wo es sich mit dem Himmel vermischt, und das Geschwader, das mitten im Golf vor Anker liegt, sieht aus wie eine Herde unförmiger Tiere, die regungslos auf dem Wasser schwimmen wie gepanzerte, höckerige apokalyptische Gebilde, mit Masten, zerbrechlich wie Federn, besteckt und mit Augen, die aufleuchten, wenn die Nacht hereinbricht.

Die jungen Frauen, wohlig unter der schweren Pelzdecke ausgestreckt, schauen matt und unbeteiligt darauf hinab. Endlich sagt die eine:

„Welch köstliche Abende es doch gibt! Alles scheint dann gut. Findest du nicht auch, Margot?"

„Ja, alles ist gut", erwiderte die andere. „Aber etwas fehlt immer."

„Was denn? Ich fühle mich ganz glücklich. Mir fehlt nichts."

„Doch. Du denkst bloß nicht daran. Wie groß auch das Wohlgefühl sein mag, das unseren Körper empfindungslos macht, wir sehnen uns doch stets nach etwas, das uns abgeht... etwas für das Herz."

Und die andere fragte lächelnd: „Ein bißchen Liebe?"

„Ja."

Sie schwiegen beide wieder und schauten vor sich hin; dann murmelte die eine, die Marguerite hieß:

„Das Leben scheint mir ohne das unerträglich. Ich brauche Liebe, wäre es auch nur die Liebe eines Hundes. Übrigens sind wir Frauen alle so, was du auch sagen magst, Simone."

„Nein, nein, meine Liebe. Ich will lieber gar nicht geliebt werden, als von irgendwem. Glaubst du, es wäre mir angenehm, zum Beispiel geliebt zu werden... von... von..."

Sie dachte nach, wer sie wohl lieben könnte, und ihre Blicke schweiften über die weite Landschaft hin. Als ihre Augen den ganzen Horizont ringsum abgesucht hatten, fielen sie auf die beiden blitzenden Metallknöpfe am Rücken des Kutschers, und sie fuhr lachend fort: „Von meinem Kutscher."

Madame Margot lächelte kaum und sagte leise:

„Ich versichere dir, es ist sehr spaßig, von einem Bedienten geliebt zu werden. Das ist mir zwei- oder dreimal passiert. Sie rollen dann so komisch die Augen, daß man vor Lachen fast umkommt. Natürlich zeigt man sich um so strenger, je verliebter sie sind, dann setzt man sie eines Tages unter dem erstbesten Vorwand vor die Tür, weil man ja lächerlich würde, wenn es jemandem auffallen sollte."

Madame Simone blickte starr vor sich hin und hörte ihr wortlos zu, dann erklärte sie:

„Nein, entschieden, am Herzen meines Dieners fände ich keine Genüge. Erzähl mir doch, wieso du darauf gekommen bist, daß sie dich liebten."

„Das merkte ich wie bei den anderen Männern: wenn sie blöde wurden."

„Mir kommen die andern nicht so dumm vor, wenn sie mich lieben."

„Völlig verblödet, meine Liebe, außerstande, ein Gespräch zu führen, vernünftig zu antworten, überhaupt etwas zu begreifen."

„Und wie war denn dir dabei zumute, wenn dich ein Diener liebte? Wie warst du?... Erregt? Geschmeichelt?"

„Erregt – nein. Geschmeichelt – ja, ein wenig. Die Liebe eines Mannes, er sei, wer er wolle, schmeichelt uns ja immer."

„O Margot, hör doch auf!"

„Doch, meine Liebe. Paß auf, ich will dir ein seltsames Erlebnis erzählen, das ich einmal hatte. Du wirst sehen, wie sonderbare und verworrene Vorgänge sich bei solchen Gelegenheiten in unserem Innern abspielen.

Es wird im Herbst vier Jahre her sein, da war ich einmal ohne Kammerzofe. Ich hatte nacheinander fünf oder sechs Mädchen versuchsweise eingestellt, aber sie taugten alle nichts, und ich hatte schon jede Hoffnung aufgegeben, eine geeignete Zofe zu finden, da las ich im Anzeigenteil einer Zeitung, daß ein Mädchen, das nähen, sticken und frisieren könne, eine Stelle suche und die besten Zeugnisse beibringen könne. Zudem spreche sie Englisch.

Ich schrieb an die angegebene Adresse, und tags darauf stellte sich die fragliche Person vor. Sie war ziemlich groß, schlank, ein bißchen blaß und wirkte recht schüchtern. Sie hatte schöne dunkle Augen, eine entzückende Haut; sie gefiel mir auf den ersten Blick. Ich verlangte ihre Zeugnisse zu sehen. Sie gab mir ein englisch abgefaßtes; wie sie sagte, hatte sie bis dahin im Hause der Lady Rymwell gedient, wo sie zehn Jahre geblieben sei.

In dem Zeugnis wurde bescheinigt, daß das Mädchen aus eigenem Entschluß fortgegangen sei; sie habe nach Frankreich zurückkehren wollen, und man habe ihr, von ein wenig *französischer Koketterie* abgesehen, im Lauf ihrer langjährigen Dienstzeit nichts vorzuwerfen gehabt.

Die schamhafte Wendung des englischen Satzes nötigte mir sogar ein leises Lächeln ab, und ich stellte die Kammerzofe ohne weiteres ein.

Rose – so hieß sie – trat noch am selben Tag ihren Dienst bei mir an.

Nach einem Monat betete ich sie an.

Sie war ein Glücksfall, ein Fund, eine Perle, ein Phänomen.

Sie verstand es meisterhaft und mit größtem Geschmack, mein Haar zurechtzumachen; sie richtete die Spitzen an einem Hut geschickter zu als die besten Modistinnen, ja, sie konnte sogar Kleider schneidern.

Ich war verblüfft über ihre Fähigkeiten. Noch nie war ich so gut bedient worden.

Sie kleidete mich mit erstaunlich leichter Hand an. Nie spürte ich ihre Finger auf meiner Haut, und doch ist mir nichts so widerwärtig wie die Berührung durch die Hand einer Zofe. Bald ergab ich mich einem genießerischen Faulenzen und gewöhnte mir an, mich mit größtem Wohlbehagen von diesem großen, schüchternen Mädchen von Kopf bis zu den Füßen, vom Hemd bis zu den Handschuhen ankleiden zu lassen. Sie errötete leicht und sprach nie ein Wort. Wenn ich aus dem Bad stieg, rieb sie mich trocken und massierte mich, während ich ein wenig auf meinem Diwan schlummerte. Ich sah in ihr wahrhaftig eher eine aus geringeren Verhältnissen stammende Freundin als eine gewöhnliche Zofe.

Eines Morgens aber wünschte mich der Concierge, der sehr geheimnisvoll tat, zu sprechen. Ich war ganz überrascht und ließ ihn hereinkommen. Er war ein verläßlicher Mann, ein alter Soldat, die frühere Ordonnanz meines Mannes.

Er war sichtlich verlegen über das, was er zu bestellen hatte. Endlich stammelte er:

‚Madame, unten ist der Polizeikommissar des Viertels.'

Ich fragte unwirsch:

‚Was will er denn?'

‚Er will eine Haussuchung vornehmen.'

Gewiß, die Polizei ist zu vielem nütze, aber ich kann sie nicht ausstehen. Ich finde, das ist kein anständiger Beruf. So gab ich gereizt und auch gekränkt zur Antwort:

‚Wozu diese Haussuchung? Aus welchem Grund? Ich lasse ihn nicht herein.'

Der Concierge erwiderte:

‚Er behauptet, im Haus sei ein Verbrecher versteckt.'

Jetzt bekam ich doch Angst und befahl, den Polizeikommissar zu mir hereinzuführen. Er sollte mir nähere Auskunft geben. Er war ein recht gut erzogener Mann; im Knopfloch trug er das Bändchen der Ehrenlegion. Er entschuldigte sich, bat um Verzeihung und bestätigte mir dann, ich hätte unter meiner Dienerschaft einen Zuchthäusler.

Ich war empört und antwortete ihm, ich stehe für die ganze Dienerschaft im Haus ein, und zählte sie ihm auf.

‚Der Concierge, Pierre Courtin, ein ehemaliger Soldat.'

‚Der ist es nicht.'

‚Der Kutscher François Pingau, ein Bauer aus der Champagne, Sohn eines Pächters meines Vaters.'

‚Der ist es nicht.'

‚Ein Stallknecht, ebenfalls aus der Champagne, auch Sohn von Bauern, die ich gut kenne, dazu ein Diener, den Sie eben gesehen haben.'

‚Auch der ist es nicht.'

‚Nun, mein Herr, Sie sehen, daß Sie sich täuschen.'

‚Verzeihung, Madame, ich bin sicher, daß ich mich nicht täusche. Da es sich um einen gefährlichen Verbrecher handelt, wollen Sie die Güte haben, hier vor Ihnen und mir Ihre gesamte Dienerschaft antreten zu lassen.'

Erst wollte ich nicht, dann gab ich nach und ließ alle meine Dienstboten, Männer und Frauen, heraufkommen.

Der Polizeikommissar warf einen prüfenden Blick über sie hin und erklärte dann:

‚Das sind nicht alle.'

‚Pardon, mein Herr, es ist nur noch meine Zofe da, ein junges Mädchen, das Sie doch wohl nicht mit einem Sträfling verwechseln können.'

Da fragte er: ‚Kann ich sie ebenfalls sehen?'

‚Natürlich.'

Ich klingelte nach Rose, und sie erschien sogleich. Kaum war sie eingetreten, winkte der Kommissar, und zwei Männer, die ungesehen hinter der Tür versteckt gestanden hatten, warfen sich auf sie, packten sie an den Händen und fesselten sie mit Stricken.

Ich stieß einen Wutschrei aus, wollte eingreifen und sie verteidigen, die Beamten hinausdrängen. Doch der Kommissar gebot mir Einhalt.

‚Madame, dieses Mädchen ist ein Mann und heißt Jean-Nicolas Lecapet, er wurde 1879 wegen Notzucht und Mordes zum Tode verurteilt. Seine Strafe wurde in lebenslängliches Zuchthaus umgewandelt. Vor vier Monaten ist er ausgebrochen. Seither suchen wir ihn.'

Ich war vor Angst halb von Sinnen, starr vor Entsetzen. Ich konnte es nicht glauben. Der Kommissar sagte lachend:

‚Ich kann Ihnen nur einen Beweis geben: Er ist am rechten Arm tätowiert.'

Man streifte seinen Ärmel hoch. Es war so. Dann setzte der Mann von der Polizei reichlich geschmacklos hinzu:

‚Die übrigen Feststellungen können Sie ruhig uns überlassen.'

Dann führte man meine Zofe ab!

Und nun, ob du mir's glaubst oder nicht, was mir vor allem zu schaffen gab, war nicht etwa der Zorn darüber, daß ich so hinters Licht geführt, getäuscht und lächerlich gemacht worden war, auch nicht Scham, weil ich auf diese Art von einem Mann an- und ausgekleidet, berührt und betastet worden war... sondern eine... tiefe Demütigung... eine Demütigung als Frau. Verstehst du, was ich meine?"

„Nein, nicht recht."

„Nicht? Aber so überleg doch nur einmal... Er war verurteilt... wegen Notzucht... dieser Bursche ... nun ja, ich dachte... an die Frau, die er vergewaltigt hatte... und das... das demütigte mich... Das war's ... begreifst du jetzt?"

Madame Simone antwortete nicht. Sie sah geradeaus vor sich hin, mit einem eigentümlich starren Blick auf die beiden blitzenden Knöpfe der Livree, mit einem sphinxhaften Lächeln, wie es Frauen zuweilen haben.

DER VATER

Da er in Batignolles wohnte, aber im Unterrichtsministerium angestellt war, nahm er jeden Morgen den Omnibus und fuhr in sein Büro. Und Morgen für Morgen saß er auf der Fahrt bis in die Stadtmitte einem jungen Mädchen gegenüber, in das er sich denn auch verliebte.

Sie fuhr täglich um dieselbe Zeit zu ihrer Arbeit im Geschäft. Es war eine kleine Brünette, eine jener Braunhaarigen, deren Augen so schwarz sind, daß sie wie Flecken wirken, und deren Haut wie Elfenbein schimmert. Stets sah er sie an der gleichen Straßenecke auftauchen; dann begann sie zu laufen, um das schwerfällige Fahrzeug noch einzuholen. Sie rannte flink und doch anmutig hinterher, behende und graziös sprang sie auf das Trittbrett, bevor noch die Pferde stillstanden. Dann ging sie etwas außer Atem ins Wageninnere und warf, sobald sie saß, einen Blick ringsum.

Als François Tessier sie zum erstenmal sah, fühlte er, daß ihm diese Frau unendlich gefiel. Man begegnet ja mitunter Frauen, die man am liebsten sofort, ohne sie zu kennen, in glühender Leidenschaft in seine Arme schließen möchte. Dieses Mädchen entsprach seinen innersten Sehnsüchten, seinen heimlichsten Erwartungen, dem Liebesideal, das man unbewußt tief in seinem Herzen trägt.

Er starrte sie beharrlich an, ohne es zu wollen. Dieses Anstarren war ihr peinlich, und sie errötete. Das merkte er und wollte die Augen abwenden; aber alle Augenblicke schaute er wieder zu ihr hinüber, obschon er sich die größte Mühe gab, anderswohin zu blicken.

Nach wenigen Tagen kannten sie sich, ohne je miteinander gesprochen zu haben. Er überließ ihr seinen Platz, wenn der Wagen besetzt war, und stieg auf das Verdeck, obgleich es ihm fast das Herz abdrückte. Sie begrüßte ihn jetzt mit einem leisen Lächeln; und wenn sie auch immer noch unter seinem Blick, der für ihr Gefühl zu zudringlich war, die Augen niederschlug, war es ihr anscheinend nicht mehr unangenehm, daß er sie so betrachtete.

Schließlich kamen sie ins Gespräch. Eine Art rasch vergehende Intimität kam zwischen ihnen auf, eine enge Freundschaft, die jeden Tag für eine halbe Stunde bestand. Für ihn war das sicherlich die schönste halbe Stunde seines Lebens. Die ganze übrige Zeit dachte er an sie, er sah sie unaufhörlich während der langen Bürostunden vor sich; es war wie eine quälende Besessenheit, er wurde das schwimmende, hartnäckig wiederkehrende Bild nicht los, das ein geliebtes Frauengesicht in uns zurückläßt. Ihm schien, dieses Persönchen ganz zu besitzen müßte für ihn ein tolles Glück sein, mehr, als einem Menschen beschieden sein konnte.

Jeden Morgen gab sie ihm jetzt die Hand, und er spürte bis zum Abend noch diese Berührung, bewahrte in seinem Fleisch den schwachen Druck der kleinen Finger, und es war ihm, als trüge er sie auf seiner Haut eingeprägt mit sich.

Die ganze übrige Zeit bangte er dieser kurzen Omnibusfahrt entgegen, und die Sonntage waren ihm eine schmerzliche Qual.

Auch sie liebte ihn ohne Zweifel, denn an einem Samstag im Frühling nahm sie seine Einladung zum Mittagessen am nächsten Tag in Maisons-Laffitte an.

Sie war zuerst auf dem Bahnhof und wartete auf ihn. Er war überrascht; aber sie sagte:

„Bevor wir fahren, muß ich mit Ihnen sprechen. Wir haben zwanzig Minuten Zeit; das ist mehr, als wir brauchen.“

Sie lehnte sich zitternd an seinen Arm, mit niedergeschlagenen Augen und bleichen Wangen. Dann sprach sie weiter:

„Sie dürfen sich kein falsches Bild von mir machen. Ich bin ein anständiges Mädchen, und ich fahre nur mit Ihnen dorthin, wenn Sie mir versprechen, wenn Sie mir schwören, nichts... nichts zu tun... was... was nicht... schicklich ist..."

Sie war mit einmal feuerrot geworden und schwieg. Er wußte nicht, was er antworten sollte, und war glücklich und enttäuscht in einem. Im Grunde seines Herzens war es ihm vielleicht lieber, daß es so war; und doch... und doch hatte er sich die ganze letzte Nacht von Träumen einwiegen lassen, die ihm das Blut in den Adern zur Siedeglut erhitzten. Gewiß würde er sie weniger liebhaben, wenn er wüßte, daß sie ein leichtlebiges Ding sei; aber dann wäre es so zauberhaft, so köstlich für ihn! Und alle egoistischen Berechnungen, wie sie Männer in Liebesdingen anzustellen pflegen, gingen ihm im Kopf herum.

Da er nichts sagte, sprach sie mit vor Erregung bebender Stimme weiter. Tränen standen in ihren Augen.

„Wenn Sie mir nicht versprechen, mir in gar nichts zu nahe zu treten, gehe ich wieder nach Hause."

Er drückte zärtlich ihren Arm und erwiderte:

„Ich verspreche es. Sie sollen nur tun, was Sie gern wollen."

Sie war sichtlich erleichtert und fragte lächelnd: „Ist das wirklich wahr?"

Er blickte ihr tief in die Augen.

„Ich schwöre es Ihnen!"

„Holen wir die Fahrkarten", sagte sie.

Unterwegs konnten sie nicht viel miteinander sprechen; der Wagen war voll besetzt.

Als sie in Maisons-Laffitte anlangten, gingen sie zur Seine hinab.

Die laue Luft machte Leib und Seele schlaff. Die Sonne schien senkrecht auf den Fluß, auf Laub und Gras, und das flimmernde Glitzerlicht stimmte Körper und Geist heiter. Sie wanderten Hand in Hand die Uferböschung entlang und schauten den kleinen Fischen zu, die in ganzen Schwärmen im Wasser umherschwammen. Trunken vor Seligkeit gingen sie dahin, als trügen sie Flügel über die Erde hinweg, in namenlosem Glück.

Endlich sagte sie: „Sie müssen mich wohl für recht närrisch halten.“

„Warum denn?“ fragte er.

„Ist es nicht töricht, daß ich so ganz allein mit Ihnen gekommen bin?“ fuhr sie fort.

„Aber nein! Das ist doch ganz natürlich.“

„Nein, nein, das ist nicht so selbstverständlich – für mich jedenfalls –, weil ich nicht straucheln will – und so gerät man doch auf Abwege. Doch wenn Sie wüßten: Es ist so traurig, jeden Tag das gleiche, Tag für Tag, den ganzen Monat lang, und Monat um Monat, das ganze Jahr. Ich lebe ganz allein mit Mama. Sie hat viel Kummer durchgemacht und ist darum nicht gerade lustig. Ich helfe mir, so gut ich kann. Ich gebe mir Mühe, trotzdem zu lachen, aber ich bringe es nicht immer fertig. Einerlei, es war nicht recht, daß ich mitgekommen bin. Sie sind mir doch nicht böse deswegen?“

Statt einer Antwort küßte er sie rasch aufs Ohr. Doch sie machte sich mit einer schroffen Bewegung von ihm los und schalt, in einem plötzlichen Zornesausbruch:

„Oh, Herr François! Sie haben mir doch hoch und heilig versprochen...“

Sie kamen nach Maisons-Laffitte zurück.

Im *Kleinen Hafen*, einem niedrigen Haus, das am Rand des Wassers unter vier mächtigen Pappeln begraben stand, kehrten sie zum Mittagessen ein.

Die frische Luft, die Hitze, der billige Weißwein und das verwirrende Gefühl, so nahe beisammen zu sein, trieben ihnen das Blut in die Wangen, machten sie beklommen und schweigsam.

Doch nach dem Kaffee durchströmte sie eine jähe

Freude. Sie spazierten zum jenseitigen Ufer der Seine und den Fluß entlang zum Dorf La Frette.

Unvermittelt fragte er: „Wie heißen Sie?"

„Louise."

Er wiederholte: „Louise." Dann sagte er nichts mehr.

Der Fluß beschrieb einen weiten Bogen und bespülte in der Ferne eine Reihe weißer Häuser, die sich mit den Dächern nach unten im Wasser spiegelten. Das junge Mädchen pflückte Margeriten und band einen großen Strauß Feldblumen. Er sang aus vollem Halse, berauscht wie ein Fohlen, das man eben auf die Weide gelassen hat.

Zu ihrer Linken zog sich ein Hügel, mit Weinstöcken bepflanzt, am Fluß entlang hin. Doch auf einmal blieb François stehen und verharrte vor Staunen regungslos.

„Oh, sehen sie nur!" sagte er.

Die Weinberge hatten aufgehört, und jetzt war der ganze Hügel mit blühendem Flieder bedeckt. Es war ein violett leuchtender Wald, eine Art mächtiger Teppich, der über die Erde ausgebreitet war und bis zu dem Dorf reichte, das weiter unten, zwei oder drei Kilometer entfernt, lag.

Auch sie blieb ergriffen, tief bewegt stehen.

„Oh, wie hübsch das ist!" flüsterte sie.

Sie gingen querfeldein und liefen auf diesen seltsamen Hügel zu. Dorther bezieht man jedes Jahr sämtlichen Flieder, den die Straßenhändlerinnen in ihren kleinen Karren in ganz Paris feilbieten.

Ein schmaler Pfad verlor sich unter den Sträuchern. Sie schlugen ihn ein, und als sie auf eine kleine Lichtung kamen, setzten sie sich hin.

Schwärme von Fliegen summten zu ihren Häupten und erfüllten die Luft mit leisem, unausgesetztem Brummen. Die Sonne, die sengende Sonne eines wolkenlosen, windstillen Tages brannte auf den langgestreckten erblühten Hügel nieder, und ein sinnebetäubender Wohlgeruch, ein überwältigender Schwall von Düften, den die Blüten ausschwitzten, entströmte diesem blühenden Hain.

Fernher läutete eine Kirchenglocke.

Ganz sachte und behutsam umarmten sie sich, umschlangen einander dann, im Gras ausgestreckt, mit leidenschaftlicher Gier, ohne außer ihrem Kuß etwas in ihr Bewußtsein aufzunehmen. Sie hatte die Augen geschlossen und hielt ihn mit beiden Armen umfaßt, sie drückte ihn wie von Sinnen an sich, ohne etwas zu denken, ohne zu überlegen, von Kopf bis Fuß in leidenschaftlicher Erwartung hingeflossen. Und sie gab sich rückhaltlos hin, ohne zu wissen, was sie tat, ja ohne zu erfassen, daß sie sich ihm hingegeben hatte.

Als sie wieder zu sich kam, war sie ganz verstört und tief unglücklich. Sie brach in Tränen aus, sie stöhnte und schluchzte vor Herzeleid und barg ihr Gesicht in den Händen.

Er versuchte sie zu trösten. Aber sie wollte wegfahren, heimgehen, sofort nach Hause zurück. Sie ging mit weiten Schritten voraus und wiederholte in einem fort: „Mein Gott! Mein Gott!“

Er sprach ihr zu: „Louise! Louise! Ich bitte Sie, bleiben wir noch hier!“

Jetzt hatte sie glutrote Wangen, und ihre Augen lagen tief in ihren Höhlen. Sobald sie in Paris auf dem Bahnhof waren, verließ sie ihn, ohne ihm erst Lebewohl zu sagen.

Als er ihr am nächsten Morgen im Omnibus wieder begegnete, schien sie ihm verändert, magerer geworden. Sie sagte: „Ich muß mit Ihnen sprechen. Wir steigen auf dem Boulevard aus.“

Sowie sie allein auf dem Trottoir waren, sagte sie: „Wir müssen Abschied nehmen. Nach allem, was geschehen ist, kann ich Sie nicht wiedersehen.“

„Aber warum denn?“ stammelte er.

„Weil ich nicht kann. Ich habe mich sträflich vergangen, und ich will es nicht wieder tun."

Da bat und flehte er, von Verlangen gefoltert, halb wahnsinnig vor Begehren, sie ganz zu besitzen, ihre unbedingte Hingabe in heißen Liebesnächten zu erleben.

Sie antwortete beharrlich immer nur: „Nein, ich kann nicht. Nein, ich kann nicht."

Doch er ereiferte sich, steigerte sich immer mehr in sein Verlangen hinein. Er versprach, sie zu heiraten. Sie sagte wieder: „Nein."

Dann ließ sie ihn stehen.

Acht Tage lang bekam er sie nicht zu Gesicht. Er konnte sie nirgends treffen, und da er ihre Adresse nicht wußte, glaubte er, sie für immer verloren zu haben.

Am neunten Tag läutete es abends bei ihm. Er öffnete. Sie war es. Sie warf sich in seine Arme und widerstand ihm nicht länger.

Ein Vierteljahr lang war sie seine Geliebte. Schon begann er, ihrer überdrüssig zu werden, da gestand sie ihm, sie sei schwanger. Nun hatte er nur noch einen Gedanken: um jeden Preis mit ihr zu brechen.

Da er das nicht fertigbrachte – er wußte nicht, wie er es anfangen, wußte nicht, was er sagen sollte, so verstört war er vor Sorgen, vor Angst wegen dieses Kindes, das da im Werden war –, faßte er einen verzweifelten Entschluß. Eines Nachts zog er aus und verschwand.

Der Schlag war so hart für sie, daß sie den Mann, der sie so gemein hatte sitzenlassen, nicht aufzustören suchte. Sie fiel ihrer Mutter zu Füßen und gestand ihr alles, ihr Unglück und ihre Schande. Und wenige Monate später kam sie mit einem Knaben nieder.

Jahre vergingen. François Tessier wurde älter und älter, ohne daß sich in seinem Leben etwas änderte.

Er führte das eintönige und freudlose Dasein eines Kanzleimenschen, ohne Hoffnung und ohne Erwartung. Tag für Tag stand er zur selben Stunde auf, ging durch die gleichen Straßen, schritt durch die gleiche Tür am gleichen Concierge vorbei, betrat dieselbe Amtsstube, setzte sich auf denselben Stuhl und tat stur dieselbe Arbeit. Er war allein auf der Welt, einsam tagsüber unter seinen gleichgültigen Kollegen, einsam nachts in seiner Junggesellenwohnung. Jeden Monat legte er hundert Franken für seine alten Tage auf die Seite.

Alle Sonntage machte er einen Spaziergang in die Champs-Elysées und schaute zu, wie die eleganten Leute, die Equipagen und die hübschen Frauen vorbeifuhren.

Am nächsten Morgen sagte er dann zu seinem Arbeitskollegen: „Die Rückfahrt vom Bois war gestern wieder einmal ein glänzender Anblick!“

Eines Sonntags nun war er zufällig durch ein paar andere Straßen als gewöhnlich gegangen und gelangte in den Parc Monceau. Es war im Sommer, an einem strahlenden Morgen.

Kindermädchen und Mütter saßen die Parkwege entlang und sahen zu, wie ihre Kinder vor ihnen spielten

Plötzlich aber schauerte François Tessier zusammen. Eine Frau ging vorbei; sie führte zwei Kinder an der Hand, einen kleinen, etwa zehnjährigen Knaben und ein kleines vierjähriges Mädchen. Sie war es!

Er machte noch etwa hundert Schritte und sank dann, vor Erregung nach Luft ringend, auf einen Stuhl. Sie hatte ihn nicht erkannt. Da ging er wieder zurück; er wollte sie noch einmal sehen. Sie hatte sich jetzt hingesetzt. Der Knabe stand sehr artig neben ihr, während das kleine Mädchen aus Sand kleine Kuchen formte. Sie war es, sie war es wirklich! Sie hatte etwas damenhaft Ernstes, trotz ihrem schlichten Kleid wirkte ihre Haltung selbstsicher und würdig.

Er beobachtete sie von weitem, denn er wagte nicht, näher zu gehen. Da blickte der kleine Knabe auf. François Tessier fühlte, wie er zu zittern begann. Kein Zweifel, es war sein Sohn. Er betrachtete ihn genau und glaubte sich selbst wiederzuerkennen, so, wie er auf einer Fotografie aus seiner Kinderzeit aussah.

Hinter einem Baum versteckt, wartete er, bis sie aufbrach, und ging ihr dann nach.

Die Nacht darauf fand er keinen Schlaf. Vor allem der Gedanke an das Kind ließ ihm keine Ruhe. Sein Sohn! Oh, wenn er hätte Gewißheit haben, wenn er ganz sicher hätte sein können! Doch was hätte er dann tun sollen?

Er hatte gesehen, wo sie zu Hause war, und erkundigte sich. So erfuhr er, daß ein Nachbar, ein redlicher, gesetzter Mann, dem sie in ihrer Bedrängnis leid tat, sie geheiratet hatte. Dieser Mann hatte um ihren Fehltritt gewußt und hatte ihn verziehen, ja, er hatte sogar das Kind anerkannt, sein, François Tessiers, Kind.

Nun kehrte er jeden Sonntag in den Parc Monceau zurück. Jeden Sonntag sah er sie, und jedesmal übermannte ihn ein wahnsinniges, unwiderstehliches Verlangen, seinen Sohn in die Arme zu nehmen, ihn mit Küssen zu bedecken, ihn mit sich zu nehmen, zu rauben.

Er litt entsetzlich in seiner Vereinsamung, der elenden Verlassenheit eines alten Hagestolzes, der keinen Freund, keinen nahestehenden Menschen auf der Welt hatte. Er litt Höllenqualen, hin- und hergerissen von seiner Vaterliebe, die mit Reue, Neid und Eifersucht gemischt war, und dem Bedürfnis, sein Kind liebzuhaben, dem Urtrieb, den die Natur in jedes Wesen gelegt hat.

Schließlich, nahm er sich vor, einen letzten, verzweifelten Versuch zu wagen, und er trat eines Tages, als sie in den Park kam, auf sie zu, pflanzte sich mitten auf dem Weg hin und sagte, aschfahl im Gesicht und mit bebenden Lippen:

„Sie erkennen mich nicht wieder?“

Sie blickte auf, sah ihn an, stieß einen Schreckensschrei aus, einen Schrei des Grauens, nahm dann ihre beiden Kinder an der Hand und lief davon. Die Kleinen zog sie hinter sich her.

Er ging nach Hause und weinte sich aus.

Wieder verstrichen Monate. Er sah sie nicht mehr. Aber er litt Tag und Nacht, gequält und verzehrt von seiner Vaterliebe.

Um seinen Sohn umarmen zu können, hätte er sein Leben hingegeben, er hätte getötet, hätte jede Arbeit verrichtet, allen Gefahren getrotzt, die verwegensten Dinge unternommen.

Er schrieb ihr, doch sie antwortete nicht. Nach zwanzig Briefen sah er ein, daß er nicht hoffen konnte, sie umzustimmen. Da faßte er einen verzweifelten Entschluß. Er war bereit, sich eine Revolverkugel ins Herz jagen zu lassen, wenn es sein mußte, und schrieb ihrem Mann ein kurzes Briefchen, nur wenige Worte:

Mein Herr,
mein Name muß Ihnen Grauen erwecken. Aber ich bin so elend, so von Kummer gepeinigt, daß ich nur noch von Ihnen Hilfe erhoffe.
Ich bitte Sie nur um eine Unterredung von zehn Minuten.
Ich habe die Ehre...

Anderntags erhielt er die Antwort:

Mein Herr,
ich erwarte Sie Dienstag um fünf Uhr.

Als François Tessier die Treppe emporstieg, mußte er auf jeder Stufe stehenbleiben, so heftig klopfte sein Herz. In seiner Brust hämmerte es wie rasend, dumpf und heftig wie der Galopp eines Tiers. Er atmete mühsam und mußte sich am Geländer festhalten, um nicht hinzufallen.

Im dritten Stock klingelte er. Ein Dienstmädchen öffnete. Er fragte: „Herr Flamel?"

„Sie sind hier recht, mein Herr. Treten Sie ein."

Er betrat einen gutbürgerlichen Salon. Hier wartete er allein, halb wahnsinnig vor Angst, als stünde ihm schreckliches Unheil bevor.

Eine Tür ging auf. Ein Mann erschien. Er war groß, ernst, etwas beleibt, im schwarzen Gehrock. Er wies auf einen Sessel.

François Tessier setzte sich, dann sagte er, mühsam nach Atem ringend:

„Mein Herr... ich weiß nicht, ob Ihnen mein Name bekannt ist... ob Sie wissen..."

Herr Flamel fiel ihm ins Wort:

„Unnötig, mein Herr, ich bin im Bild. Meine Frau hat mir von Ihnen erzählt."

Er sprach im würdevollen Tonfall eines an sich gutherzigen Menschen, der bewußt streng wirken will, und mit dem bürgerlichen Selbstbewußtsein eines Ehrenmannes.

François Tessier fuhr fort:

„Nun ja, mein Herr, es geht um folgendes: Ich halte es vor Kummer, vor Reue und Scham nicht mehr aus. Und ich möchte einmal, nur ein einziges Mal... das Kind... umarmen..."

Herr Flamel erhob sich, trat zum Kamin und klingelte. Das Dienstmädchen trat ein. Er sagte: „Holen Sie Louis."

Sie ging. Die beiden blieben stumm einander gegenüber sitzen und warteten; sie hatten sich nichts mehr zu sagen.

Plötzlich kam ein zehnjähriger Junge in den Salon hereingestürmt und lief zu seinem vermeintlichen Vater hin. Doch als er den Fremden erblickte, blieb er verwirrt stehen.

Herr Flamel küßte ihn auf die Stirn und sagte: „Jetzt gib dem Herrn einen Kuß, Liebling.“

Artig kam der Knabe, den Blick auf den unbekannten Mann gerichtet, heran.

François Tessier war aufgesprungen. Er ließ seinen Hut fallen, er war selber nahe am Umsinken. Er betrachtete seinen Sohn.

Herr Flamel hatte sich rücksichtsvoll abgewandt und schaute durchs Fenster auf die Straße.

Ganz verdutzt wartete das Kind. Es hob den Hut auf und reichte ihn dem fremden Mann. Da riß François den Kleinen in seine Arme und begann ihn wie wahnsinnig auf das ganze Gesicht zu küssen, auf Augen, Wangen, Mund und Haar.

Bestürzt über diesen Hagel von Küssen, suchte der Knabe ihnen auszuweichen; er wandte den Kopf ab und hielt mit seinen Händchen die gierigen Lippen des Mannes von sich ab.

Doch da stellte ihn François Tessier plötzlich wieder auf den Boden. Er schrie: „Leb wohl! Leb wohl!“ und floh wie ein Dieb.

DAS GESTÄNDNIS

Die Mittagssonne brennt wie ein weiter Regen auf die Felder hernieder. Sie dehnen sich sanft gewellt zwischen den Baumgruppen der Bauernhöfe aus, und die verschiedenen Ernten, der reife Roggen und das gilbende Korn, der hellgrüne Hafer, der dunkelgrüne Klee breiten einen großen gestreiften, bunten und sanften Mantel über den nackten Leib der Erde.

Weit hinten auf der Kuppe einer Anhöhe weidet, schön ausgerichtet wie Soldaten, eine endlose Reihe Kühe. Die einen liegen im Gras, manche stehen, sie blinzeln mit ihren großen Augen im grellen Licht, käuen wieder und weiden ein Kleefeld ab, das so groß wie ein See ist.

Zwei Frauen, Mutter und Tochter, gehen wiegenden Ganges eine hinter der andern auf einem schmalen Fußpfad, der sich durch die Getreidefelder hinzieht, zu dieser Kuhherde hinüber.

Jede trägt zwei Blecheimer, die durch einen Faßreifen von ihrem Körper ferngehalten werden, und bei jedem Schritt, den sie machen, blitzt das Metall grell und blendend in der Sonne auf, die darauf fällt.

Sie sprechen kein Wort. Sie sind unterwegs zum Melken. Bei den Kühen angelangt, stellen sie einen Kessel ab und treten zu den zwei ersten Tieren heran. Ein Fußtritt in die Rippen, und sie stehen auf. Die Kuh richtet sich langsam auf, zuerst auf die Vorderbeine, hebt dann mühsam ihr breites Hinterteil, das durch das mächtige, fleischfarbene baumelnde Euter noch schwerer erscheint.

Die beiden Malivoire, Mutter und Tochter, knien unter dem Bauch der Kuh und rupfen flink und kräftig an dem prallen Euter, und bei jedem Druck ihrer Finger schießt ein dünner Strahl Milch in den Eimer. Der gelbliche Schaum steigt bis zum Kesselrand, und so gehen die beiden Frauen von Tier zu Tier bis ans Ende der langen Reihe.

Sobald sie eine Kuh fertig gemolken haben, führen sie das Tier abseits und lassen es einen Fleck unabgeweideten Grüns abgrasen.

Dann machen sie sich auf den Heimweg. Sie gehen langsamer, schwerfälliger unter der Last der Milch, die Mutter voraus, die Tochter hinterdrein.

Plötzlich aber bleibt diese stehen, stellt ihre Last zu Boden, setzt sich hin und beginnt zu weinen.

Wie die Mutter Malivoire ihre Schritte nicht mehr hinter sich hört, dreht sie sich um und bleibt verwundert ebenfalls stehen.

„Was hast du denn?“ fragt sie.

Céleste, die Tochter, ein großes rothaariges Ding mit sonneverbranntem Haar und gebräunten Wangen voller Laubflecken, als wären ihr eines Tages bei der Arbeit in der Sonnenglut feurige Tropfen darauf gefallen, ächzte leise wie ein Kind, das geschlagen wird:

„Ich kann meine Milch nicht weitertragen.“

Die Mutter maß sie argwöhnisch. Dann fragte sie abermals: „Was hast du?“

Céleste lag zusammengebrochen zwischen ihren Eimern, verhüllte ihr Gesicht mit der Schürze und jammerte:

„Es tut mir zu weh. Ich kann nicht.“

Zum drittenmal fragte die Mutter: „Was hast du denn?“

Die Tochter ächzte: „Ich glaube, ich krieg’ ein Kind.“

Und sie brach in Schluchzen aus.

Da stellte auch die Alte ihre Eimer hin. Sie war so verblüfft, daß sie keine Worte fand. Endlich stammelte sie:

„Du... du... kriegst ein Kind, du Schlampe, ist das menschenmöglich?“

Die Malivoire waren reiche Pachtbauern, wohlhabende, angesehene, einflußreiche, schlaue und mächtige Leute.

Céleste stieß gepreßt hervor: „Ich glaub', es wird schon so sein."

Fassungslos starrte die Mutter auf ihre Tochter hinab, die hingekrümmt vor ihr auf dem Boden lag und wimmerte.

„Du kriegst ein Kind! Du kriegst ein Kind! Wo hast du dir's denn anhängen lassen, du Dreckmensch?"

Kleinlaut und vor Aufregung ganz durcheinander, murmelte Céleste: „Ich glaub' schon, es ist in Polytes Postkutsche passiert."

Die Alte suchte, daraus klug zu werden, sie suchte zu erraten, herauszubringen, wer ihre Tochter ins Unglück gebracht haben mochte. War es ein vermöglicher und angesehener Bursche, dann konnte man ja sehen, wie man mit ihm zu einem Austrag kam. Dann war es nur halb so schlimm; Céleste war ja nicht die erste, der so etwas zustieß. Aber es war und blieb eine ärgerliche Geschichte, schon im Hinblick auf das Gerede und ihre Stellung.

Sie fragte aufs neue: „Und wer hat dir denn das Balg angehängt, du Luder?"

Céleste war sichtlich entschlossen, sich alles vom Herzen zu reden. Sie würgte hervor: „Ich denke schon, es wird Polyte gewesen sein."

Da aber warf sich die Mutter Malivoire, außer sich vor Wut, auf ihre Tochter und begann so rasend auf sie loszuschlagen, daß ihr die Haube vom Kopf fiel.

Sie schlug sie mit den Fäusten auf den Kopf, den Rücken, überallhin. Céleste lag längelang ausgestreckt zwischen ihren beiden Eimern, die ihr ein wenig Schutz boten, und barg nur das Gesicht in den Händen.

Erstaunt hatten alle Kühe zu weiden aufgehört; sie drehten sich um und glotzten mit ihren großen Augen zu den Frauen herüber. Die vorderste streckte ihnen die Schnauze entgegen und ließ ein dumpfes Muhen hören.

Die Mutter Malivoire schlug auf ihre Tochter ein, bis sie außer Atem geriet und innehalten mußte, um zu verschnaufen. Während sie nun langsam wieder zur Besinnung kam, wollte sie sich über die Lage völlige Klarheit verschaffen.

„Polyte! Ist es denn die Möglichkeit! Wie kommst du dazu? Mit einem Postkutscher? Hast du denn den Verstand verloren? Am Ende hat er dich behext? Sicher sogar, so ein Nichtsnutz!“

Céleste lag noch immer der Länge nach am Boden und murmelte in den Staub: „Ich habe dafür die Fahrt nicht bezahlen müssen.“

Da ging der alten normannischen Bäuerin ein Licht auf.

Jede Woche am Mittwoch und am Samstag brachte Céleste die Erträgnisse des Hofs ins Städtchen, Geflügel, Rahm und Eier.

Sie brach früh um sieben schon auf, an jedem Arm einen großen Henkelkorb. In dem einen hatte sie Rahm und Eier, im andern die Hühnchen. Dann wartete sie an der Landstraße auf den Postwagen nach Yvetot.

Ihre Waren stellte sie auf den Boden und setzte sich in den Graben, während die Hühner mit ihren kurzen, spitzigen Schnäbeln und die Enten mit den breiten, flachen Schnäbeln die Köpfe durch die Weidenstäbe des Korbs steckten und sich mit ihren runden, dummen, erstaunten Augen umsahen.

Bald danach kam der Wagen, eine Art gelber Kasten mit einem schwarzen Lederverdeck, dahergerumpelt; sein Hinterteil wurde im zockelnden Trab eines alten, halb steifen Schimmels hin und her gerüttelt.

Polyte, der Kutscher, ein Bruder Lustig, zwar noch jung, aber doch schon wohlbeleibt, und so sonneverbrannt, wettergebräunt, von Wind und Regen gegerbt und vom Schnapsgenuß gerötet, daß sein

Gesicht und sein Hals richtig ziegelfarben waren, knallte schon von weitem mit der Peitsche und rief:

„Guten Tag, Mamsell Céleste! Wie geht's, wie steht's?"

Sie reichte ihm, einen nach dem andern, ihre Körbe, und er brachte sie auf dem Verdeck unter. Dann hob sie das Bein so hoch wie möglich, um das Trittbrett zu erreichen, und ließ dabei eine kräftige, mit einem blauen Strumpf bekleidete Wade sehen.

Und jedesmal wiederholte Polyte den gleichen Witz: „Potztausend, magerer ist sie nicht geworden!"

Sie fand das lustig und lachte hellauf.

Dann ließ er sein „Hü, Cocotte!" ertönen, und seine knochenmagere Mähre setzte sich wieder in Gang. Nun kramte Céleste ihren Geldbeutel aus der tiefen Tasche hervor, entnahm ihm langsam zehn Sous, sechs für sich und vier für die Körbe, und reichte sie Polyte über die Schulter hinweg. Er nahm sie und sagte:

„Heute ist also wieder nichts mit dem kleinen Ulk?"

Dann lachte er schallend, drehte sich nach ihr um und schaute sie lange und vielsagend an.

Es kam sie jedesmal schwer an, diesen halben Franken für drei Kilometer Fahrt herauszurücken, und wenn sie kein Kleingeld hatte, tat es ihr noch mehr leid, denn sie konnte sich einfach nicht entschließen, ein Silberstück herzugeben.

Eines Tages, als es ans Bezahlen ging, fragte sie: „Für eine gute Kundin wie mich solltet Ihr eigentlich nur sechs Sous berechnen."

Er lachte laut auf.

„Sechs Sous, mein Schatz? Ihr seid mehr wert als das, soviel ist sicher."

Sie ließ nicht locker: „Das macht nicht einmal zwei Franken im Monat weniger."

Er hieb auf seinen Klepper ein und rief: „Wißt Ihr

was? Ich lasse mit mir reden, ich will Euch für ein Späßchen mitnehmen."

Sie blickte ihn verständnislos an und fragte: „Was soll das heißen: für ein Späßchen?"

Er fand das so lustig, daß er vor Lachen husten mußte.

„Ein Späßchen, na, eben ein Späßchen, Herrgott nochmal, ein Jux zu zweit, Männchen und Weibchen, vorwärts marsch ohne Musik!"

Da ging ihr ein Licht auf. Sie wurde rot und erklärte:

„Für dieses Spiel bin ich nicht zu haben, Polyte."

Doch er ließ sich nicht einschüchtern und wiederholte immer vergnügter:

„Ihr werdet schon noch mithalten, an so'nem Jux zu zweit, pärchenweise."

Und seither hatte er sich angewöhnt, jedesmal wenn sie zahlte, zu fragen:

„Heute wieder nichts mit dem kleinen Jux?"

Jetzt ging sie jeweils auf seinen Witz ein und antwortete: „Heute nicht, Polyte, aber bestimmt am Samstag."

Und in einem fort lachend rief er: „Abgemacht, am Samstag, mein Schatz."

Im stillen aber rechnete sie aus, daß sie in den letzten zwei Jahren, das heißt seit sie mit ihm fuhr, Polyte gut achtundvierzig Franken bezahlt hatte, und auf dem Lande findet man achtundvierzig Franken nicht einfach auf der Straße. Und sie rechnete überdies aus, daß sie nach weiteren zwei Jahren an die hundert Franken dafür ausgegeben haben würde.

So kam es, daß sie an einem Frühlingstag, als sie allein waren, auf seine gewohnte Frage: „Heute wieder nichts mit dem kleinen Jux?" zur Antwort gab: „Wie Ihr wollt, Polyte."

Er war keineswegs erstaunt, sondern kletterte über den Rücksitz und brummte zufrieden: „Na also. Wußt' ich's doch, daß es so kommem muß."

Und der Schimmel fiel in einen so langsamen, sanften Trab, daß er immer am selben Ort zu tanzen schien. Auch war er taub für die Stimme, die von Zeit zu Zeit aus dem Innern des Wagens rief: „Hü, Cocotte! Hü, Cocotte!"

Drei Monate später merkte Céleste, daß sie schwanger war.

Das alles hatte sie ihrer Mutter mit weinerlicher Stimme erzählt. Bleich vor Wut fragte die Alte: „Wieviel hat's ihn denn nun gekostet?"

Céleste antwortete: „Vier Monate, das macht acht Franken, bestimmt."

Da brach die Wut der Bäuerin aufs neue entfesselt los, sie fiel wieder über ihre Tochter her und prügelte sie, bis ihr der Atem ausging. Dann richtete sie sich auf und fragte: „Hast du ihm gesagt, daß du ein Kind kriegst?"

„Nein, nein, natürlich nicht."

„Warum hast du's ihm nicht gesagt?"

„Weil er mich vielleicht wieder hätte zahlen lassen."

Die Alte überlegte eine Weile, dann nahm sie ihre Eimer auf und sagte: „Los, steh auf und mach, daß du mitkommst."

Nach einer Weile fuhr sie fort: „Und sag ihm dann nichts davon, solange er's nicht sieht, so gewinnen wir sechs oder acht Monate."

Céleste hatte sich aufgerappelt. Sie flennte immer noch, ihr Haar war wirr und zerzaust, ihr Gesicht vom Weinen aufgedunsen. Mit schwerfälligen Schritten stampfte sie hinter der Alten her und murrte vor sich hin:

„Klar werde ich ihm nichts sagen."

DAS GLÜCK

Es war zur Teestunde, bevor die Lampen hereingebracht wurden. Die Villa lag hoch über dem Meer. Die Sonne war untergegangen und hatte den Himmel auf ihrer Bahn ganz rosig, wie mit Goldstaub übergossen, zurückgelassen, und das Mittelmeer lag spiegelglatt, ohne ein Fältchen da, ohne daß eine Welle seine Oberfläche kräuselte. Es leuchtete noch immer im verdämmernden Tag wie eine riesige polierte Metallscheibe.

In der Ferne zur Rechten zeichneten die gezackten Berge ihr schwarzes Profil auf dem verblaßten Purpurrot des abendlichen Himmels ab.

Wir sprachen von der Liebe, erörterten dieses alte, unerschöpfliche Thema, sagten dieselben Dinge wieder, die schon so oft gesagt worden waren. In der sanften Schwermut der Dämmerstunde fielen die Worte langsam und zögernd, die Herzen waren grundlos weich gestimmt, und das Wort *Liebe*, das immer wieder, bald von einer kräftigen Männerstimme, bald von einer hellen Frauenstimme ausgesprochen, zu hören war, schien den kleinen Salon zu erfüllen und gleich einem Vogel darin umherzuflattern oder wie ein Geist darüber zu schweben.

Kann man Jahre hindurch treu lieben?

„Ja“, behaupteten die einen.

„Nein“, versicherten die andern.

Man sichtete die unterschiedlichen Fälle, grenzte sie gegeneinander ab, führte Beispiele an, und alle, Männer und Frauen, fühlten verwirrende, lebendige Erinnerungen in sich aufsteigen, die sich ihnen auf die Lippen drängten und die sie doch nicht anführen konnten. Sie waren sichtlich ergriffen, sprachen mit tiefer Bewegung und glühender Anteilnahme von dieser alltäglichen, allgewaltigen Sache, dem innigen, rätselhaften Einklang zweier Wesen.

Doch plötzlich rief jemand, den Blick in die Ferne

gerichtet: „Oh! sehen Sie dort hinten? Was ist das?"

Über dem Meer tauchte ganz hinten am Horizont eine riesige graue, undeutliche Masse auf.

Die Frauen waren aufgestanden und betrachteten verständnislos diese überraschende Erscheinung, die sie nie zuvor gesehen hatten.

Da sagte jemand: „Das ist Korsika. So kann man die Insel zwei- oder dreimal jedes Jahr unter gewissen, außergewöhnlichen atmosphärischen Bedingungen wahrnehmen, wenn die Luft vollkommen klar und sichtig ist und die Insel nicht mehr von den Dunstnebeln eingehüllt ist, die sonst immer die Ferne verschleiern."

Man unterschied undeutlich die Bergkämme, glaubte den Schnee auf den Gipfeln zu erkennen. Und alle waren überrascht, verwirrt, fast erschreckt durch das jähe Auftauchen einer Welt, durch dieses Phantom, das aus dem Meer emporgestiegen war. Vielleicht erlebten solch geisterhafte Gesichte die Männer, die wie Kolumbus durch unerforschte Weltmeere fuhren.

Da sprach ein alter Herr, der sich bisher nicht am Gespräch beteiligt hatte: „Wissen Sie, ich habe auf dieser Insel, die sich vor uns aufrichtet, als wollte sie selbst auf alles, was wir sagten, Antwort geben und mir eine seltsame Erinnerung wieder wachrufen... ich habe dort ein wunderbares Beispiel einer standhaften Liebe, einer unwahrscheinlich glücklichen Liebe kennengelernt.

Hören Sie.

Vor nunmehr fünf Jahren machte ich eine Reise nach Korsika. Diese wilde Insel ist unbekannter und weiter von uns entfernt als Amerika, obwohl wir sie, wie heute, zuweilen von der französischen Küste aus sehen können.

Stellen Sie sich eine Welt vor, die noch im Chaos ist, ein wildes Sturmwetter von Bergen, dazwischen

Schluchten, in denen Sturzbäche tosen, nirgends eine ebene Stelle, aber unermeßlich hohe granitene Wogen und riesenhafte Bodenwellungen, bedeckt mit Buschwald oder hohen Kastanien- und Pinienwäldern. Es ist jungfräulicher Boden, unbebaut, öde, obschon man zuweilen ein Dorf erblickt, das aussieht wie ein Haufen Felsen auf dem Gipfel eines Berges. Kein Ackerbau, keine Industrie, keine Kunst. Nie trifft man auf ein bearbeitetes Stück Holz, einen behauenen Stein, nirgendwo auf die Erinnerung an den kindlichen oder verfeinerten Geschmack der Vorfahren für gefällige und schöne Dinge. Gerade das fällt einem in diesem herrlichen und kargen Land am meisten auf: die vererbte Gleichgültigkeit gegen das Streben nach gefälligen Formen, gegen das, was man eben Kunst nennt.

Italien, wo jeder Palazzo, selbst ein Meisterwerk, mit Meisterwerken vollgestopft ist, wo Marmor, Holz, Bronze, Eisen, Metalle und Steine für den schöpferischen Geist des Menschen zeugen, wo die kleinsten altertümlichen Gegenstände, die in alten Häusern herumstehen, jenes göttliche Sichbemühen um anmutige Formen offenbaren, Italien ist für uns alle das heilige Vaterland, das wir lieben, weil es uns Anstrengung, Größe, Macht und Triumph des schöpferischen Geistes zeigt und beweist.

Diesem Land gegenüber ist das wilde Korsika unverändert geblieben, was es in seinen ersten Tagen gewesen ist. Dort lebt der Mensch immer noch in seiner rohen Behausung, gleichgültig gegen alles, was nicht sein eigenes Dasein oder die Händel seiner Sippe angeht. Noch immer hat er Fehler und Vorzüge der ungesitteten Rassen. Er ist gewalttätig, haßsüchtig, blutdürstig, ohne sich ein Gewissen daraus zu machen, aber auch gastfreundlich, großherzig, treu ergeben, arglos. Er öffnet seine Tür jedem, der vorbeikommt, und schenkt seine treue Freundschaft für den geringsten Beweis von Sympathie.

Seit einem Monat wanderte ich also durch diese herrliche Insel und hatte dauernd das Gefühl, ich sei am Ende der Welt. Keine Gasthöfe, keine Wirtshäuser, keine Landstraßen. Auf Maultierpfaden erreicht man die Dörfchen, die am Hang der Berge kleben, hoch über gewundenen Abgründen, aus denen man abends das unablässige Tosen, die dumpfe, tiefe Stimme des Wildbachs herauftönen hört. Man klopft an die Türen der Häuser, bittet um Obdach und Nahrung bis zum nächsten Morgen. Und dann setzt man sich an den bescheidenen Tisch und schläft unter dem armseligen Dach; am Morgen dann drückt man dem Gastgeber die Hand, der einem bis zur Dorfgrenze das Geleite gibt.

Eines Abends nun erreichte ich nach zehnstündiger Wanderung ein einsames Häuschen unten in einer engen Talmulde, die eine Meile weiter jäh ins Meer abfiel. Die beiden steilen Berghänge, mit Buschwald, Geröll und großen Bäumen bedeckt, schlossen wie zwei düstere Mauern diese jammervoll traurige Schlucht ein.

Rings um die Hütte ein paar Rebstöcke, ein Gärtchen, und nicht weit davon mehrere hohe Kastanienbäume, genug zum Leben, für dieses arme Land ein großer Reichtum.

Die Frau, die mich empfing, war alt, sie sah streng und, ausnahmsweise, sauber aus. Der Mann saß auf einem Strohstuhl; als ich eintrat, stand er auf, begrüßte mich und setzte sich dann wieder hin, ohne ein Wort zu sagen. Seine Lebensgefährtin sagte: ‚Verübeln Sie es ihm nicht; er ist stocktaub. Jetzt ist er zweiundachtzig.‘

Sie sprach ein tadelloses Französisch. Ich war überrascht und fragte sie: ‚Sie sind nicht aus Korsika?‘

‚Nein‘, antwortete sie, ‚wir kommen von drüben. Aber wir wohnen seit fünfzig Jahren hier.‘

Ein angstvolles, beklemmendes Gefühl überlief mich beim Gedanken an die fünzig Jahre, die hier in diesem finsteren Loch, so fern jeder Stadt, in der Menschen leben, verflossen waren. Da kam ein alter Schafhirte nach Hause, und man ging zu Tisch. Es gab ein einziges Gericht, eine dicke Suppe aus Kartoffeln, Speck und Kohl.

Als das kurze Mahl beendet war, setzte ich mich vor die Tür; mein Herz war beklommen vor dieser melancholischen, düsteren Landschaft, bedrückt von jenem Angstgefühl, das den Reisenden zuweilen an gewissen trübseligen Abenden, an bestimmten trostlosen Orten befällt. Es kommt einem dann vor, als wäre jetzt gleich alles zu Ende, das eigene Dasein und die ganze Welt. Mit einem Schlag erkennt man das schaurige Elend des Lebens, die Gottverlassenheit aller Menschen, die Nichtigkeit aller Dinge und die schwarze Einsamkeit des Herzens, das sich mit Träumen einlullt und sich selbst bis zum Tode betrügt.

Die alte Frau kam zu mir heraus und fragte mich, von jener Neugier gequält, die stets auch in den schicksalergebensten Seelen fortlebt: ‚Sie kommen also aus Frankreich?‘

‚Ja, ich reise zu meinem Vergnügen.‘

‚Sind Sie vielleicht aus Paris?‘

‚Nein, ich bin aus Nancy.‘

Ich hatte den Eindruck, sie sei ungewöhnlich erregt. Wie ich das gesehen oder eher gespürt habe, weiß ich nicht.

Sie wiederholte gedehnt: ‚Sie sind aus Nancy?‘

Da erschien ihr Mann unter der Tür, unbeteiligt wie alle Tauben.

Sie fuhr fort: ‚Er stört uns nicht. Er hört nicht, was wir sprechen.‘

Nach einer Weile fragte sie: ‚Kennen Sie viele Leute in Nancy?‘

‚Ja, fast die ganze Stadt.‘

‚Die Familie de Sainte-Allaize?‘

‚Ja, sehr gut sogar. Sie waren mit meinem Vater befreundet.‘

‚Wie heißen Sie denn?‘

Ich nannte meinen Namen. Sie blickte mich starr an und sagte dann leise, als stiegen Erinnerungen in ihr auf: ‚Ja, ja, ich erinnere mich gut. Und die Brisemares, was ist aus ihnen geworden?‘

‚Sie sind alle gestorben.‘

‚Ah, und die Sirmonts... Sie kennen sie doch?‘

‚Gewiß, der letzte ist General.‘

Da sagte sie bebend vor Erregung, vor Angst und Qual, aus ich weiß nicht welchem unklaren, mächtigen, heiligen Gefühl heraus, aus irgendeinem Bedürfnis, sich auszusprechen, alles zu sagen, sich alle die Dinge vom Herzen zu reden, die sie bis dahin tief in sich verschlossen hatte, von den Leuten zu sprechen, deren Name ihre Seele aufgewühlt hatte:

‚Ja, Henri de Sirmont. Ich weiß schon. Er ist mein Bruder.‘

Ich schaute zu ihr auf, sprachlos vor Verblüffung. Und auf einmal entsann ich mich wieder.

Das war einmal früher ein großer Skandal in der vornehmen Gesellschaft Lothringens gewesen. Ein schönes, reiches junges Mädchen, Suzanne de Sirmont, war von einem Husarenunteroffizier des Regiments, das ihr Vater kommandierte, entführt worden.

Er war ein schmucker Bursche, Sohn von Bauern, dem aber der blaue Dolman gut stand, dieser Soldat, der die Tochter seines Obersts verführt hatte. Wahrscheinlich hatte sie zugeschaut, wie die Schwadronen vorbeidefilierten, hatte ihn gesehen, er war ihr aufgefallen, und sie hatte sich in ihn verliebt. Doch wie hatte sie mit ihm sprechen können, wie hatten sie sich sehen, sich verständigen können? Wie hatte sie gewagt, ihm zu zeigen, daß sie ihn liebte? Das erfuhr man nie.

Niemand hatte etwas geahnt, niemand hatte es kommen sehen. Eines Abends, als der Soldat seine Zeit abgedient hatte, verschwand er mit ihr. Man suchte sie, sie blieben unauffindbar. Man hörte nie wieder von ihnen und nahm an, sie sei tot.

Jetzt fand ich sie hier in diesem düsteren Tal.

Da sagte ich zu ihr: ‚Ja, ich weiß noch gut. Sie sind Mademoiselle Suzanne.‘

Sie nickte. Tränen fielen aus ihren Augen. Sie deutete mit einem Blick auf den Greis, der regungslos unter der Tür seines Hauses stand, und sagte: ‚Das ist er.‘

Und da wurde mir klar, daß sie ihn immer noch liebte, daß sie ihn noch immer mit verliebten Augen sah.

Ich fragte: ‚Sind Sie wenigstens glücklich gewesen?‘

Mit einer Stimme, die aus dem tiefsten Herzen kam, antwortete sie: ‚O ja, sehr glücklich. Er hat mich sehr glücklich gemacht. Ich habe nie etwas bereut.‘

Ich sah sie traurig an, überrascht und überwältigt von der Allmacht der Liebe. Dieses reiche Mädchen war dem Mann, einem Bauern, gefolgt. Sie war selbst eine Bäuerin geworden, hatte sich in ihr Leben ohne Annehmlichkeiten, ohne Luxus, ohne jedes Wohlbehagen irgendwelcher Art gefunden und sich in ihre einfache Lebensweise geschickt. Sie liebte ihn immer noch, war eine Bäuerin geworden in Haube und Linnenrock. Sie aß aus einer irdenen Schüssel an einem hölzernen Tisch, auf einem Strohstuhl sitzend, ein Mus aus Kohl, Kartoffeln und Speck. Sie schlief auf einem Strohsack an seiner Seite.

Nie hatte sie an etwas anderes gedacht als an ihn! Sie hatte weder Schmuck noch schöne Stoffe vermißt, weder Behaglichkeit, weiche Sessel und die duftende Wärme mit herrlichen Wandbehängen ausgeschlagener Gemächer, noch linde Daunenkissen, in denen der Leib, wenn er ruhen will, versinkt. Sie hatte immer nur ihn gebraucht; wenn er nur da war, hatte sie nach nichts anderem Verlangen.

Ganz jung noch hatte sie das Leben und die Welt aufgegeben, die Menschen, die sie erzogen und geliebt hatten. Allein mit ihm war sie in dieses wilde Tal gekommen. Er hatte ihr alles bedeutet, alles, was man ersehnt, alles, was man erträumt, alles, was man unaufhörlich erwartet, ohne Unterlaß erhofft. Er hatte ihr Leben mit Glück erfüllt, vom Anfang bis zum Ende.

Sie hätte nicht glücklicher sein können.

Und die ganze Nacht hörte ich auf den rauhen Atem des alten Soldaten, der auf seiner armseligen Lagerstatt neben der Frau lag, die ihm so weit, bis hierher gefolgt war. Ich dachte über dieses seltsame und schlichte Erlebnis nach, über dieses vollkommene Glück, das so anspruchslos und sich selbst genug war.

Als der Tag anbrach, nahm ich Abschied von den beiden alten Ehegatten und drückte ihnen die Hand."

Der Erzähler schwieg. Eine Frau meinte: „Schön und gut, aber sie hatte eben doch ein gar zu billiges Ideal, zu primitive Bedürfnisse und stellte nicht allzu hohe Ansprüche. Sie wird wohl eine dumme Gans gewesen sein."

Doch eine andere sagte nachdenklich: „Was tut's? Sie war glücklich."

Weit hinten am Horizont versank Korsika in der Nacht, trat langsam ins Meer zurück, entschwand wieder mit seinem großen, dunklen Schatten, der aufgetaucht war, als wollte er selbst die Geschichte der beiden bescheidenen Liebenden erzählen, die an seinen Gestaden Zuflucht gefunden hatten.

DER ALTE

Der warme Schein der Herbstsonne fiel über die hohen Buchen der Gräben in den Hof des Bauerngutes. Unter dem von den Kühen abgegrasten Rasen war die vom unlängst gefallenen Regen durchtränkte Erde feucht und matschig und sank klitschend unter den Füßen ein. Die Apfelbäume, die voller Äpfel hingen, verstreuten ihre hellgrünen Früchte in das dunkle Grün des Grases.

Vier junge Färsen weideten nebeneinander angebunden und muhten von Zeit zu Zeit zum Haus hinüber. Das buntgefiederte Hühnervolk tummelte sich auf dem Misthaufen vor dem Stall und scharrte, gackerte und regte sich munter und emsig, während die beiden Hähne in einem fort krähten und Würmer für ihre Hennen suchten, die sie mit lautem Glucken herbeiriefen.

Das hölzerne Gatter öffnete sich. Ein etwa vierzigjähriger Mann, der aber wie ein Sechziger aussah, kam herein; er war runzlig, verwachsen und ging mit großen, langsamen Schritten, die durch das Gewicht schwerer, mit Stroh gestopfter Holzschuhe noch schwerfälliger wurden. Seine Arme waren zu lang und schlenkerten auf beiden Seiten des Rumpfs. Als er in die Nähe des Hofes kam, begrüßte ihn ein hellbrauner Köter, der am Fuße eines mächtigen Birnbaums neben einem Faß, das ihm als Hundehaus diente, angebunden war, mit munterem Schwanzwedeln und empfing ihn mit freudigem Gebell. Der Mann rief: „Kusch, Finot!", und der Hund verstummte.

Eine Bäuerin trat aus dem Haus. Ihr knochiger, breiter und flachbusiger Körper zeichnete sich unter einem wollenen Mieder ab, das eng um die Taille anlag. Ein grauer, zu kurzer Rock fiel bis auf die Mitte der Beine, die in blauen Strümpfen staken, und auch sie trug mit Stroh ausgestopfte

Holzpantinen. Eine weiße, vergilbte Haube bedeckte spärliche, am Schädel klebende Haare, und ihr braunes, hageres, häßliches, zahnloses Gesicht zeigte den ungeselligen, groben Ausdruck, den Bauerngesichter oft haben.

Der Mann fragte: „Wie geht's ihm?"

Die Frau erwiderte: „Der Pfarrer sagt, es ist das Ende, und er wird die Nacht nicht überleben."

Dann gingen beide ins Haus.

Sie durchquerten die Küche und betraten die Stube, ein niedriges, finsteres Gelaß, von einem kleinen Fenster, vor dem ein Fetzen normannischen Kattuns hing, nur schwach erleuchtet. Die dicken, klobigen, wettergebräunten Deckenbalken liefen schwarz und verraucht quer durch das Zimmer von einer Wand zur andern; sie trugen den dünnen Boden des Speichers, in dem Tag und Nacht ganze Scharen von Mäusen umherliefen.

Der Fußboden aus gestampfter Erde war uneben, feucht und sah fettig aus, und hinten im Zimmer stand das Bett wie ein undeutlich weißer Flecken. Ein regelmäßiges rauhes Keuchen, ein harter, röchelnder, pfeifender Atem mit einem Gurgeln, ähnlich dem einer zerbrochenen Pumpe, kam von dem Lager im Dunkeln, wo ein Greis, der Vater der Bäuerin, im Sterben lag.

Der Mann und die Frau traten näher und blickten mit ihren stillen, ergebenen Augen auf den Sterbenden.

Dann sagte der Schwiegersohn: „Diesmal geht's mit ihm zu Ende. Er wird nicht mal die Nacht erleben."

Die Bäuerin antwortete: „Seit Mittag gurgelt er so."

Dann schwiegen sie. Der Vater hatte die Augen geschlossen, sein Gesicht war erdfahl, so mager, daß es aus Holz schien. Sein leicht geöffneter Mund ließ seinen harten, rasselnden Atem ausströmen, und das grauleinene Bettuch hob sich bei jedem Atemzug auf der Brust.

Nach längerem Schweigen sprach der Schwiegersohn: „Es geht nicht anders, wir müssen ihn allein sterben lassen. Nichts zu machen. Es wär' doch ungeschickt für die Rüben. Das Wetter ist gut, und wir müssen sie morgen versetzen."

Seine Frau war bei diesem Gedanken sichtlich beunruhigt. Sie überlegte eine Weile und erklärte dann: „Wenn er uns jetzt stirbt, wird er nicht vor dem Samstag beerdigt. Du kannst die Rüben gut morgen versetzen."

Der Bauer wandte nach einigem Nachdenken ein: „Ja, aber morgen muß ich zur Beerdigung einladen, und bis ich von Tourville bis nach Manetot alle Bekannten besucht habe, brauche ich fünf bis sechs Stunden."

Die Frau bedachte sich zwei, drei Minuten; dann sagte sie: „Es ist noch nicht einmal drei Uhr. Du könntest heute noch anfangen und die ganze Seite nach Tourville hin abklopfen. Du kannst ruhig sagen, er sei gestorben; er wird ja den morgigen Tag nicht mehr erleben."

Der Mann war ein paar Augenblicke unschlüssig und wog die Folgen und Vorteile dieses Vorschlags ab. Schließlich erklärte er: „Ach was, ich gehe."

Er schickte sich zum Gehen an; dann aber kam er zurück und sagte nach einigem Zögern: „Du hast ja jetzt nichts zu tun. Hol doch ein paar Äpfel zum Braten herunter, und dann machst du vier Dutzend Krapfen für die Gäste an der Beerdigung. Sie müssen sich doch stärken. Den Ofen kannst du mit dem Reisig anzünden, das unter dem Schuppen bei der Kelter liegt. Es ist schön trocken."

Er verließ das Zimmer, ging in die Küche hinaus, öffnete das Büfett, nahm daraus ein sechspfündiges Brot, schnitt sorgfältig ein Stück davon ab, strich die Brosamen, die auf das Brett gefallen waren, in die hohle Hand und schnellte sie in den Mund, um ja nichts zu vergeuden. Dann kratzte er mit der Spitze seines Messers ein Stückchen gesalzene Butter aus einem braunen irdenen Topf, strich sie aufs Brot und begann, es langsam zu essen, wie er alles tat.

Dann überquerte er aufs neue den Hof, brachte den Hund zum Schweigen, der wieder zu bellen anfing, ging auf den Weg hinaus, der seinem Grenzgraben entlang lief, und entfernte sich in der Richtung gegen Tourville.

Allein geblieben, machte sich die Frau an ihre Arbeit. Sie deckte den Mehltrog auf und bereitete den Teig. Sie knetete ihn lange, drehte ihn um und um, bearbeitete, walkte und klopfte ihn. Dann formte sie daraus eine große, gelblich-weiße Kugel, die sie auf der Ecke des Tisches liegenließ.

Nun holte sie die Äpfel. Um den Baum nicht mit der Stange zu beschädigen, kletterte sie mit Hilfe eines Taburetts hinauf. Sorgsam wählte sie die Früchte aus, nahm nur die reifsten und häufte sie in ihre Schürze.

Da rief eine Stimme vom Weg her: „He! Madame Chicot!"

Sie wandte sich um. Ein Nachbar, Osime Favet, der Maire, führte Mist auf seine Felder. Er saß auf seinem Mistkarren und ließ die Beine herunterbaumeln. Sie drehte sich um und antwortete: „Was steht zu Diensten, Herr Osime?"

„Und der Vater? Wie weit ist er?"

Sie rief zurück: „Er ist so gut wie hin. Samstag ist die Beerdigung, um sieben, die Rüben können nicht warten."

Der Nachbar erwiderte: „Klar. Macht's gut. Bleibt gesund."

Sie beantwortete seine freundlichen Wünsche mit einem „Dankeschön, gleichfalls."

Dann machte sie sich wieder ans Pflücken.

Sobald sie hineingegangen war, schaute sie nach ihrem Vater. Sie war darauf gefaßt, ihn tot zu finden. Doch schon unter der Tür vernahm sie sein lautes, eintöniges Röcheln, und da sie es für unnötig hielt, zum Bett heranzutreten – denn sie wollte keine Zeit verlieren –, fing sie an, die Krapfen zuzubereiten.

Eine nach der andern wickelte sie die Früchte in ein dünnes Stück Teig und stellte sie dann in geraden Reihen am Tischrand nebeneinander. Als sie vierzig Kugeln gemacht und sie dutzendweise, schön eine Reihe hinter der andern, hingelegt hatte, ging sie daran, das Abendessen zuzubereiten, und hängte den Kochkessel über das Feuer, um die Kartoffeln zu kochen. Sie hatte sich nämlich überlegt, es habe keinen Sinn, heute noch den Ofen anzuzünden, da ihr ja noch der ganze nächste Tag blieb, um ihre Vorbereitungen zu vollenden.

Ihr Mann kam gegen fünf Uhr nach Hause. Kaum war er eingetreten, fragte er: „Ist es so weit?"

Sie antwortete: „Noch nicht. Er gurgelt immer noch."

Sie schauten nach. Der Alte war noch im genau gleichen Zustand wie zuvor. Sein rauher, regelmäßiger Atem ging wie ein Uhrwerk, weder schneller, noch langsamer. Von Sekunde zu Sekunde kam er wieder, manchmal im Ton etwas verändert, je nachdem die Luft ein- oder ausgeatmet wurde.

Der Schwiegersohn warf einen Blick auf den Sterbenden und meinte: „Er wird ganz unbemerkt verlöschen wie eine Kerze."

Die beiden gingen in die Küche zurück und begannen ihr Abendbrot zu essen. Als sie die Suppe hinabgeschlungen hatten, aßen sie noch ein Butterbrot, spülten dann die Teller und begaben sich sofort wieder in die Kammer des Sterbenden.

Die Frau hielt ein Lämpchen mit qualmendem

Docht und fuhr damit vor dem Gesicht ihres Vaters auf und ab. Hätte er nicht geatmet, man hätte ihn bestimmt für tot gehalten.

Das Bett des Ehepaares stand, versteckt in einer Art Nische, am andern Ende der Kammer. Sie legten sich wortlos nieder, löschten das Licht, schlossen die Augen, und bald begleitete ein zweitöniges Schnarchen, das eine tiefer, heller das andere, das ununterbrochene Röcheln des Sterbenden.

Droben im Speicher liefen die Mäuse umher.

Der Mann erwachte beim ersten bleichen Morgengrauen. Sein Schwiegervater war noch am Leben. Er rüttelte seine Frau wach, beunruhigt über diese Zählebigkeit des Alten.

„Du, Phémie, will er denn gar nie sterben? Was würdest du tun?"

Er wußte, daß er bei ihr immer Rat fand.

„Er wird den Tag nicht überleben, soviel ist sicher. Da brauchen wir nichts zu fürchten. Wenn nur der Maire nichts dagegen hat, daß wir ihn trotzdem morgen beerdigen, wie man es beim alten Rénard gemacht hat, der ist ja auch just während der Aussaat verschieden."

Er war durch die Schlüssigkeit dieser Beweisführung überzeugt und ging hinaus aufs Feld.

Seine Frau buk die Krapfen und verrichtete darauf alle Arbeiten, die im Hause zu erledigen waren.

Zur Mittagszeit war der Alte noch immer nicht tot. Die Tagelöhner, die zum Versetzen der Rüben gedungen waren, kamen herein und wollten sich den Alten auch ansehen, der einfach nicht sterben konnte. Jeder brachte seinen Spruch an, und dann gingen sie wieder aufs Feld.

Als die Leute um sechs Uhr heimkamen, atmete der Vater noch. Nun wurde es dem Schwiegersohn doch unheimlich.

„Was würdest du jetzt tun, Phémie?"

Sie wußte auch nicht, was da zu machen war. Sie suchten den Maire auf. Er versprach, beide Augen zuzudrücken und die Bestattung am nächsten Tag zu bewilligen. Der Arzt, bei dem sie ebenfalls vorsprachen, gab ihnen, dem Maire zu Gefallen, auch die Zusicherung, daß er den Totenschein vordatieren werde. Beruhigt kehrten Mann und Frau nach Hause zurück.

Wie tags zuvor gingen sie zu Bett und schliefen ein, und ihr dröhnendes Schnarchen vermischte sich mit den schwachen Atemzügen des Alten.

Als sie wieder erwachten, war er keineswegs gestorben.

Nun packte sie Entsetzen. Sie blieben am Kopfende des Sterbelagers stehen und betrachteten den Vater mißtrauisch, als hätte er ihnen einen üblen Streich spielen, sie hintergehen, sie mutwillig nasführen wollen. Was sie ihm vor allem übelnahmen, war, daß sie seinetwegen so viel Zeit verloren.

Der Schwiegersohn fragte: „Was tun wir jetzt?"

Sie wußte auch keinen Rat und erwiderte: „Es kann einen schon ärgern."

Jetzt konnte man die Trauergäste nicht mehr benachrichtigen; sie mußten jeden Augenblick eintreffen. So wurde beschlossen, ihre Ankunft abzuwarten und ihnen dann alles zu erklären.

Um zehn Minuten vor sieben Uhr erschienen die ersten. Die Frauen, schwarz gekleidet und den Kopf mit einem großen Schleier verhüllt, kamen mit Trauermienen näher. Die Männer, denen es in ihren Tuchjoppen nicht recht wohl war, schlenderten schon etwas unbekümmerter, zwei und zwei, heran, in ernstem Gespräch über ihre Geschäfte.

Ganz verstört und abgehärmt empfingen sie Chicot und seine Frau. Im selben Augenblick, als sie die ersten Gäste begrüßen wollten, brachen sie beide plötzlich in Tränen aus. Sie erklärten, was sich begeben hatte, schilderten ihre Verlegenheit, boten Stühle an, wollten glaubhaft machen, daß jedermann so gehandelt hätte wie sie, sprachen hemmungslos, ohne ein Ende zu finden. Sie waren plötzlich geschwätzig geworden und ließen niemanden zu Wort kommen.

Sie gingen von einem zum andern, sagten zu jedem: „Wir hätten es nicht geglaubt; es ist unfaßbar, daß er's noch so lange hat machen können."

Verdutzt und ein wenig enttäuscht, weil sie eine erwartete Feier verpaßten, wußten die Gäste nicht, was tun, und blieben sitzen oder stehen, wo sie gerade waren. Ein paar wollten gehen, doch Chicot hielt sie zurück.

„Aber einen kleinen Imbiß wollen wir doch noch zusammen nehmen. Wir haben Krapfen gebacken, die müßt ihr versuchen."

Bei dieser Aussicht hellten sich die Gesichter auf. Die Leute begannen sich im Flüsterton zu unterhalten. Nach und nach füllte sich der Hof. Die früher Gekommenen sagten die Neuigkeit den andern, die neu hinzukamen, weiter. Ein Getuschel ging los, denn die Vorstellung, daß es nun Krapfen zu essen gebe, stimmte alle heiter.

Die Frauen gingen hinein, um sich den Sterbenden anzusehen. Sie traten ans Bett, bekreuzigten sich, stammelten ein Gebet und gingen dann wieder hinaus. Die Männer, die auf dieses Schauspiel nicht so erpicht waren, warfen nur einen Blick durchs Fenster, das man geöffnet hatte.

Madame Chicot gab ihre Erklärung zum Todeskampf des Alten: „So liegt er jetzt schon zwei Tage, keine Spur munterer und immer ganz weg. Eine Pumpe ohne Wasser, könnte man sagen."

Als alle den Sterbenden gesehen hatten, dachte man an den Imbiß. Allerdings hatten alle die vielen Leute in der Küche nicht Platz, und man stellte daher den Tisch vor die Tür. Die vier Dutzend Krapfen, goldgelb, auf zwei großen Platten schön angeordnet, wässerten den Gästen den Mund und zogen die Blicke auf sich. Jeder griff zu und holte sich den seinen, aus Angst, es könnten nicht genug da sein. Aber es blieben vier übrig.

Mit vollem Munde sagte Chicot: „Wenn er uns sehen könnte, der Vater, es würde ihm das Herz abstoßen. Er hat sie ja zu seinen Lebzeiten über alles gern gegessen."

Ein dicker Bauer sagte gemütlich: „Jetzt ist's damit vorbei, das kriegt er nicht mehr. Es kommt die Reihe an jeden."

Diese Überlegung stimmte die Gäste durchaus nicht traurig, sie schien sie im Gegenteil zu erheitern. Jetzt waren eben sie an der Reihe, Krapfen zu essen.

Chicot ging noch und noch in den Keller und schaffte Apfelwein herbei, obwohl ihn das Geld bitter reute. Die Krüge folgten einander Schlag auf Schlag und leerten sich ebenso rasch. Gelächter ertönte, die Leute redeten laut, ja, sie fingen an zu schreien, wie es bei Leichenschmäusen herzugehen pflegt.

Plötzlich erschien eine alte Frau, die bei dem Sterbenden geblieben war – wie gebannt durch die gierige Angst vor dem Schicksal, das sie demnächst auch treffen sollte –, erschien am Fenster und schrie gellend: „Er ist gestorben! Er ist hin!"

Da wurde es still ringsum. Die Frauen standen geschwind auf: sie wollten es sehen.

Tatsächlich, er war gestorben, sein Röcheln hatte aufgehört. Den Männern war unbehaglich zumute, sie schauten einander an, schlugen dann die Augen nieder. Man hatte ja nicht einmal die Krapfen fertig essen können. Der Lump hatte den Augenblick verdammt schlecht gewählt!

Die beiden Chicot weinten jetzt nicht mehr. Es war soweit, es war zu Ende, sie waren beruhigt. Sie sagten immer wieder: „Wir haben ja gewußt, daß es nicht länger dauern konnte. Hätte er nur schon heute nacht dran gedacht! Dann hätten wir die ganzen Umstände nicht gehabt."

Gleichviel, es war nun zu Ende. Man würde ihn eben am Montag bestatten, weiter nichts, und bei diesem Anlaß aß man dann noch einmal Krapfen.

Die Gäste verzogen sich in angeregtem Gespräch über das Vorgefallene, trotz allem zufrieden, daß sie das erlebt und auch daß sie etwas zu essen vorgesetzt bekommen hatten.

Und als die Eheleute allein geblieben waren und einander gegenübersaßen, sagte die Frau mit bedenklichem Gesicht: „Wird schon sein müssen, daß ich noch einmal vier Dutzend Krapfen backe. Hätte er nur schon heute nacht sterben können!"

Und ihr Mann, der sich besser darein schickte, gab zur Antwort: „Alle Tage könnte man das nicht machen!"

DIE MITGIFT

Niemand wunderte sich über die Vermählung des Notars Simon Lebrument mit Mademoiselle Jeanne Cordier. Maître Lebrument hatte kürzlich die Notariatspraxis des Rechtsanwalts Papillon übernommen; natürlich brauchte er Geld, um sie zu bezahlen, und Mademoiselle Jeanne Cordier besaß flüssiges Geld, dreihunderttausend Franken in Banknoten und Wertpapieren.

Maître Lebrument war ein hübscher Mann, schick, elegant, allerdings sah man seiner Eleganz ein wenig den Notar an, sein Schick hatte etwas Provinzlerisches, aber er war eben doch schick, und das war in Boutigny-le-Rebours etwas Seltenes.

Mademoiselle Cordier war anmutig und frisch, doch wirkte ihre Anmut etwas linkisch und ihre Frische ein bißchen aufgedonnert; aber alles in allem war sie ein hübsches, begehrenswertes Geschöpf, das man wohl umwerben konnte.

Die Hochzeitsfeier stellte ganz Boutigny auf den Kopf.

Das vielbewunderte Brautpaar begab sich in sein neues Heim, wo es sein junges Glück vor den Augen der Welt verbergen wollte. Sie hatten nämlich beschlossen, zuerst ein paar Tage allein zu bleiben und dann nur eine kleine Reise nach Paris zu machen.

Es wurde eine bezaubernde Zeit, dieses Glück zu zweien, denn Maître Lebrument hatte es verstanden, die Flitterwochen für seine Frau mit bemerkenswertem Geschick, mit viel Takt und sicherem Feingefühl zu einem schönen Erlebnis zu gestalten. „Wer warten kann, erreicht alles“, war sein Wahlspruch. Er konnte zugleich geduldig und ein Draufgänger sein. Der Erfolg war denn auch rasch und vollständig.

Nach vier Tagen betete Madame Lebrument ihren Gatten an. Sie konnte nicht mehr ohne ihn sein, sie mußte ihn den ganzen Tag bei sich haben, mußte ihn in einem fort streicheln, herzen und abküssen, seine Hände tätscheln, ihn an Bart und Nase zausen und was Liebesleute sonst noch so treiben. Sie setzte sich auf seine Knie, nahm ihn bei den Ohren und befahl: „Mund auf und Augen zu!“ Dann öffnete er folgsam den Mund, schloß halb die Augen und bekam einen zärtlichen, langen Kuß, der so glühend und leidenschaftlich war, daß es ihn heiß überlief. Und dann konnte auch er sich nicht genugtun, er hatte nicht Liebkosungen, nicht Lippen und Hände genug, nicht genug an seinem ganzen Wesen, um seine Frau von früh bis spät und vom Abend bis zum Morgen zu herzen und ihr alle Ehre anzutun.

Als die erste Woche verstrichen war, sagte er zu seiner jungen Frau: „Wenn du willst, reisen wir nächsten Dienstag nach Paris. Wie genießen das Leben wie ein unverheiratetes Liebespaar, gehen in Restaurants, ins Theater, in die Tingeltangel, überall hin.“

Sie machte einen Freudensprung.

„O ja! O ja! Wir fahren so bald wie möglich!“

„Noch etwas“, fuhr er fort, „damit ich's nicht vergesse: Sag doch deinem Vater Bescheid, er soll deine Mitgift bereithalten. Ich nehme sie gleich mit und zahle bei dieser Gelegenheit Maître Papillon aus.“

Sie versprach: „Morgen früh werde ich es ihm sagen.“

Da riß er sie in seine Arme und begann mit ihr aufs neue das verliebte Spiel zu treiben, das sie seit acht Tagen so gerne mitspielte.

Am Dienstag darauf begleiteten die Schwiegereltern ihre Tochter und den Schwiegersohn, die zusammen in die Hauptstadt reisten, auf den Bahnhof.

Der Schwiegervater unkte: „Es ist aber doch höchst unvorsichtig, so viel Geld in Ihrer Brieftasche herumzutragen, glauben Sie mir.“

Der junge Notar lächelte nur. „Nur keine Angst, Schwiegerpapa, das bin ich gewöhnt. Mein Beruf bringt es mit sich, daß ich öfters Millionenbeträge bei mir habe. Auf diese Weise umgehen wir zumindest eine Unmenge Formalitäten und einen Haufen Verzögerungen. Lassen Sie sich deswegen nur keine grauen Haare wachsen."

Da rief der Schaffner: „Nach Paris alles einsteigen!"

Sie stiegen schleunig in einen Wagen, in dem schon zwei alte Damen saßen.

Lebrument flüsterte seiner Frau ins Ohr: „Zu langweilig, jetzt kann ich nicht einmal rauchen."

Sie sagte leise zurück: „Auch ich finde es schade, aber nicht wegen deiner Zigarre."

Der Zug pfiff und fuhr ab. Die Fahrt dauerte eine Stunde, und in dieser Zeit sprachen sie kaum miteinander, denn die beiden alten Damen schliefen nicht.

Sobald sie im Hof des Saint-Lazare-Bahnhofs standen, sagte Maître Lebrument zu seiner Frau: „Wenn's dir recht ist, Schatz, kehren wir zuerst irgendwo auf dem Boulevard ein und essen zu Mittag. Dann kommen wir gemütlich hierher zurück, holen unseren Koffer und bringen ihn ins Hotel."

Sie war sofort Feuer und Flamme. „O ja, wir gehen ins Restaurant! Ist es weit?"

„Ja, ziemlich weit", versetzte er, „aber wir nehmen den Omnibus."

„Warum nehmen wir nicht eine Droschke?" fragte sie erstaunt.

Lächelnd schalt er sie: „Das also ist dein Sparsinn! Eine Droschke für fünf Minuten Weg, sechs Sous die Minute, du läßt dir wirklich nichts abgehen."

„Du hast recht", gab sie etwas beschämt zu.

Ein mächtiger Omnibus rollte im Trab seiner drei Pferde vorbei. Lebrument rief: „Schaffner! He! Schaffner!"

Das schwerfällige Gefährt hielt, und der junge

Notar schob seine Frau hinein und sagte rasch zu ihr: „Setz dich drinnen hin, ich steige aufs Verdeck. Da kann ich vor dem Essen wenigstens noch eine Zigarette rauchen.“

Sie fand nicht mehr Zeit für eine Antwort. Der Schaffner hatte sie am Arm ergriffen und half ihr, auf die Plattform hinaufzusteigen. Dann stieß er sie ins Innere des Wagens, und sie sank fassungslos auf eine Sitzbank und sah nur noch ganz verdutzt durch das Hinterfenster die Füße ihres Mannes, der auf das Verdeck kletterte.

Ohne sich zu regen, saß sie zwischen einem dicken Herrn, der nach Tabak stank, und einer alten Frau, die nach ihrem Hund roch.

Die anderen Fahrgäste saßen stumm einer neben dem andern da: ein Krämerbursche, eine Arbeiterin, ein Infanterie-Unteroffizier, ein Herr mit goldenem Kneifer und Seidenhut, dessen breiter Rand aufgekrempt war und wie eine Dachtraufe aussah, zwei Damen mit gewichtigen und mißvergnügten Mienen, als wollten sie sagen: Wir sind zwar hier, aber eigentlich haben wir bessere Tage gesehen! – zwei Nonnen, eine Dirne, die barhaupt war, und ein Leichenbestatter. Sie alle wirkten wie eine Sammlung von Karikaturen, ein Museum von Grotesken, eine Reihe von Zerrbildern menschlicher Gesichter, ähnlich jenen komischen Hampelmännern, die man auf den Jahrmärkten mit Bällen herunterschießt.

Beim Gerüttel des Wagens wackelten ihre Köpfe ein wenig, sie wiegten sich hin und her, und die schlaffe Haut ihrer Backen schwabbelte leicht; und da sie das Rattern der Räder halb betäubte, sahen sie wie schlummernde Schwachsinnige aus.

Die junge Frau saß wie erschlagen da.

Warum ist er nicht mit mir gekommen? fragte sie sich. Eine unerklärliche Traurigkeit bedrückte sie. Er hätte wahrhaftig auf seine Zigarette verzichten können.

Die Nönnchen gaben das Zeichen zum Halten und stiegen dann, eine hinter der andern, aus. Ein schaler Mief nach alten Röcken verbreitete sich.

Der Omnibus fuhr wieder ab und hielt dann aufs neue. Eine Köchin stieg ein, atemlos und mit rotem Kopf. Sie setzte sich und stellte ihren Korb mit den Einkäufen auf ihre Knie. Ein starker Geruch nach Spülwasser machte sich im ganzen Wagen breit.

Es ist doch weiter, als ich dachte, sagte sich Jeanne.

Der Leichenbestatter stieg aus, statt seiner kam ein Kutscher, der nach Stall roch. Das barhäuptige Mädchen hatte einem Dienstmann Platz gemacht, dessen Füße nach dem Schweiß seiner Botengänge dufteten.

Die Notarsgattin fühlte sich unbehaglich, angewidert, dem Weinen nah, sie wußte nicht, warum.

Andere Fahrgäste stiegen ein, andere aus. Der Omnibus fuhr immer noch weiter durch die endlosen Straßen, hielt an den Haltestellen, setzte dann seine Fahrt fort.

Wie weit es ist! dachte Jeanne. Wenn er es nur nicht vergessen hat – er ist ja so zerstreut – oder gar eingeschlafen ist! Seit Tagen ist er übermüdet.

Nach und nach stiegen alle Mitfahrenden aus. Sie blieb allein, ganz allein. Der Schaffner rief die Endstation aus: „Vaugirard!“

Da sie sich nicht rührte, rief er abermals: „Vaugirard!“

Sie schaute ihn an, denn sie begriff, daß dieses Wort ihr galt, waren doch außer ihr keine andern Fahrgäste mehr da. Nun rief der Mann zum drittenmal: „Vaugirard!“

Da fragte sie: „Wo sind wir denn?“

Brummig gab er ihr Auskunft: „Wir sind in Vaugirard, Herrgott noch einmal, ich habe es doch schon zwanzigmal ausgerufen!“

„Ist das weit vom Boulevard?“ fragte sie.

„Welchem Boulevard?“

„Ach, vom Boulevard des Italiens.“

„Da sind wir schon lange vorbei.“

„Würden Sie es bitte meinem Mann sagen?“

„Ihrem Mann? Wo ist er?“

„Oben auf dem Verdeck.“

„Oben? Dort ist schon lange niemand mehr!“

Sie fuhr erschrocken auf.

„Was denn? Das ist doch nicht möglich! Er ist mit mir eingestiegen. Sehen Sie gut nach, er muß oben sein!“

Da wurde der Schaffner grob. „Na, schieb schon ab, Kleine, genug geschwatzt. Einer verloren, zehn gefunden. Mach dich dünn, jetzt ist Schluß. Du findest schon wieder einen andern auf der Straße.“

Tränen stiegen ihr in die Augen; sie ließ nicht lokker: „Aber Sie irren sich, ich versichere Ihnen, Sie irren sich. Er hatte eine dicke Mappe unterm Arm.“

Der Beamte lachte laut auf.

„Eine dicke Mappe? Aha, ja, der ist schon an der Madeleine ausgestiegen. Macht nichts, er hat Sie schön sitzenlassen. Hahaha!...“

Der Omnibus hielt. Sie stieg aus und blickte unwillkürlich, fast instinktiv auf das Dach des Wagens. Es war kein Mensch mehr oben.

Da brach sie in Schluchzen aus, laut und hemmungslos, ohne zu bedenken, daß man sie sehen und hören konnte. „Was soll nun aus mir werden?“ jammerte sie.

Der Inspektor des Fahrdienstes trat herzu.

„Was ist los?“ fragte er.

Der Schaffner gab ihm in höhnischem Ton Auskunft: „Eine Dame, die ihr Gemahl unterwegs hat sitzenlassen.“

Der Inspektor versetzte: „Gut. Nichts von Belang. Kümmern Sie sich um Ihren Dienst.“

Damit machte er kehrt.

Da ging auch sie weg, aufs Geratewohl, kopflos immer geradeaus. Sie war viel zu verstört, viel zu benommen, um auch nur erfassen zu können, was ihr geschah. Wohin sollte sie gehen? Was tun? Was war mit ihm vorgegangen? Wie war ein solcher Irrtum, eine solche Vergeßlichkeit, ein solches Mißverständnis, eine so unglaubliche Zerstreutheit nur möglich?

Sie hatte ganze zwei Franken in ihrer Tasche. An wen sollte sie sich wenden? Und plötzlich kam ihr in den Sinn, daß ja ihr Vetter Barral als Amtsvorsteher im Marineministerium angestellt war.

Sie besaß gerade noch so viel Geld, daß sie die Droschkenfahrt bezahlen konnte, und ließ sich zu ihm fahren. Als sie hinkam, wollte er sich eben ins Ministerium begeben. Wie Lebrument trug auch er eine dicke Mappe unter dem Arm.

Sie sprang aus der Droschke und rief: „Henry!"

Verblüfft blieb er stehen. „Jeanne?... du hier?... ganz allein?... Was tust du hier? Wo kommst du her?"

Mit Tränen in den Augen stammelte sie: „Mein Mann ist verschwunden... eben vorhin."

„Verschwunden? Wo denn?"

„Auf einem Omnibus."

„Auf einem Omnibus?... Oh!..."

Weinend erzählte sie ihm, was sie erlebt hatte. Er hörte ihr nachdenklich zu. Dann fragte er: „War er heute morgen ganz klar im Kopf?"

„Ja."

„Gut. Hatte er viel Geld bei sich?"

„Ja, er hatte meine ganze Mitgift mitgenommen."

„Deine Mitgift?... Die ganze?"

„Ja, die ganze... er wollte doch die Praxis gleich bezahlen."

„Na schön, liebe Kusine, um diese Stunde wird dein Mann wohl unterwegs nach Belgien sein."

Sie wurde immer noch nicht klug aus seinen Worten. Sie stammelte: „... Mein Mann... was meinst du damit?..."

„Ich meine: Er hat dein Kapital... geklaut... weiter nichts."

Sie stand starr und rang nach Luft. Schließlich brachte sie hervor: „Dann ist... ist er... ein Schuft!"

Darauf sank sie halb ohnmächtig vor Erregung ihrem Vetter schluchzend an die Brust.

Da schon ein paar Gaffer stehenblieben und sie anstarrten, schob er sie ganz sachte in den Hausgang, faßte sie um die Hüfte und half ihr so die Treppe hinauf. Und als das Dienstmädchen erstaunt die Tür öffnete, befahl er: „Sophie, gehen Sie rasch ins Restaurant und holen Sie ein Mittagessen für zwei Personen. Heute gehe ich nicht ins Amt."

MEIN FREUND PATIENCE

„Weißt du, was aus Leremy geworden ist?"

„Er ist Rittmeister bei den Sechser-Dragonern."

„Und Pinson?"

„Unterpräfekt."

„Racollet?"

„Gestorben."

Wir suchten nach anderen Namen, die uns junge Gesichter unter dem goldgalonierten Käppi in Erinnerung riefen. Später hatten wir ein paar von diesen Kameraden wiedergesehen. Da hatten sie Bärte oder Glatzen, waren verheiratet und Väter mehrerer Kinder, und dieses Wiedersehen mit den ganz veränderten Freunden hatte uns jedesmal angewidert und maßlos enttäuscht. Wir sahen daraus, wie kurz das Leben, wie vergänglich alles ist, wie alles sich wandelt.

Mein Freund fragte: „Und Patience, der dicke Patience?"

Ich stieß ein wahres Indianergeheul aus.

„Oh, über den... Hör nur. Ich war vor vier oder fünf Jahren auf einer Inspektionsreise in Limoges und wartete, bis es Zeit zum Abendessen war. Ich saß vor dem großen Café auf der Place du Théâtre und langweilte mich gräßlich. Die Handelsherren kamen zu zweit, zu dritt oder zu viert, tranken ihren Absinth oder Wermut, verhandelten mit lauter Stimme ihre eigenen oder andere Geschäfte, lachten schallend oder tuschelten miteinander, wenn sie sich etwas Wichtiges oder Delikates mitteilen wollten.

Ich überlegte: Was fange ich nur nach dem Essen an? Und ich dachte an den langen Abend in dieser Provinzstadt, an den langsamen, trübseligen Bummel durch die unbekannten Straßen, an die bedrükkende, traurige Stimmung, die für den ortsfremden, einsamen Reisenden von den vorbeihastenden Leuten ausgeht. Sie sind ihm fremd und unvertraut in allem und durch alles, durch den kleinstädtischen Zuschnitt des Rocks, die Form des Hutes, die Machart der Hosen, durch ihr ganzes Gebaren und ihre Sprache, die den Ortsansässigen verrät. Wie trostlos, wie quälend wirken auch die Häuser, die Läden, die Gefährte mit ihren eigentümlichen Formen, die alltäglichen Geräusche, die man nicht gewohnt ist. All dies setzt einem mit einer qualvollen Traurigkeit zu, man beschleunigt mehr und mehr seine Schritte, als wäre man verloren in einem gefährlichen Land, man fühlt sich beklommen, sehnt sich nach dem Hotel, dem häßlichen Hotel mit dem ungemütlichen Zimmer, in dem noch tausend verdächtige Gerüche hängen, dessen Bett so wenig Einladendes hat, in dessen Waschschüssel noch ein Haar auf dem verstaubten Boden liegt.

An das alles dachte ich, während ich zuschaute, wie die Gaslaternen angezündet wurden. Ich fühlte, wie meine Verlassenheit, meine Herzensnot mit dem Hereinsinken der Dunkelheit noch wuchs. Was sollte ich nach dem Abendessen anfangen? Ich war allein, ganz allein, jammervoll verlassen.

Da nahm am Nebentisch ein dicker Mann Platz und bestellte mit dröhnender Stimme: ‚Kellner, *meinen* Bittern!‘

Das *mein* schallte in dem Satz wie ein Kanonenschuß. Mir war sofort klar, daß alles auf der Welt ihm gehörte, ihm allein, und keinem anderen, daß er *seinen* Charakter besaß – Herrgott noch einmal! –, *seine* Hosen, daß alles, was es auch sein mochte, *sein* und nur *sein* war, auf *seine* eigene, unumschränkte Weise, daß ihm alles weit vollständiger gehörte als sonst wem auf der Welt. Dann blickte er sich selbstzufrieden um. Man brachte ihm seinen Bittern, und er rief: ‚*Meine* Zeitung!‘

Welches ist wohl seine Zeitung? fragte ich mich. Der Kopf konnte mir sicher über seine Weltanschauung, seine Theorie und Grundsätze, seine Marotten, seine Naivität Aufschluß geben.

Zu meiner Überraschung brachte der Kellner den *Temps*. Warum ausgerechnet den *Temps*, dieses würdige, graue, doktrinäre, wohlabgewogene Blatt? Ich sagte mir: Also ist er ein wohlanständiger Mann, sein Lebenswandel seriös, in geregelten Verhältnissen, kurz, ein guter Bürger.

Er setzte eine goldene Brille auf, lehnte sich behaglich zurück und warf noch einmal einen prüfenden Blick in die Runde, bevor er zu lesen begann. Dabei bemerkte er mich und starrte von da an beharrlich und auf eine geradezu peinliche Weise zu mir herüber. Eben wollte ich ihn fragen, warum er mich denn so anstarre, da rief er mir von seinem Platz aus zu: ‚Donnerwetter, das ist doch Gontran Lardois!'

Ich erwiderte: ‚Jawohl, der bin ich.'

Da sprang er plötzlich auf und kam mit ausgestreckten Händen auf mich zu.

‚Na, altes Haus, wie geht's dir?'

Ich war immer noch in größter Verlegenheit, denn ich erkannte ihn mit dem besten Willen nicht. So stammelte ich: ‚Ja, sehr gut... und Ihnen?'

Er lachte hellauf.

‚Ich wette, du kennst mich nicht mehr?'

‚Nein, nicht so recht... mir scheint... aber...'

Er schlug mich auf die Schulter. ‚Ach was, mach keine Witze. Ich bin Patience, Robert Patience, dein Schulkamerad, dein Jugendfreund.'

Nun erkannte ich ihn wieder. Ja, er war Robert Patience, mein Schulkamerad. Ganz richtig. Ich drückte die dargebotene Hand.

‚Und du?... wie geht es dir?'

‚Mir? Großartig.'

Sein Lächeln verkündete Triumph.

Er fragte: ‚Was willst du denn hier?'

Ich erklärte ihm, ich sei Finanzinspektor und auf einer Dienstreise.

Er deutete auf mein Ordensbändchen und fragte: ‚Du hast es also weit gebracht?'

‚Ja, ordentlich weit, und du?'

‚Oh, ich kann auch nicht klagen.'

‚Was treibst du denn?'

‚Ich bin geschäftlich tätig.'

‚Du verdienst dabei Geld?'

‚Viel sogar. Ich bin sehr reich. Aber komm doch morgen zum Essen zu mir, mittags, Rue du Coq-qui-chante 17. Du wirst ja sehen, wie ich hause.'

Er schien einen Augenblick zu zögern, dann fuhr er fort: ‚Du bist noch immer der gleiche Schwerenöter wie früher?'

‚Ja... ich hoffe es!'

‚Ledig, nicht wahr?'

‚Ja, natürlich.'

‚Um so besser. Und du bist immer noch Liebhaber von Wonne und Bratkartoffeln?'

Ich fand ihn nachgerade erbärmlich gewöhnlich. Trotzdem erwiderte ich: ‚Natürlich.'

‚Und die hübschen Mädchen?'

‚Was die anbelangt, ja.'

Er lachte gutmütig und befriedigt.

‚Um so besser, um so besser. Weißt du noch – unser erster Jux in Bordeaux, das Souper im *Roupie?* Da ging's hoch her, nicht?'

Ich erinnerte mich allerdings noch gut an die tolle Nacht, und diese Erinnerung stimmte mich heiter. Dann kamen mir weitere Jugendstreiche in den Sinn, noch einer und noch einer. Wir wärmten unsere Erlebnisse aus alten Tagen wieder auf.

‚Weißt du noch, wie wir damals den Pauker im Keller des alten Latoque eingesperrt haben?'

Er lachte los, hieb mit der Faust auf den Tisch und fuhr fort: ‚Ja... ja... ja... und weißt du noch, was der Geographielehrer Marin für ein blödes Gesicht gemacht hat, als wir einen Knallfrosch hinter der Weltkarte losgehen ließen, gerade wie er im schönsten Zug war und sich lang und breit über die wichtigsten Vulkane der Erde ausließ?‘

Doch ich wechselte das Thema und fragte: ‚Und du, bist du eigentlich verheiratet?‘

‚Seit zehn Jahren, mein Lieber‘, dröhnte er, ‚und ich habe vier Kinder, erstaunliche Rangen. Aber du wirst sie ja mit ihrer Mutter noch sehen.‘

Wir sprachen laut; die Gäste ringsum wandten sich um und schauten uns erstaunt an.

Plötzlich sah mein Freund auf die Uhr, einen unmäßig großen Chronometer, und rief: ‚Donnerwetter, wie ärgerlich! Aber ich muß gehen. Abends bin ich nie frei.‘

Er stand auf, faßte mich an beiden Händen und drückte sie, als wollte er mir die Arme ausreißen; dann sagte er: ‚Auf Wiedersehen morgen mittag, abgemacht?‘

‚Abgemacht.‘

Ich arbeitete den ganzen Vormittag im Finanzamt. Der Vorsteher wollte mich zum Mittagessen einladen, aber ich erklärte, ich sei mit einem Freund verabredet. Da er auch noch einen Gang zu machen hatte, begleitete er mich.

Ich fragte ihn: ‚Wissen Sie, wo die Rue du Coqqui-chante liegt?‘

‚Natürlich‘, gab er zur Antwort, ‚fünf Minuten von hier. Ich habe nichts Wichtiges vor und kann Sie gern begleiten.‘

Wir machten uns auf den Weg.

Bald hatten wir die gesuchte Straße erreicht, eine breite, recht schöne Straße auf der Grenze zwischen Stadt und offenem Feld. Ich ließ meine Blicke über die Häuser hinwandern und fand auch bald die Nummer 17. Es war ein stattliches Haus mit einem Garten dahinter. Die Fassade, mit Fresken nach italienischer Art geschmückt, dünkte mich reichlich geschmacklos. Man sah darauf Göttinnen mit schief gehaltenen Urnen und andere, deren heimliche

Schönheiten hinter einer Wolke verborgen waren. Zwei steinerne Putten hielten die Hausnummer.

Ich sagte zum Vorsteher des Finanzamtes: ‚Da wären wir.‘

Ich bot ihm die Hand und wollte mich verabschieden. Er prallte plötzlich und auffällig zurück, sagte jedoch nichts, sondern drückte meine dargebotene Hand.

Ich klingelte. Ein Dienstmädchen öffnete. Ich fragte: ‚Herr Patience wohnt doch hier?‘

Sie antworte: ‚Gewiß, mein Herr... Wünschen Sie ihn persönlich zu sprechen?‘

‚Ja, natürlich.‘

Auch das Vestibül war mit Malereien ausgeschmückt, die sichtlich ein ortsansässiger Künstler hingepinselt hatte. Paul und Virginie waren mehrmals dargestellt und umarmten sich unter Palmen, die in rosarotem Licht schwammen. Eine greuliche orientalische Lampe hing von der Decke herab. Mehrere Türen, mit bunten Vorhängen verdeckt, gingen auf diesen Vorraum hinaus.

Was mir aber vor allem auffiel, war der Geruch. Ein aufdringlicher, ekelerregender Mief, der an Reispuder und schimmlige Keller erinnerte. Ein schwer zu bezeichnender Duft in einer drückend schwülen Atmosphäre, beklemmend wie in einem Schwitzbad, wo Menschenleiber geknetet werden. Ich stieg hinter dem Mädchen eine Marmortreppe hinauf, die mit einem orientalisch gemusterten Läufer belegt war, und wurde in einen prunkvollen Salon geführt.

Als ich allein war, schaute ich mich um.

Das Gemach war reich ausgestattet, aber wie für einen Parvenü, der Liebhaber von schlüpfrigen Zweideutigkeiten war. Da hingen – übrigens recht schöne – Stiche aus dem letzten Jahrhundert, auf denen Frauen mit hohen gepuderten Frisuren halbnackt in verfänglichen Stellungen von galanten Herren überrascht wurden. Eine andere Dame lag in einem breiten, zerwühlten Bett und neckte mit dem Fuß ein Hündchen, das in den Bettlaken kauerte. Eine andere sträubte sich halb willfährig gegen ihren Liebhaber, der ihr unter die Röcke griff. Auf einer Zeichnung waren vier Füße zu sehen, deren dazugehörige Körper hinter einem Vorhang verborgen waren. Ringsum standen längs den Wänden des geräumigen Zimmers schwellende Ruhebetten, und überall entströmte ihm der widerliche, fade Geruch, der mir schon beim Eintreten entgegengeschlagen war. Wände und Stoffe, der ganze übertriebene Luxus, alles hatte etwas Verdächtiges.

Ich trat ans Fenster und schaute in den Garten hinaus. Schon vorher waren mir die schönen Bäume aufgefallen. Er war sehr groß, schattig, prächtig unterhalten. Ein breiter Weg lief rund um einen Rasenplatz, auf dem ein Springbrunnen sein Wasser in die Luft verspritzte, führte dann durch dichtes Gebüsch und kam weiter hinten wieder heraus. Und plötzlich erschienen ganz im Hintergrund zwischen zwei Sträuchergruppen drei Frauen. Sie gingen langsam, Arm in Arm, in lange weiße, spitzenbesetzte Morgenröcke gehüllt, spazieren. Zwei waren blond, die dritte brünett. Gleich danach verschwanden sie wieder unter den Bäumen. Ich war lebhaft beeindruckt, ja entzückt von dieser kurzen, bezaubernden Erscheinung, die in mir eine ganze Welt voll Poesie erweckte. Ich hatte sie in dem dämmerigen Licht des Laubdaches hinten in dem verschwiegenen, anmutigen Park nur rasch vorbeihuschen sehen, und es war mir gewesen, als sähe ich auf einmal die schönen Damen vergangener Zeiten unter den Hagebuchenlauben lustwandeln, jene schönen Damen, deren leichtfertige Liebschaften die galanten Stiche an den Wänden wiederaufleben ließen. Ich dachte an die glückliche Zeit, die blühende, geistvolle, zärtliche Zeit, in der die Sitten noch so nachsichtig und die Lippen so kußfroh waren...

Da ließ mich eine grobe Stimme auffahren. Patience war eingetreten und streckte mir strahlend die Hand entgegen.

Er schaute mir tief in die Augen mit der verschmitzten Miene, mit der man seine Liebesabenteuer zum besten gibt, dann wies er mit einer weitausholenden napoleonischen Gebärde rundum auf seinen prunkvollen Salon, seinen Park, die drei Frauen, die hinten im Garten wieder auftauchten, und sagte mit triumphierender Stimme, aus der sein ganzer Stolz klang: ‚Und dabei habe ich mit nichts angefangen … nur mit meiner Frau und meiner Schwägerin.'"

DAS BETT 29

Wenn der Rittmeister Epivent auf der Straße vorbeiging, drehten sich alle Frauen nach ihm um. Er war der Inbegriff des schneidigen Husarenoffiziers. Er fühlte sich denn auch nicht wenig, gab groß an und spreizte sich wie ein Pfau, voll Stolz auf seine strammen Schenkel, seine Taille und seinen Schnurrbart, auf die er sehr viel Pflege verwendete. Sie waren übrigens prachtvoll, Schnurrbart, Taille und Schenkel. Der Schnurrbart war blond, dicht und stark und fiel in einem schmucken Haarwulst, gelb wie reifes Korn, auf die Lippen herab; aber er war seidenfein, sorgfältig gerollt und zog sich auf beiden Seiten des Mundes in zwei kräftigen, tadellos flotten Spitzen abwärts. Um die Hüften war Epivent schmal, als trüge er ein Korsett, während sich darüber eine kräftige, runde, breite, echt männliche Brust wölbte. Seine Beine waren wunderbar, Beine, wie sie ein Turner oder ein Tänzer haben muß, muskulös und sehnig; man sah jede Bewegung seiner Muskeln, die sich unter der eng anliegenden roten Hose abzeichneten.

Sein Gang war großspurig, er ging mit auswärts gespreizten Füßen und Armen, mit dem leicht wiegenden Schritt des Reiters, der Beine und Oberleib so gut zur Geltung bringt und in einer Uniform unwiderstehlich, in einem Gehrock aber gewöhnlich wirkt.

Wie viele Offiziere sah der Rittmeister Epivent in Zivil nicht vorteilhaft aus. Trug er graue oder schwarze Anzüge, hätte er ebensogut Verkäufer in einem Geschäft sein können. Aber in Uniform hatte er etwas Sieghaftes. Übrigens hatte er einen hübschen Kopf, eine dünne, gebogene Nase, blaue Augen, eine schmale Stirn. Allerdings hatte er eine Glatze, obwohl ihm unverständlich war, wieso seine Haare ausgefallen waren. Er tröstete sich mit dem

Gedanken, daß zu einem großen Schnurrbart ein kahler Kopf nicht übel passe.

Er hatte für die Menschen im allgemeinen nur Verachtung übrig, machte aber doch gewisse Gradunterschiede in seiner Menschenverachtung.

Zunächst einmal waren die Bürger für ihn einfach nicht vorhanden. Er sah sie, wie man etwa Tiere sieht, ohne ihnen aber mehr Beachtung zu schenken als Spatzen oder Hühnern. Einzig die Offiziere zählten auf der Welt, aber er empfand auch nicht für alle Offiziere die gleiche Achtung. Er achtete im Grunde nur die schönen Männer, denn seiner Ansicht nach war die einzige wahre Eigenschaft des Soldaten schneidiges Aussehen. Ein Soldat war ein Allerweltskerl, zum Teufel, ein Mordskerl und Draufgänger, zu nichts anderem geschaffen als zum Dreinschlagen und zum Knutschen, ein strammer, forscher, wilder und leistungsfähiger Mann, sonst nichts. Die Generäle der französischen Armee standen je nach ihrer Gestalt, ihrer Haltung und ihrem mehr oder weniger martialischen Gesicht höher oder tiefer in seiner Achtung. Bourbaki erschien ihm als der größte Feldherr der neuesten Zeit.

Er machte sich gern über die Linienoffiziere lustig; sie seien kurzbeinig und dick und schnauften beim Gehen. Vor allem aber er empfand er eine unüberwindliche Geringschätzung, die an Abscheu grenzte, für die armseligen Schwächlinge von der Polytechnischen Schule, die kümmerlichen, mageren, brillentragenden Männchen, die linkischen, täppischen Artilleristen und Ingenieure, die, wie er behauptete, zum Uniformtragen ebenso geeignet seien wie ein Kaninchen zum Messelesen. Er war empört, daß man in der Armee diese krüppeligen Mißgeburten mit den dürren Beinen duldete; sie bewegten sich wie Krabben vorwärts, meinte er, tränken nicht, äßen nur wenig und hätten offensichtlich mehr für Gleichungen übrig als für schöne Mädchen.

Der Rittmeister Epivent hatte dauernd Erfolge, ja, er feierte wahre Triumphe beim schönen Geschlecht.

Sooft er in Gesellschaft einer Frau soupierte, stand es für ihn fest, daß er die Nacht mit ihr im gleichen Bett verbrachte, und wenn unüberwindliche Hindernisse seinen Sieg noch in derselben Nacht unmöglich machten, konnte er doch mit Sicherheit auf eine „Fortsetzung am nächsten Tag" zählen. Seine Kameraden sahen es nicht gern, wenn er ihre Freundinnen kennenlernte, und die Krämer, die in ihren Läden hübsche Frauen an der Kasse hatten, kannten ihn und fürchteten und haßten ihn von Herzen.

Wenn er vorbeiging, wechselte die Kassiererin unwillkürlich durch die Scheiben der Auslage einen Blick mit ihm, einen jener Blicke, die mehr sagen als zärtliche Worte, die einen Ruf und eine Antwort enthalten, ein Verlangen und ein Geständnis. Und ihr Mann drehte sich, durch eine Art Instinkt gewarnt, plötzlich um und warf einen wütenden Blick auf die stolze, schneidige Silhouette des Offiziers. Und war der Rittmeister dann lächelnd und hochbefriedigt von dem Eindruck, den er gemacht hatte, vorbeigegangen, rückte der Kaufmann mit fahrigen Händen die Gegenstände, die vor ihm lagen, hin und her und erklärte:

„So ein aufgeblasener Truthahn! Wann wird man endlich aufhören, alle diese unnützen Gesellen zu mästen, die ihren Blechkrempel in den Straßen herumschleifen? Mir ist jedenfalls ein Metzger lieber als ein Soldat. Wenn seine Schürze blutig ist, dann ist es wenigstens Tierblut. Er ist zu etwas nütze, und das Messer, mit dem er hantiert, ist nicht zum Töten von Menschen da. Ich kann es nicht verstehen, daß man länger zusieht, wie diese staatlich besoldeten Totschläger ihre Mordinstrumente spazierenführen. Es geht nicht ohne sie, das weiß ich auch. Aber dann soll man sie wenigstens verborgen halten und nicht wie für eine Maskerade in rote Hosen und blaue Waffenröcke kleiden. Den Henker kostümiert man nicht als General, nicht wahr?"

Die Frau gönnte ihm keine Antwort, sondern hob nur unmerklich die Schultern, während ihr Mann, der dieses Achselzucken wohl erriet, aber nicht sah, sich weiter ereiferte: „Muß einer schon ein rechter Esel sein, wenn er sich die Paraden dieser Burschen ansieht!"

Der Ruf eines Draufgängers und Frauenbetörers, den der Rittmeister Epivent genoß, stand übrigens in der ganzen französischen Armee fest.

Nun wurde im Jahre 1868 sein Regiment, die Hundertzwanziger Husaren, nach Rouen verlegt.

Er war schon bald stadtbekannt. Abend für Abend erschien er gegen fünf Uhr auf dem Cours Boïeldieu und trank seinen Absinth im Café de la Comédie. Bevor er aber das Kaffeehaus betrat, machte er mit Vorbedacht noch einen Rundgang über die Promenade, um seine Beine, seine Taille und seinen Schnurrbart vorzuführen.

Die ansässigen Kaufleute, die mit auf dem Rücken verschränkten Händen ebenfalls spazierengingen, nur ihre Geschäfte im Kopf hatten und von steigenden und fallenden Kursen sprachen, warfen einen raschen Blick auf ihn und murmelten: „Donnerwetter, der ist ein schöner Mann!"

Als sie ihn dann kennengelernt hatten, sagten sie: „Sieh nur, der Rittmeister Epivent! Was für ein Prachtkerl!"

Wenn ihm Frauen begegneten, neigten sie ganz sonderbar den Kopf, als überliefe sie ein schamvolles Schauern und als fühlten sie sich vor ihm schwach, nackt und bloß. Sie senkten ein wenig den Kopf, und um ihre Lippen spielte ein unmerkliches Lächeln, ein unausgesprochenes Verlangen, Gefallen zu erwecken und einen Blick von ihm zu erhaschen. Wenn er mit einem Kameraden spazierte, brummte dieser unfehlbar jedesmal, wenn er denselben Vorgang mit ansehen mußte, leise vor sich hin: „Der verdammte Epivent, hat der ein Glück!“

Unter den ausgehaltenen Lebedamen der Stadt entbrannte alsbald ein hitziger Kampf, ein wahrer Wettlauf, wer ihn den anderen wegschnappen konnte. Alle kamen sie um fünf Uhr, wenn die Offiziere bummeln gingen, auf den Cours Boïeldieu und fegten, zwei und zwei nebeneinander, mit ihren Röcken die Promenade von einem Ende zum anderen, während die Offiziere, die Leutnants, Rittmeister und Majore, zwei und zwei nebeneinander ihre Säbel über das Trottoir nachschleppten, bevor sie das Café betraten.

Eines Abends nun ließ die schöne Irma – wie es hieß, die Geliebte des reichen Fabrikanten Templier-Papon – ihren Wagen gegenüber dem Café de la Comédie halten, stieg aus und ging zum Schein zu Paulard, dem Graveur, um Briefpapier zu kaufen oder Visitenkarten zu bestellen, in Wirklichkeit aber wollte sie an den Tischen der Offiziere vorbeigehen und dem Rittmeister Epivent einen Blick zuwerfen, der ihm so deutlich zu verstehen gab: „Jederzeit, wann Sie nur wollen!“, daß der Oberst Prune, der mit seinem Oberstleutnant vor dem grünen Schnaps saß, sich nicht enthalten konnte, neidisch zu knurren: „Heiliger Bimbam! Hat der Kerl ein Schwein!“

Der Ausspruch des Obersten wurde herumgeboten, und der Rittmeister Epivent, dem diese beifällige Äußerung seines Vorgesetzten schmeichelte, ging am nächsten Tag in vollem Staat mehrmals nacheinander unter den Fenstern der Schönen vorbei.

Sie sah ihn, zeigte sich und lächelte.

Noch am selben Abend war er ihr Geliebter.

Sie machten kein Hehl aus ihrem Verhältnis, im Gegenteil, sie stellten sich mit Absicht zur Schau und kompromittierten sich gegenseitig. Beide waren stolz auf ein solches Abenteuer.

Die Liebe der schönen Irma zu dem Offizier war Stadtgespräch. Nur Herr Templier-Papon wußte nichts davon.

Der Rittmeister Epivent strahlte vor Glück und Stolz; alle Augenblicke sagte er: „Irma hat mir eben gesagt – Irma sagte mir heute nacht – Gestern, als ich mit Irma speiste..."

Über ein Jahr lang tat er mit seiner Liebe groß, ganz Rouen war im Bild und weidete sich daran, er führte sie der Stadt vor wie eine Fahne, die er dem Feinde abgenommen hatte. Er fühlte sich durch diese Eroberung gehoben, beneidet, zukunftssicherer, des heiß ersehnten Kreuzes gewisser, denn aller Augen blickten auf ihn, und es genügte ja, im Brennpunkt des öffentlichen Interesses zu stehen, um nicht übergangen zu werden.

Doch da brach der Krieg aus, und das Regiment des Rittmeisters wurde als eines der ersten an die Grenze geschickt. Der Abschied war herzzerreißend. Er dauerte eine ganze Nacht.

Säbel, rote Hose, Käppi, Dolman lagen, von der Stuhllehne heruntergerutscht, auf dem Boden. Kleider, Röcke, Seidenstrümpfe waren über den Teppich hingestreut, mit den Uniformstücken kläglich vermischt, das Zimmer sah durcheinandergewühlt aus wie nach einer Schlacht. Irma war wie wahnsinnig, ihr Haar hing aufgelöst und wirr herab, verzweifelt umschlang sie den Hals des Offiziers, preßte ihn leidenschaftlich an sich, ließ ihn dann wieder los, wälzte sich auf dem Boden, warf die Möbel um, riß die Fransen der Sessel ab, biß in die Stuhlbeine, während der Rittmeister ergriffen dabeistand, aber als ungeschickter Tröster immer nur hervorbrachte: „Irma, meine kleine Irma, ich kann dir nicht helfen, es muß sein."

Und ab und zu wischte er mit dem Finger eine Träne ab, die sich im Augenwinkel sammelte.

Sie trennten sich erst, als der Morgen graute. Irma fuhr im Wagen ihrem Geliebten bis zur ersten Etappe nach. Sie umarmte ihn beim Abschied fast vor den Augen des Regiments. Das fand man sogar sehr nett, sehr würdig, sehr schön, und die Kameraden drückten dem Rittmeister die Hand und sagten: „Du verflixter Glückspilz, sie hatte aber doch Herz, die Kleine!“

Man sah wahrhaftig darin etwas Patriotisches.

Das Regiment wurde im Lauf der Kämpfe arg mitgenommen. Der Rittmeister schlug sich heldenhaft und erhielt zuletzt auch das Kriegskreuz. Als dann der Krieg zu Ende war, kam er nach Rouen zurück.

Gleich nach seiner Rückkehr erkundigte er sich nach Irma, aber niemand konnte ihm Genaues sagen.

Wenn man den einen glauben wollte, hatte sie mit dem preußischen Generalstab ein wüstes Leben geführt.

Nach anderen hatte sie sich zu ihren Eltern, Landwirten in der Umgebung von Yvetot, zurückgezogen.

Epivent schickte sogar seinen Burschen zur Mairie; er sollte dort im amtlichen Totenregister nachsehen. Doch der Name seiner Geliebten stand nicht darin.

Das war ein schwerer Schlag für ihn, und er trug seinen Kummer selbstbewußt zur Schau. Er schob sein Unglück sogar den Feinden in die Schuhe und schrieb das Verschwinden der jungen Frau den Preußen zu.

„In nächsten Krieg sollen sie mir das büßen, die Schufte!“ erklärte er öfters.

Eines Morgens aber, als er zum Mittagessen ins Kasino kam, überbrachte ihm ein Dienstmann, ein alter Mann in einem Kittel und mit einer Wachstuchmütze auf dem Kopf, einen Brief. Er riß den Umschlag auf und las:

Mein Liebster,
Ich liege im Hospital und bin sehr, sehr krank. Willst Du mich nicht einmal besuchen? Es würde mich so sehr freuen!

Irma

Der Rittmeister wurde bleich und erklärte von tiefem Mitleid ergriffen:
„Herrgott im Himmel! Das arme Kind! Gleich nach dem Essen geh' ich zu ihr."
Und während des ganzen Mittagsmahls erzählte er an der Offizierstafel, Irma sei im Spital, aber er werde sie schon dort herausholen, zum Donnerwetter! Daran seien wieder die verfluchten Preußen schuld! Vermutlich sei sie allein und völlig abgebrannt in größter Not verkommen, denn man habe sicherlich ihr Mobiliar geplündert.
„Ah! die Schweinehunde!"
Alle hörten ihm tiefbewegt zu.
Kaum hatte er seine Serviette zusammengerollt und in den hölzernen Ring gesteckt, erhob er sich. Er nahm seinen Säbel vom Kleiderständer, wölbte die Brust vor, um seine Taille dünner zu machen, schnallte seinen Gürtel um und ging dann raschen Schrittes fort ins Zivilhospital.
Doch der Zutritt zu dem Gebäude, in das er ohne weiteres zu gelangen erwartet hatte, wurde ihm streng verwehrt, und er mußte sogar seinen Oberst aufsuchen und ihm seinen Fall klarlegen. Der Oberst gab ihm ein Briefchen an den Direktor mit.
Dieser ließ den schmucken Rittmeister zuerst eine gute Weile in seinem Vorzimmer warten und stellte ihm schließlich, nach einer kühlen und mißbilligenden Begrüßung, eine Erlaubnis aus.
Schon an der Tür fühlte er sich in diesem Asyl des Elends, des Leidens und des Todes beklommen. Ein Wärter führte ihn.
Er ging auf den Zehenspitzen, um ja keinen Lärm

zu machen, durch die langen Korridore, in denen ein schaler Geruch nach Schimmel, Krankheit und Medikamenten hing. Nur dann und wann störte ein Stimmengemurmel das tiefe Schweigen des Hauses.

Manchmal sah der Rittmeister durch eine offene Tür in einen Schlafsaal, auf eine Reihe von Betten, unter deren Leintüchern sich die Körper der Kranken abzeichneten. Ein paar Rekonvaleszentinnen saßen in uniformähnlichen Röcken aus grauer Leinwand mit weißen Hauben auf Stühlen am Fußende ihrer Betten und nähten.

Plötzlich blieb sein Führer vor einem dieser Säle voller Kranker stehen. Über der Tür las man in großen Buchstaben: Syphilitikerinnen. Der Rittmeister schauerte zusammen; dann fühlte er, wie er rot wurde. Beim Eingang bereitete eine Krankenschwester auf einem Holztischchen ein Medikament.

„Ich will Sie hinführen", sagte sie. „Es ist das Bett 29."

Sie ging dem Offizier voraus.

Dann deutete sie auf ein Bett und sagte: „Da ist es."

Man sah nichts als zerknüllte Decken, die sich über einem Menschenkörper bauschten. Der Kopf war unter dem Leintuch versteckt.

Überall reckten sich Köpfe über den Betten, bleiche, erstaunte Gesichter, die auf die Uniform starrten, Gesichter von Frauen, von jungen und alten Frauen, die aber alle unter dem vorschriftsmäßigen Mieder häßlich und gemein aussahen.

Der Rittmeister war völlig durcheinander. Er hielt mit einer Hand seinen Säbel, in der andern trug er sein Käppi, und er flüsterte: „Irma."

Da regte sich etwas in dem Bett, und das Gesicht seiner Geliebten kam zum Vorschein, aber so verändert, so verlebt und abgemagert, daß er sie nicht wiedererkannte.

Sie keuchte, rang vor Erregung nach Atem und

brachte endlich hervor: „Albert!... Albert!... Du bist es!... Oh!... Gott sei Dank... das ist gut..."

Tränen liefen ihr über die Wangen.

Die Pflegerin brachte einen Stuhl und sagte: „Setzen Sie sich doch, Herr Rittmeister."

Er nahm Platz und bestrachtete das bleiche, abgezehrte Gesicht des Mädchens, das noch so schön und frisch gewesen war, als er von ihr Abschied nahm.

Er fragte: „Was hast du denn gehabt?"

Unter Schluchzen antwortete sie: „Du hast es ja gesehen, es steht auf der Tür angeschrieben."

Sie verbarg ihre Augen unter dem Leintuch.

Verzweifelt und schamerfüllt fragte er weiter: „Wie hast du das nur erwischt, armes Kind?"

Sie flüsterte: „Die Preußen, diese Schweine, haben es mir angehängt. Sie haben mich fast mit Gewalt genommen und mich verseucht."

Er wußte nichts mehr zu sagen. Er schaute sie an und drehte sein Käppi auf den Knien umher.

Die anderen Kranken starrten ihn an, und er hatte das deutliche Empfinden, daß er einen Fäulnisgeruch, den Geruch verdorbenen Fleisches und gemeiner Lasterhaftigkeit in diesem Schlafsaal voller Dirnen rieche, die alle mit dem schändlichen und fürchterlichen Übel angesteckt waren.

Sie murmelte: „Ich glaube nicht, daß ich mit dem Leben davonkomme. Der Arzt sagt, es stehe ernst mit mir."

Da fielen ihre Augen auf das Kreuz auf der Brust des Offiziers, und sie rief: „Oh, du hast einen Orden! Wie mich das freut! Wie mich das freut! Oh, wenn ich dich nur küssen dürfte!"

Angst und Ekel durchschauerten den Rittmeister beim Gedanken an diesen Kuß.

Am liebsten wäre er jetzt gegangen, hätte frische Luft geschöpft und diese Frau nie wiedergesehen. Aber er blieb, weil er nicht wußte, wie er es anfangen sollte, aufzustehen und von ihr Abschied zu nehmen. Er würgte hervor: „Hast du dich denn nicht gepflegt?"

In Irmas Augen trat ein flammendes Leuchten. „Nein", sagte sie, „ich habe mich rächen wollen, und hätte ich dran krepieren müssen! Und ich habe sie alle, alle ebenfalls verseucht, so sehr ich's konnte. Solange sie in Rouen waren, habe ich nichts dagegen getan."

Etwas verlegen, mit einem heitern Unterton, erklärte er: „Das hast du allerdings großartig gemacht."

Sie ereiferte sich immer mehr und bekam rote Backen.

„O ja", sagte sie, „es wird mehr als einer dran glauben müssen durch meine Schuld. Ich habe mich jedenfalls gerächt, dafür steh' ich dir ein."

Er sagte noch: „Desto besser!" Dann erhob er sich. „Weißt du, ich muß jetzt gehen. Ich bin für vier Uhr zum Oberst befohlen."

Enttäuscht, schmerzlich erregt, klagte sie: „Schon? Du willst mich schon verlassen? Du bist ja erst gekommen!..."

Doch er wollte um jeden Preis fort. Er begütigte: „Du siehst doch, ich bin sofort gekommen. Aber ich muß unbedingt um vier Uhr beim Oberst sein."

„Ist es immer noch der Oberst Prune?"

„Ja, noch immer. Er ist zweimal verwundet worden."

„Und deine Kameraden", fragte sie weiter, „sind welche gefallen?"

„Ja, Saint-Timon, Savagnat, Poli, Sapreval, Robert, de Courson, Pasafil, Santal, Caravan und Poivrin sind tot. Sahel wurde ein Arm weggerissen, Courvoisin das eine Bein zerschmettert, Paquet hat das rechte Auge verloren."

Sie hörte ihm gespannt zu. Dann fragte sie plötzlich ganz ängstlich: „Sag, willst du mich küssen, bevor du gehst? Madame Langlois ist gerade nicht da."

Trotz dem Ekel, der ihn würgte, drückte er seine Lippen auf ihre totenbleiche Stirn, während sie ihn mit ihren Armen umfangen hielt und das blaue Tuch seines Dolmans wie rasend mit Küssen bedeckte.

Dann fragte sie: „Du kommst doch wieder? Sag, wirst du wiederkommen? Versprich mir, daß du wiederkommst!“

„Ja, ich verspreche es dir.“

„Wann? Kannst du Donnerstag?“

„Ja, Donnerstag.“

„Donnerstag um zwei?“

„Gewiß, Donnerstag um zwei Uhr.“

„Versprichst du mir's?“

„Versprochen.“

„Leb wohl, mein Liebster.“

„Leb wohl.“

Dann ging er, ganz benommen und zusammengekrümmt, damit seine große Gestalt kleiner wirkte, an den ihm nachstarrenden Patientinnen vorbei durch den Schlafsaal, und als er draußen auf der Straße stand, atmete er erleichtert auf.

Am Abend fragten ihn seine Kameraden: „Na, und Irma?“

Er antwortete etwas verlegen: „Sie hat eine Lungenentzündung gehabt, es geht ihr sehr schlecht.“

Aber ein kleiner, kaum flügger Leutnant, der aus seiner betretenen Miene auf allerhand ungeklärte Hintergründe schloß, zog Erkundigungen ein, und als der Rittmeister am nächsten Tag das Kasino betrat, empfing ihn schallendes Gelächter, und es hagelte spöttische Witze. Endlich konnte man sich rächen.

Man erfuhr außerdem, daß Irma mit dem preußischen Stab ein tolles Leben geführt hatte, daß sie mit einem Oberst der Blauen Husaren und mit vielen andern noch durchs Land geritten sei, und daß man sie in Rouen nur noch das „Preußenliebchen“ nannte.

Volle acht Tage war der Rittmeister die Zielscheibe der Hänseleien des ganzen Regiments. Er erhielt mit der Post aufklärende Schriften, Rezepte, Ratschläge von Spezialärzten, sogar Medikamente, deren Natur auf dem Paket angegeben war.

Der Oberst, der eingeweiht wurde, erklärte streng: „Na, da hatte der Rittmeister aber eine nette Bekanntschaft. Ich will ihm dazu gratulieren."

Vierzehn Tage später rief ihn ein neuer Brief Irmas zu ihr. Wütend zerriß er ihn und antwortete ihr nicht.

Acht Tage danach schrieb sie ihm wieder, es gehe ihr sehr schlecht, und sie wolle von ihm Abschied nehmen.

Auch diesen Brief beantwortete er nicht.

Wieder nach ein paar Tagen besuchte ihn der Spitalgeistliche.

Die Dirne Irma Pavolin liege im Sterben und flehe ihn an, zu ihr zu kommen.

Er wagte nicht, dem Geistlichen diesen Besuch abzuschlagen, aber als er das Spital betrat, war sein Herz erfüllt von rachsüchtigem Groll, von verletzter Eitelkeit und gedemütigtem Stolz.

Er fand sie kaum verändert und dachte, sie habe ihn zum besten gehalten.

„Was willst du von mir?" fragte er.

„Ich habe von dir Abschied nehmen wollen. Es scheint, daß es mit mir zu Ende geht."

Das glaubte er ihr nicht.

„Hör zu, du machst mich vor dem ganzen Regiment lächerlich, und ich will nicht, daß das so weitergeht."

„Was hab ich dir denn zuleide getan?" fragte sie.

Er wurde immer gereizter, weil er darauf keine Antwort wußte.

„Bild dir ja nicht ein, ich komme noch einmal her und mache mich vor allen Leuten lächerlich!"

Sie starrte ihn mit ihren erloschenen Augen an, in denen der Zorn aufflackerte, und fragte abermals:

„Was hab' ich dir denn zuleid getan? Bin ich vielleicht nicht nett zu dir gewesen? Habe ich dich je um etwas gebeten? Wärst du nicht gewesen, hätte ich weiter mit Herrn Templier-Papon zusammengelebt und wäre jetzt nicht hier. Nein, siehst du, wenn überhaupt jemand mir Vorwürfe machen darf, dann bestimmt nicht du."

Er versetzte mit bebender Stimme: „Ich mache dir keine Vorwürfe, aber ich kann dich nicht mehr besuchen, weil deine Aufführung mit den Preußen eine Schande für die ganze Stadt gewesen ist."

Mit einem Ruck setzte sie sich im Bett auf.

„Meine Aufführung mit den Preußen? Aber ich sage dir doch, sie haben mich dazu gezwungen, und ich sag' dir doch, daß ich mich darum nicht habe behandeln lassen, weil ich sie anstecken wollte! Hätte ich mich kurieren wollen, wäre mir das bei Gott ein leichtes gewesen! Aber ich wollte sie doch umbringen, und ich hab' eine ganze Menge umgebracht, kann ich dir sagen!"

Er blieb an ihrem Bett stehen.

„Auf alle Fälle ist es schändlich" sagte er.

Sie hatte einen Erstickungsanfall, dann fuhr sie fort: „Was ist schändlich? Etwa, daß ich habe sterben wollen, um mit ihnen aufzuräumen, sag? Damals, als du zu mir kamst, in der Rue Jeanne-d'Arc, hast du ganz anders geredet! Ach so, es ist also schändlich! Das hättest du nicht fertiggebracht, du mit deinem Ehrenkreuz! Ich habe es eher verdient als du, siehst du, besser als du, ich habe mehr Preußen getötet als du!..."

Er stand entgeistert vor ihr und bebte vor Empörung.

„Ah, schweig... weißt du... sei still... weil... ich es nicht dulde... daß man an solche Dinge rührt..."

Doch sie hörte ihm kaum zu.

„Na, ich muß schon sagen, so übel habt ihr den Preußen auch wieder nicht mitgespielt! Wäre das alles passiert, wenn ihr sie aufgehalten hättet? Ihr hättet sie nicht nach Rouen kommen lassen dürfen! Ihr hättet sie aufhalten müssen, hörst du! Und ich habe ihnen mehr Böses angetan als du, jawohl, mehr Böses, denn ich muß sterben, während du bummeln gehst und das Männchen machst, um den Frauen den Kopf zu verdrehen…"

In jedem Bett hob eine Frau den Kopf aus den Kissen, und alle Augen starrten auf den uniformierten Mann, der immer wieder stammelte: „Schweig… hörst du… sei still…"

Doch sie schwieg nicht. Sie schrie: „Ach ja, du bist mir ein sauberer Großhans! Ich kenne dich doch. Wenn ich dir sage, daß ich mehr von ihnen umgebracht habe als dein ganzes Regiment zusammen… Geh jetzt… du Schlappschwanz!"

Er ging wirklich, er floh, er lief auf seinen langen Beinen mit weiten Schritten zwischen den zwei Reihen der Betten hindurch, in denen sich die Syphilitikerinnen aufgeregt herumwarfen. Und hinter sich hörte er die keuchende, pfeifende Stimme Irmas, die ihm nachschrie: „Mehr als du, jawohl, ich habe mehr umgebracht als du, mehr als du…"

Er rannte, immer vier Stufen nehmend, die Treppe hinunter und schloß sich zu Hause ein.

Am nächsten Tag erfuhr er, sie sei gestorben.

DIE ERBSCHAFT

I

Obschon es noch nicht zehn Uhr war, strömten die Beamten doch schon durch das große Tor des Marineministeriums. Sie kamen aus allen Teilen von Paris herbeigehastet, denn Neujahr stand vor der Tür, und um diese Zeit konnte man mit einer Beförderung rechnen und zeigte darum besonderen Diensteifer. Das Getrappel eiliger Schritte erfüllte das weite Gebäude, das wie ein Labyrinth voller gewundener Gänge und von unentwirrbaren Korridoren durchzogen war, mit zahllosen Türen, die zu den Büroräumen führten.

Jeder Beamte betrat seinen Arbeitsraum, drückte seinem Kollegen, der vor ihm da war, die Hand, legte seinen Straßenrock ab, zog den alten Arbeitskittel an und setzte sich an seinen Schreibtisch, auf dem schon ganze Stöße von Akten seiner harrten. Dann ging man in die anstoßenden Büros, um zu hören, was es Neues gab. Man erkundigte sich zunächst, ob der Chef schon da sei, ob er guter Laune scheine, ob die eingelaufene Post umfangreich sei.

Der Leiter der Hauptregistratur, César Cachelin, ein ehemaliger Marineinfanterie-Unteroffizier, der sich seine Stellung als Kanzleivorsteher ersessen hatte, trug in ein großes Buch alle Schriftstücke ein, die der Amtsdiener gebracht hatte. Ihm gegenüber saß der Expedient, der alte Savon, ein vertrottelter Greis, der im ganzen Ministerium wegen seines ehelichen Pechs berühmt war. Er schrieb langsam und gewissenhaft eine Depesche des Chefs ins reine und gab sich alle Mühe. Er hockte mit seitwärts gedrehtem Oberkörper in der steifen Haltung eines kniffligen Kopisten da und schielte auf seine Arbeit hinab.

Herr Cachelin, ein dicker Mann, der sein weißes

Haar kurz und im Bürstenschnitt trug, redete in einem fort, während er seine Tagesarbeit verrichtete: „Zweiunddreißig Depeschen aus Toulon. Dieser Hafen macht uns ebensoviel Arbeit wie die vier anderen zusammen.“ Dann fragte er, wie jeden Morgen, den alten Savon: „Na, lieber Papa Savon, wie geht's Ihrer Frau?“

Ohne seine Arbeit zu unterbrechen, antwortete der Alte: „Sie wissen doch, Herr Cachelin, daß es mir peinlich ist, darüber zu sprechen.“

Und dann begann der Leiter der Hauptregistratur zu lachen, wie jeden Tag, wenn er dieselbe Antwort bekam.

Die Tür ging auf, und Herr Maze trat ein. Er war ein hübscher, brünetter junger Mann, mit übertriebener Eleganz gekleidet. Seines Erachtens war es unter seiner Würde, die Stelle zu versehen, die er im Ministerium innehatte, weil er fand, sein Äußeres und sein Auftreten seien hoch über dieses Amt erhaben. Er trug dicke Fingerringe, eine klobige Uhrkette, ein Monokel, wenn auch nur, um vornehmer zu wirken – denn zum Arbeiten nahm er es jeweils ab –, und streifte fast ununterbrochen durch einen Ruck der Handgelenke die Ärmel zurück, damit man seine Manschetten mit den großen funkelnden Goldknöpfen sehen konnte.

Schon unter der Tür fragte er: „Viel Arbeit heute?„ Herr Cachelin antwortete: „Immer wieder Toulon. Was die uns Arbeit machen! Man sieht schon, daß Neujahr vor der Tür steht. Sie entwickeln einen unheimlichen Eifer dort unten.“

Doch da tauchte ein weiterer Beamter auf, Herr Pitolet, ein Spaßvogel und Schöngeist, und fragte lachend: „Abgesehen davon, machen wir nicht genau dasselbe?“

Dann zog er seine Uhr und erklärte: „Sieben Minuten vor zehn Uhr und schon alle auf ihrem Posten! Ei der Tausend! Wie nennt ihr denn das? Und ich wette, Erlaucht Herr Lesable sind um neun Uhr schon dagewesen, zur gleichen Zeit wie unser hocherhabener Chef!“

Der Hauptregistrator hielt im Schreiben inne, steckte die Feder hinters Ohr, stemmte die Ellbogen auf das Pult und sagte: „Oh, der! Wenn’s der nicht zu etwas bringt, dann liegt es nicht am mangelnden Pflichteifer.“

Herr Pitolet setzte sich auf die Ecke des Tisches, baumelte mit den Beinen und antwortete: „Der wird bestimmt seinen Weg machen, Papa Cachelin, der schafft es, darauf können Sie Gift nehmen. Ich wette zwanzig Franken gegen einen Sou, daß er Chef ist, noch bevor ein Jahr herum ist.“

Herr Maze, der sich die Beine am Ofen wärmte und dabei eine Zigarette drehte, meinte: „So ein Quatsch! Ich jedenfalls würde lieber mein Leben lang nur zweitausendvierhundert beziehen als mich so abzurackern wie er.“

Pitolet drehte sich auf dem Absatz um und erwiderte in spöttischem Ton: „Was nicht hindert, daß Sie heute, am 20. Dezember, schon vor zehn Uhr hier sind.“

Doch Maze zuckte nur gleichgültig die Achseln: „Ja Herrgott noch einmal, ich will auch nicht, daß mir ein jeder auf dem Buckel herumtrampelt! Sie kommen ja auch schon im Morgengrauen her, und drum mache ich’s wie Sie, obschon ich Ihren Diensteifer höchst bedauerlich finde. Aber seinen Chef mit ‚Verehrter Meister‘ anreden wie Lesable, erst um halb sieben fortgehen und dazu noch Arbeit mit nach Hause nehmen, das ist doch etwas ganz anderes. Außerdem gehe ich oft in Gesellschaft und habe andere Verpflichtungen, die mir viel Zeit wegnehmen.“

Herr Cachelin hatte aufgehört, die Briefeingänge einzutragen, und starrte gedankenverloren vor sich hin. Schließlich fragte er: „Glauben Sie, er wird dies Jahr noch befördert?“

Pitolet rief: „Selbstverständlich kriegt er seine Beförderung, eher zehn als nur eine. Umsonst ist er nicht so durchtrieben.“

Und nun drehte sich das Gespräch wieder um die ewige Frage der Beförderungen und Gratifikationen, die seit einem Monat dieses große Bienenhaus voll Bürokraten vom Erdgeschoß bis unters Dach in Aufregung versetzte.

Man wog die Möglichkeiten ab, stellte Vermutungen über den Betrag an, mutmaßte, wer wohl dazu berechtigt sei, und entrüstete sich schon im voraus über Ungerechtigkeiten, die man kommen sah. Unaufhörlich begannen wieder dieselben Diskussionen, die schon tags zuvor stattgefunden hatten und unweigerlich am nächsten Tag unverändert und mit den gleichen Gründen, Argumenten und Worten wiederaufleben mußten.

Ein neuer Beamter kam herein, ein kleiner, bleicher, kränklich aussehender Mann, Herr Boissel, der ein Leben wie ein Romanheld bei Alexander Dumas dem Älteren führte. Alles wurde ihm zu einem außergewöhnlichen Erlebnis, und jeden Morgen erzählte er seinem Kollegen Pitolet von seltsamen Begegnungen, die die er am vergangenen Abend erlebt haben wollte, von angeblichen schaurigen Vorfällen in seinem Haus, von wüstem Geschrei auf der Straße, so daß er um drei Uhr nachts das Fenster aufgerissen habe. Jeden Tag hatte er Streitereien geschlichtet, durchgehende Pferde aufgehalten, Frauen aus irgendeiner Gefahr gerettet, und obschon er ein kümmerlicher Schwächling war, gab er unaufhörlich groß an und prahlte in schleppendem und überzeugendem Ton von den Heldentaten, die sein starker Arm vollbracht habe.

Sobald ihm klargeworden war, daß man von Lesable sprach, erklärte er: „Dieser Rotznase werde ich demnächst einmal gehörig die Meinung sagen, und wenn er mir je den Rang abläuft, dann will ich ihn so zwiebeln, daß ihm ein für allemal die Lust danach vergehen soll!"

Maze rauchte unentwegt weiter und grinste: „Dann wär's vielleicht angezeigt, Sie fingen gleich heute schon an. Ich weiß nämlich aus sicherer Quelle, daß Sie dieses Jahr übergangen werden und Lesable weichen müssen."

Boissel hob die Hand: „Ich schwöre Ihnen, wenn..."

Doch da ging die Tür abermals auf, und ein junger, schmächtiger Mann trat rasch und mit geschäftiger Miene ein. Er trug einen Backenbart wie ein Marineoffizier oder ein Advokat, einen hohen steifen Kragen und sprach überstürzt, als fände er nicht Zeit, alles zu sagen, was er auf dem Herzen hatte. Er drückte allen reihum die Hand wie ein Mann, der keine Zeit zum Müßiggehen hat, trat dann zum Registrator und sagte: „Mein lieber Cachelin, geben Sie mir doch bitte das Dossier Chapelou, Kabelgarn, Toulon, A.T.V. 1875."

Der Beamte stand auf, holte eine Pappschachtel über seinem Platz herunter, entnahm ihr ein Bündel Akten in einem blauen Umschlag und reichte sie ihm mit den Worten: „Hier, Herr Lesable. Sie wissen doch, daß der Chef gestern drei Depeschen aus diesem Dossier genommen hat?"

„Ja, ich habe sie. Danke."

Der junge Mann ging raschen Schrittes hinaus.

Kaum war er gegangen, erklärte Maze: „Na, was sagen Sie jetzt? Todschick, was? Man möchte Gift drauf nehmen, daß er bereits der Chef ist."

Pitolet erwiderte: „Geduld, nur Geduld! Er wird's noch eher als wir alle."

Herr Cachelin hatte seine Schreiberei nicht wieder aufgenommen. Man sah ihm an, daß ihn unausgesetzt ein und derselbe Gedanke beschäftigte. „Er hat eine schöne Zukunft, der Bursche!" sagte er. Es klang wie eine Frage.

Maze knurrte geringschätzig: „Für Leute, die

glauben, man könne im Ministerium Karriere machen – ja. Für die andern besagt das nicht viel."

Pitolet fiel ihm ins Wort: „Haben Sie etwa die Absicht, Gesandter zu werden?"

Maze zuckte ungeduldig die Achseln und sagte: „Von mir ist nicht die Rede. Mir ist das schnuppe. Deswegen wird aber die Stellung eines Bürochefs doch nie besondere Geltung in der Welt genießen."

Der alte Savon, der Expedient, hatte unterdessen emsig weitergeschrieben. Doch seit ein paar Augenblicken tauchte er ein übers andere Mal seine Feder in das Tintenfaß und wischte sie dann beharrlich an dem mit Wasser getränkten Schwämmchen ab, das rund um den Napf angebracht war. Er brachte es nicht fertig, einen Buchstaben richtig zu schreiben. Die schwarze Flüssigkeit rann an der Metallspitze herab und fiel in runden Klecksen auf das Papier. Erschrocken und untröstlich blickte der Gute auf seine Abschrift, die er, wie so viele seit einiger Zeit, von neuem anfertigen mußte, und sagte leise und traurig: „Schon wieder gepanschte Tinte!..."

Ein schallendes Gelächter brach los. Cachelin brachte mit seinem Bauch den Tisch zum Wackeln, Maze krümmte sich, als wollte er rückwärts in den Kamin kriechen, Pitolet stampfte mit dem Fuß, hustete und schlenkerte die rechte Hand, als hätte er sie naß gemacht, und selbst Boissel rang nach Atem, obwohl er sonst alles eher von der tragischen als von der komischen Seite nahm.

Aber der alte Savon wischte schließlich seine Feder am Rockschoß ab und sagte: „Da gibt's doch nichts zu lachen. Ich muß meine ganze Arbeit immer zwei- oder dreimal machen."

Er nahm einen andern Bogen aus der Schreibmappe legte sorgfältig sein Linienblatt darunter und begann noch einmal den Briefkopf: *Herr Minister und lieber Kollege...* Jetzt blieb die Tinte an der Feder haften, und die Buchstaben gerieten sauber. Der

Alte nahm seine gewohnte schiefe Haltung wieder ein und kritzelte weiter an seiner Abschrift.

Die anderen lachten immer noch aus vollem Halse. Sie rangen nach Luft. Seit bald einem halben Jahr spielte man nämlich dem Alten stets den gleichen Schabernack, und er fiel jedesmal darauf herein. Der Witz bestand darin, daß man ein paar Tropfen Öl auf das nasse Schwämmchen goß, mit dem die Federn gereinigt wurden. Die ölige Stahlfeder nahm die Tinte nicht mehr an, und der Expedient saß dann stundenlang ratlos da, jammerte, verbrauchte ganze Schachteln voll Federn und ganze Flaschen voll Tinte und erklärte schließlich, das Schreibmaterial, das neuerdings geliefert werde, sei höchst mangelhaft.

Dann war die Fopperei zu einer wahren Sucht, zu einer Quälerei ausgeartet. Man mischte Schießpulver in den Tabak des Alten, goß allerlei übelschmekkende Arzneien in die Wasserkaraffe, aus der er von Zeit zu Zeit ein Glas Wasser trank, und man hatte ihm eingeredet, seit der Kommune würden die meisten Dinge des täglichen Bedarfs von den Sozialisten verfälscht in der Absicht, die Regierung in Mißkredit zu bringen und eine Revolution herbeizuführen.

Er hatte infolgedessen einen fürchterlichen Haß gegen die Anarchisten gefaßt und glaubte felsenfest, sie lägen überall auf der Lauer und seien überall versteckt, und eine unerklärliche Angst vor etwas Unbekanntem, Geheimnisvollem, Fürchterlichem ließ ihn nicht mehr los.

Plötzlich schrillte die Glocke im Gang. Man kannte es gut, dieses tobsüchtige Klingeln des Chefs, Herrn Torchebeufs, und alles stürmte zur Tür hinaus auf seinen Arbeitsplatz.

Cachelin machte sich wieder an seine Eintragungen, legte dann aber von neuem seine Feder hin, stützte den Kopf in beide Hände und hing seinen Gedanken nach.

Er brütete über einem Plan, der ihn seit einiger Zeit umtrieb. Als ehemaliger Unteroffizier der Marineinfanterie war er dreimal verwundet worden, einmal im Senegal und zweimal in Cochinchina, war daraufhin als dienstuntauglich entlassen worden und hatte auf Grund eines außergewöhnlichen Entgegenkommens eine Stelle im Ministerium erhalten. In seiner langen Laufbahn als untergeordneter Beamter hatte er allerlei Unannehmlichkeiten, Härten und Kränkungen hinnehmen müssen, und darum betrachtete er die Macht, die Amtsgewalt, als das Schönste auf der Welt. Ein Kanzleivorsteher kam ihm als ein Ausnahmewesen vor, das in einer höheren Sphäre lebte, und die Beamten, von denen er sagen hörte: „Der ist ein ganz Gerissener, er wird es noch weit bringen!", erschienen ihm wie Menschen einer anderen Rasse, die anders geartet waren als er.

Er empfand denn auch für seinen Kollegen Lesable eine ungeheure Hochachtung, die an Verehrung grenzte, und nährte im stillen die Hoffnung, den hartnäckigen Wunsch, ihn dazu zu bringen, daß er seine Tochter heirate.

Sie war eine gute Partie, hatte sie doch eine reiche Erbschaft in Aussicht. Das wußte das ganze Ministerium, denn seine Schwester, Mademoiselle Cachelin, besaß eine Million, eine runde, blanke Million, die gut angelegt und jederzeit verfügbar war. Zwar hieß es, sie habe das Geld durch ihren liederlichen Lebenswandel erworben, sei aber auf ihre alten Tage fromm geworden und habe sich von all ihren Sünden geläutert.

Das alte Fräulein war früher ihrem galanten Gewerbe nachgegangen, hatte sich dann aber mit fünfhunderttausend Franken zur Ruhe gesetzt. Dieses Vermögen hatte sie im Laufe von achtzehn Jahren durch wütendes Sparen und eine mehr als bescheidene Lebenshaltung mehr als verdoppelt. Sie lebte seit langem bei ihrem Bruder, der verwitwet war und nur eine Tochter, Coralie, hatte. Aber sie steuerte nur ganz unerheblich zu den Kosten des Haushalts bei, hortete ihr Gold und mehrte es andauernd, während sie in einem fort Cachelin zuredete: „Mach dir bloß keine Sorgen: ich spare ja für deine Tochter. Aber bring sie recht bald unter die Haube, ich möchte meine Großneffen noch erleben. Sie soll mir die Freude verschaffen, daß ich ein Kindchen von unserem Fleisch und Blut in die Arme nehmen kann."

Das war im ganzen Ministerium bekannt, und es fehlte denn auch nicht an Freiern. Man munkelte, sogar Maze, der schöne Maze, der Löwe des Amtes, streiche mit unverkennbaren Absichten um den alten Cachelin herum. Doch der ehemalige Sergeant war ein durchtriebener Schläuling und mit allen Wassern gewaschen; er wollte einen Schwiegersohn, der eine Zukunft vor sich hatte, der eines Tages Chef werden konnte und so ihm, César, dem alten Unteroffizier, wieder ein gewisses Ansehen verschaffte. Lesable war da gerade der rechte Mann, und er suchte schon lange eine Gelegenheit, ihn zu sich ins Haus zu locken.

Plötzlich richtete er sich auf und rieb sich die Hände. Er hatte es heraus.

Er kannte eines jeden schwache Seite. Lesable konnte man nur bei der Eitelkeit, bei seiner Berufseitelkeit packen. Er wollte zu ihm gehen und ihn um seine Protektion bitten, wie man zu einem Senator oder zu einem Deputierten oder zu sonst einer hochgestellten Persönlichkeit geht.

Da er seit fünf Jahren nicht befördert worden war, rechnete Cachelin mit Bestimmtheit darauf, daß er dies Jahr an die Reihe kommen werde. Er gedachte also zu tun, als glaubte er, Lesable habe ihm diese Beförderung zugeschanzt, und ihn aus Erkenntlichkeit zum Essen einzuladen. Sobald er seinen Plan gefaßt hatte, ging er auch schon daran, ihn ins Werk zu setzen. Er holte aus dem Schrank seinen Straßenrock, zog den alten aus, nahm alle eingetragenen Akten, die den Dienstbereich seines Kollegen betrafen, und begab sich in das Büro, in dem Lesable ganz allein hauste. Diese besondere Vergünstigung war ihm auf Grund seines Eifers und der Wichtigkeit seiner Befugnisse gewährt worden.

Der junge Mann schrieb an einem großen Tisch inmitten von aufgeschlagenen Dossiers und verstreuten Papieren, die mit roter oder blauer Tinte numeriert waren.

Sobald er den Hauptregistrator hereinkommen sah, fragte er ungezwungen, doch mit einem Unterton hoher Achtung: „Na, mein Lieber, bringen Sie mir viel Arbeit?“

„Ja, eine ganze Menge. Und dann möchte ich etwas mit Ihnen besprechen.“

„Nehmen Sie doch Platz, lieber Freund, ich bin ganz Ohr.“

Cachelin setzte sich, hüstelte, machte ein verlegenes Gesicht und sagte mit unsicherer Stimme: „Herr Lesable, ich will Ihnen sagen, was mich zu Ihnen führt, und zwar ohne viel Umschweife. Ich spreche frisch von der Leber wie ein alter Soldat. Ich möchte Sie um einen Dienst bitten.“

„Was für einen Dienst?“

„Kurz gesagt: Ich muß unbedingt dies Jahr befördert werden. Nun hab' ich aber niemanden, der sich für mich einsetzt, und da habe ich an Sie gedacht.“

Lesables Gesicht überflog eine leichte Röte; er war sichtlich erstaunt und erfreut, voll stolzer Verwirrung. Doch gab er zur Antwort:

„Aber, lieber Freund, ich habe hier keinerlei Einfluß, weit weniger als Sie, wo Sie doch nächstens Hauptkanzlist werden. Ich kann da nichts tun. Glauben Sie mir...“

Cachelin fiel ihm etwas unhöflich, aber doch respektvoll ins Wort: „Ach, Unsinn! Der Chef hört auf Sie, und wenn Sie ein gutes Wort für mich einlegen, rücke ich auf. Sie müssen bedenken, in anderthalb Jahren bin ich pensionsberechtigt, und wenn ich zum 1. Januar nicht befördert werde, macht mir das fünfhundert Franken weniger Gehalt aus. Ich weiß schon, man sagt: Cachelin hat's nicht nötig, seine Schwester hat Geld wie Heu. Meine Schwester hat eine Million, das stimmt, aber sie heckt Junge, die Million, und ich kriege nichts davon zu sehen. Meine Tochter wird einmal erben, das ist auch wieder wahr. Aber meine Tochter und ich, das sind zwei Paar Stiefel. Was hab ich schon davon, wenn meine Tochter und mein Schwiegersohn Kutsche fahren, und ich habe nichts zu beißen und zu brechen! Sie können sich doch in meine Lage versetzen, nicht wahr?"

Lesable nickte beifällig. „Richtig, ganz richtig, was Sie da sagen. Ihr Schwiegersohn ist möglicherweise nicht nett zu Ihnen. Und zudem ist man ja immer froh, wenn man niemandem etwas schuldig ist. Nun, ich verspreche Ihnen, mein möglichstes zu tun. Ich will mit dem Chef sprechen und ihm den Fall darlegen, und wenn nötig, werde ich mich nicht abwimmeln lassen. Zählen Sie auf mich."

Cachelin stand auf, ergriff beide Hände seines Kollegen, drückte und schüttelte sie kräftig nach alter Soldatenart und stotterte dann: „Dank, tausend Dank... Und sollte ich je Gelegenheit haben, verlassen Sie sich auf mich... Wenn ich je etwas für Sie tun kann..." Er sprach nicht zu Ende, weil er keinen Schluß für seinen Satz fand, und ging. Sein strammer soldatischer Schritt hallte draußen im Korridor laut wider.

Doch da hörte er in der Ferne ein heftiges, ungeduldiges Klingeln und setzte sich in Trab, denn er hatte die Glocke erkannt. Der Chef, Herr Torchebeuf, läutete seinem Hauptregistrator.

Acht Tage später fand Cachelin eines Morgens auf seinem Schreibtisch einen versiegelten Brief folgenden Inhalts:

Mein lieber Kollege! Ich freue mich, Ihnen mitteilen zu können, daß der Minister auf den Vorschlag unseres Direktors und unseres Chefs gestern Ihre Ernennung zum Hauptkanzlisten unterzeichnet hat. Die amtliche Mitteilung werden Sie morgen erhalten. Bis dahin wissen Sie nichts davon, nicht wahr?

Ihr ergebener
Lesable

César ging eilends hinüber ins Büro seines jungen Kollegen, bedankte sich bei ihm, entschuldigte sich, versicherte ihn seiner Ergebenheit und konnte nicht genug seine Dankbarkeit beteuern.

Man erfuhr in der Tat am nächsten Morgen, daß die Herren Lesable und Cachelin beide befördert worden waren. Die anderen Beamten müßten ein günstigeres Jahr abwarten und würden als Ausgleich eine Gratifikation erhalten, die zwischen hundertfünfzig und dreihundert Franken schwankte.

Herr Boissel erklärte, er werde nächsthin einmal um Mitternacht Lesable an der Straßenecke, wo er wohnte, abpassen und ihm eine Tracht Prügel verabreichen, daß er nicht mehr stehen und gehen könne. Die übrigen Beamten schwiegen sich aus.

Am Montag darauf begab sich Cachelin, kaum war er im Amt, ins Büro seines Gönners, trat feierlich bei ihm ein und lud ihn in aller Form ein:

„Ich hoffe, Sie werden mir die Ehre erweisen und anläßlich des Dreikönigstags bei uns speisen. Den Tag bitte ich Sie selbst zu bestimmen."

Ein wenig überrascht hob der junge Mann den Kopf und blickte seinem Kollegen fest in die Augen. Dann antwortete er, ohne den Blick abzuwenden, und bemüht, die Gedanken des andern zu erraten:

„Aber, mein Lieber, es tut mir leid... ich bin in der nächsten Zeit jeden Abend schon besetzt."

Doch Cachelin ließ nicht locker. Mit biederer Stimme drängte er: „Was denn? Sie werden uns doch nicht einen Korb geben wollen, nach dem Dienst, den Sie mir erwiesen haben? Das können Sie mir nicht antun! Ich bitte Sie im Namen meiner Familie und auch in meinem eigenen."

Lesable war ratlos und zögerte. Er durchschaute die Absicht Cachelins, wußte aber nicht, was er antworten sollte, weil er keine Zeit gehabt hatte, zu überlegen und das Für und Wider abzuwägen. Endlich sagte er sich: Es verpflichtet mich ja zu nichts, wenn ich zum Essen dorthin gehe. Und er nahm mit befriedigter Miene die Einladung an und wählte den darauffolgenden Samstag. Mit einem leisen Lächeln setzte er hinzu: „Damit ich am nächsten Morgen nicht zu früh aufstehen muß."

II

Herr Cachelin bewohnte im oberen Teil der Rue Rochechouart eine kleine Wohnung im fünften Stock mit einer Terrasse, von der aus man ganz Paris überblickte. Es waren drei Schlafzimmer, eines für seine Schwester, eines für seine Tochter und eines für ihn. Das Eßzimmer diente zugleich als Wohnzimmer.

Die ganze Woche hindurch mühte er sich im Hinblick auf das Diner emsig ab. Die Speisenfolge wurde des langen und breiten durchbesprochen; es galt, ein Essen zusammenzustellen, das gutbürgerlich und doch wieder vornehm war. Schließlich blieb man bei folgendem Menü: Fleischbrühe mit Ei, Hors d'œuvres, Garnelen und Wurst, Hummer, ein schönes Brathuhn, eingemachte Erbsen, eine Gänseleberpastete, Salat, Eis und Nachtisch.

Die Gänseleberpastete wurde beim Schlächter nebenan gekauft, und man schärfte ihm ein, ja nur eine erste Qualität zu liefern. Die Terrine kostete übrigens drei Franken fünfzig. Den Wein bezog Cachelin vom Weinhändler an der Ecke, der ihm sonst literweise das rote Getränk lieferte, mit dem er gewöhnlich seinen Durst löschte. In ein großes Geschäft wollte er nicht gehen, weil er sich sagte, die kleinen Händler hätten nur selten Gelegenheit, ihre feinen Weine abzusetzen, und so behielten sie sie sehr lange im Keller, und sie würden darum immer besser.

Am Samstag kam er früher als sonst nach Hause, um sich zu vergewissern, daß alles bereit war. Sein Dienstmädchen, das ihm öffnete, war rot wie eine Tomate, denn ihr Kochherd, in dem sie aus Angst, sie könnte nicht rechtzeitig mit allem fertig werden, seit Mittag Feuer brannte, hatte ihr den ganzen Tag das Gesicht geröstet, und zudem war sie vor Aufregung ganz außer sich.

Er trat ins Eßzimmer, um alles noch einmal zu überprüfen. In der Mitte des kleinen Raums stand der runde Tisch im hellen Licht der Lampe mit ihrem grünen Schirm und wirkte wie ein großer weißer Fleck.

Auf den vier Tellern lagen, von der Tante, Mademoiselle Cachelin, wie Bischofsmitren gefaltet, die Servietten, und links und rechts daneben Messer, Gabel und Löffel aus Weißmetall, dahinter standen zwei Gläser, ein großes und ein kleines. César fand das nicht wirkungsvoll genug und rief: „Charlotte!“

Die Tür zur Linken ging auf, und eine kleine alte Dame erschien. Sie war zehn Jahre älter als ihr Bruder und hatte ein schmales Gesicht, das von weißen Wickellöckchen umrahmt war. Ihre dünne Stimme schien zu schwach für ihren kleinen, gebeugten Körper zu sein. Sie kam mit etwas schleppenden Schritten hereingeschlurft, und ihre Bewegungen hatten etwas Schläfriges.

Als sie noch jung war, hieß es von ihr: „Was für ein herziges Kind!"

Jetzt war sie eine hagere alte Frau, hielt aus alteingefleischter Gewohnheit sehr auf Sauberkeit, war rechthaberisch, eigensinnig, engstirnig, knifflig und leicht reizbar. Sie war überfromm geworden und schien die Abenteuer ihrer jungen Jahre völlig vergessen zu haben.

Sie fragte: „Was willst du?"

„Ich finde, nur zwei Gläser sind nicht wirkungsvoll genug", antwortete er. „Wir könnten Champagner geben... Das kostet mich auf keinen Fall mehr als drei oder vier Franken, und man könnte jetzt schon die Spitzgläser hinstellen. Das ganze Eßzimmer würde sofort viel festlicher aussehen."

Mademoiselle Charlotte erwiderte: „Ich sehe nicht ein, wozu diese Ausgabe nütze sein könnte. Aber schließlich bezahlst ja du; mich geht es nichts an."

Er zögerte, suchte sich selbst zu überzeugen. „Ich versichere dir, es wird viel besser aussehen. Und dann – für den Königskuchen schafft es Stimmung."

Dieser Grund gab den Ausschlag. Er nahm seinen Hut und lief sogleich wieder die Treppe hinunter. Nach fünf Minuten kam er mit einer Flasche zurück, die ein großes weißes Etikett, mit einem riesigen Wappen verziert, trug, und darauf stand: *Grand vin mousseux de Champagne du comte de Chatée-Rénovau.*

Cachelin erklärte: „Er kostet mich nur drei Franken und scheint ausgezeichnet zu sein."

Er holte selbst die Kelchgläser aus einem Schrank und stellte sie an die Plätze.

Die Tür rechts ging auf. Seine Tochter trat ein. Sie war groß, mollig und rosig, ein schönes Mädchen von kräftiger Rasse mit braunem Haar und blauen Augen. Unter einem einfachen Kleid zeichnete sich ihre volle, geschmeidige Gestalt ab. Ihre kräftige, fast männliche Stimme hatte ab und zu einen tiefen, erregenden Klang, der die Nerven mitschwingen ließ. Sie jubelte: „Gott! Champagner! Herrlich!" und klatschte in kindlicher Freude in die Hände.

Ihr Vater redete ihr zu: „Vor allem sei liebenswürdig zu dem Herrn, er hat mir schon öfters Dienste erwiesen."

Sie lachte hellauf, ein glockenhelles Lachen, das sagte: Ich weiß!

Die Klingel im Vestibül läutete. Türen gingen auf und zu. Lesable erschien. Er war im schwarzen Frack mit weißer Krawatte und weißen Handschuhen. Sein Auftritt war höchst wirkungsvoll. Cachelin war ihm verwirrt und entzückt entgegengeeilt. „Aber, mein Lieber, so war's nicht gemeint: wir sind ganz unter uns. Sehen Sie, ich bin im Rock."

Der junge Mann antwortete: „Ich weiß, Sie haben es mir ja gesagt. Aber ich pflege abends nie anders als im Frack auszugehen." Er verbeugte sich, den Klapphut unter dem Arm, eine Blume im Knopfloch. César stellte die Damen vor: „Meine Schwester, Mademoiselle Charlotte – meine Tochter Coralie, im Familienkreis Cora genannt."

Alle verbeugten sich. Cachelin fuhr fort: „Wir haben keinen Salon. Es ist ein bißchen eng, aber man gewöhnt sich daran." Lesable versetzte: „Ich finde es reizend!"

Dann nahm man ihm den Hut ab, von dem er sich durchaus nicht trennen wollte, und er begann, die Handschuhe auszuziehen.

Man hatte Platz genommen und sah sich über den Tisch hinweg an. Keiner sprach mehr ein Wort. Cachelin fragte: „Ist der Chef noch lange geblieben? Ich bin zeitig weggegangen, weil ich den Damen noch an die Hand gehen wollte."

Lesable antwortete leichthin: „Nein, wir sind zusammen fortgegangen, weil wir noch die Erledigung der Sache mit dem geteerten Segeltuch in Brest besprechen mußten. Eine recht verwickelte

Angelegenheit, die uns noch viel Kopfzerbrechen machen wird."

Cachelin glaubte seine Schwester ins Bild setzen zu müssen; er wandte sich zu ihr und sagte: „Alle schwierigen Fragen im Amt behandelt Herr Lesable. Man kann wohl sagen, er vertritt den Chef."

Das alte Fräulein verneigte sich höflich und erklärte: „Oh, ich weiß, Herr Lesable ist sehr fähig."

Das Mädchen kam herein. Es stieß mit dem Knie die Tür auf und hielt mit beiden Händen eine große Suppenschüssel vor sich hin. Da rief der Hausherr: „Zu Tisch! Zu Tisch! Herr Lesable, setzen Sie sich bitte dort zwischen meine Schwester und meine Tochter. Ich denke, Sie fürchten sich nicht vor den Damen." Und das Diner nahm seinen Anfang.

Lesable spielte den Liebenswürdigen, etwas selbstgefällig, fast ein bißchen herablassend. Er warf immer wieder verstohlene Seitenblicke nach dem jungen Mädchen und staunte über ihre Frische, ihre schöne, verlockende Gesundheit. Mademoiselle Charlotte, die über die Absichten ihres Bruders im klaren war, gab sich die größte Mühe und hielt die banale Unterhaltung, die sich um sämtliche Gemeinplätze drehte, dauernd in Gang. Cachelin strahlte, er redete laut, machte Späße und schenkte den Wein, den er eine Stunde zuvor beim Krämer an der Ecke gekauft hatte, mit den Worten ein: „Ein Gläschen von diesem Burgunder, Herr Lesable. Ich will nicht behaupten, es sei ein berühmter Wein; aber er ist gut, auch gut abgelagert, und er ist unverfälscht, dafür lege ich die Hand ins Feuer. Wir beziehen ihn von Freunden dort in der Gegend."

Das junge Mädchen sagte nichts. Sie war leicht errötet, ein wenig schüchtern und befangen, weil sie neben dem jungen Mann saß, dessen Gedanken sie ahnte.

Als der Hummer aufgetragen wurde, erklärte César: „Da kommt eine Persönlichkeit, mit der ich gerne Bekanntschaft schließen werde." Lächelnd erzählte Lesable, ein Schriftsteller habe den Hummer den „Kardinal der Meere" genannt; offenbar habe er nicht gewußt, daß dieses Tier, bevor es gekocht wird, schwarz ist. Cachelin lachte aus vollem Halse und sagte ein um das andere Mal: „Ha! ha! ha! Großartiger Witz!" Doch Mademoiselle Charlotte war plötzlich ernst geworden und sagte: „Ich sehe nicht ein, was das miteinander zu tun hat. Der Witz dieses Herrn ist jedenfalls höchst unpassend. Ich verstehe alle Witze, aber auch alle; doch ich kann nicht dulden, daß man in meiner Gegenwart die Geistlichkeit lächerlich macht."

Der junge Mann, der sich bei dem alten Fräulein beliebt machen wollte, benutzte die Gelegenheit, um seinen gutkatholischen Glauben zu bekennen. Er zog gegen die geschmacklosen Leute los, die leichtfertig mit den ewigen Wahrheiten umsprängen, und er schloß: „Ich achte und verehre den Glauben meiner Väter. Ich bin darin erzogen worden und werde bis zu meinem Tode darin verharren."

Cachelin war das Lachen vergangen. Er drehte Brotkügelchen und murmelte vor sich hin: „Recht so! Recht so!" Dann wechselte er das Thema, denn das Gespräch langweilte ihn, und wie es jedem ergeht, der Tag für Tag die gleiche Arbeit verrichtet, dachte er unwillkürlich wieder an sein Büro und fragte: „Der schöne Maze hat bestimmt vor Wut geschäumt, weil er nicht befördert worden ist, nicht?"

Lesable lächelte: „Was wollen Sie schon? Jeder kriegt, was er verdient." Und nun kam man auf das Ministerium zu sprechen. Alle ereiferten sich leidenschaftlich, denn die beiden Frauen kannten die Beamten fast ebenso gut wie Cachelin, hatten sie doch so lange schon Abend für Abend von ihnen erzählen hören. Mademoiselle Charlotte gab sich viel mit Boissel ab wegen der abenteuerlichen Erlebnisse, die er zu erzählen pflegte, und seines schwärmerischen Geistes, und Mademoiselle Cora war heimlich ein wenig in den schönen Maze verliebt. Beide hatten übrigens die Herren noch nie zu Gesicht bekommen.

Lesable sprach von ihm recht herablassend, wie etwa ein Minister über sein Personal hätte urteilen können.

Man lauschte seinen Worten. „Maze ist bestimmt nicht unbegabt; aber wenn man hochkommen will, muß man mehr arbeiten als er. Er geht gern in Gesellschaft und läuft allen erdenklichen Vergnügungen nach. Das alles lenkt ab, und er wird es nie weit bringen und ist selbst daran schuld. Vielleicht wird er einmal Chefstellvertreter, dank seinen Beziehungen, mehr aber nicht. Was nun Pitolet betrifft, faßt er seine Briefe recht gut ab, das muß man anerkennen. Er schreibt unbestritten einen gefälligen Stil, aber er ist nicht gründlich. Bei ihm bleibt alles an der Oberfläche. Er ist nicht der Mann, dem man die Leitung eines wichtigen Dienstzweigs anvertrauen könnte; aber er wäre recht verwendbar unter einem klugen Chef, der ihm die Arbeit sorgfältig vorkaut."

Mademoiselle Charlotte fragte: „Und Herr Boissel?"

Lesable zuckte die Achseln. „Ein armseliger Tropf! Ein Jammerwicht! Nichts sieht er so, wie es wirklich ist. Dauernd denkt er sich Geschichten aus, bei denen man im Stehen einschlafen möchte. Für uns ist er eine Niete."

Cachelin lachte laut auf und sagte: „Der beste ist doch der alte Savon." Und alle stimmten in sein Lachen ein.

Dann kam man auf die Theater und die neuen Stücke zu sprechen. Lesable urteilte mit derselben unbekümmerten Überheblichkeit über die Bühnenwerke, er reihte die Stückeschreiber fein säuberlich in Klassen ein, wußte genau die Vorzüge und Schwächen eines jeden anzugeben, und das alles mit der üblichen Sicherheit, wie sie Menschen eigen ist, die sich für unfehlbar und allseitig beschlagen halten.

Man war mit dem Braten fertig. Jetzt hob César den Deckel der Gänseleberterrine ab, so behutsam und delikat, daß man wohl auf den köstlichen Inhalt schließen konnte. „Ich weiß nicht, ob die da gut geraten ist. Im allgemeinen aber sind sie tadellos. Wir beziehen sie von einem Vetter, der in Straßburg wohnt."

Und alle aßen ehrfürchtig und mit Bedacht die Leberwurst, die in dem gelben irdenen Topf enthalten war.

Als das Eis aufgetragen wurde, welche Katastrophe! Es war eine Brühe, eine Suppe, eine klare Flüssigkeit, die da in der Kompottschüssel schwamm. Das Mädchen hatte den Konditorgesellen, der das Eis schon um sieben Uhr gebracht hatte, gebeten, es doch selbst aus der Form zu nehmen, weil sie sich nicht zutraute, es sachgerecht zu machen.

Cachelin war ganz verzweifelt und wollte das Eis sogleich zurückbringen lassen, dann aber beruhigte er sich wieder beim Gedanken an den Königskuchen und schnitt ihn feierlich in vier Stücke, als hätte er ein hochwichtiges Geheimnis geborgen. Alle starrten wie gebannt auf diesen symbolträchtigen Kuchen, und man reichte ihn herum, wobei einer den andern anhielt, doch ja die Augen zu schließen, wenn er sein Stück nehme.

Wer bekam wohl die Bohne? Ein blödes Lächeln huschte über alle Lippen. Da stieß Herr Lesable ein leises, erstauntes „Ah!" aus und wies zwischen Daumen und Zeigefinger eine große weiße Bohne vor, an der noch der Teig klebte. Cachelin klatschte begeistert Beifall und rief: „Wählen Sie Ihre Königin! Sie müssen Ihre Königin wählen!"

Lesable überlegte einen Augenblick und zögerte. Wäre es nicht vielleicht diplomatisch, Mademoiselle Charlotte zu erküren? Sie würde sich geschmeichelt fühlen, sie wäre gewonnen und künftig auf seiner Seite. Dann aber sagte er sich, eigentlich habe man ihn Mademoiselle Coras wegen eingeladen, und er stünde wie ein rechter Tropf da, wenn er die Tante nähme. So wandte er sich denn seiner jungen Nachbarin zu und überreichte ihr die Bohne, die sie für diesen Abend zur Königin erhob, mit den Worten: „Mademoiselle, darf ich mir erlauben, sie Ihnen darzubringen?" Und zum erstenmal sahen sich die beiden richtig an. Sie sagte: „Danke, Herr Lesable!" und empfing das Pfand ihrer hohen Würde.

Er dachte: Sie ist wirklich hübsch, das Mädel! Prächtige Augen hat sie. Und, potz Donner! kerngesund und sieht aus wie Milch und Blut!

Ein Knall ließ die beiden Frauen in die Höhe fahren. Cachelin hatte den Champagner entkorkt, der schäumend aus der Flasche sprudelte und auf das Tischtuch floß. Dann wurden die Gläser mit dem schäumenden Wein gefüllt, und der Hausherr erklärte: „Gute Qualität! Das sieht man." Doch als Lesable rasch trinken wollte, damit sein Glas nicht überlief, rief César: „Der König trinkt! Der König trinkt! Der König trinkt!" Und Mademoiselle Charlotte, die auch ganz munter geworden war, kreischte mit ihrer schrillen Stimme ebenfalls: „Der König trinkt! Der König trinkt!"

Lesable leerte sein Glas auf einen Zug und stellte es wieder auf den Tisch. Dann sagte er: „Sie sehen, ich kann etwas vertragen." Und zu Mademoiselle Cora gewandt, fuhr er fort: „Sie sind dran, Mademoiselle!"

Sie wollte trinken; da aber alle riefen: „Die Königin trinkt! Die Königin trinkt!" wurde sie rot, mußte lachen und stellte das Glas wieder vor sich hin.

Das Ende des Mahls verlief in fröhlichster Stimmung. Der König bemühte sich eifrig und galant um die Königin. Als man noch ein paar Gläschen Likör getrunken hatte, verkündete Cachelin: „Gleich wird abgedeckt, dann haben wir besser Platz. Wenn es nicht regnet, können wir für ein Weilchen auf die Terrasse hinausgehen.“ Es lag ihm daran, die schöne Aussicht zu zeigen, obschon es bereits Nacht war.

Also wurde die Glastür geöffnet. Ein Schwall feuchter Luft drang herein. Draußen war es lau wie im April; und alle traten über die Stufe, die vom Eßzimmer auf den breiten Balkon hinausführte. Man sah nichts als einen schimmernden Lichtschein, der über der Stadt schwebte wie der leuchtende Kranz, der über den Häuptern der Heiligen erstrahlt. Da und dort schien das Leuchten stärker, und Cachelin erklärte: „Sehen Sie, was dort drüben so glänzt, ist das *Eden*. Hier vorn die Linie der Boulevards. Schön, wie man sie deutlich unterscheiden kann, wie? Tagsüber ist der Blick von hier oben prächtig. Da können Sie lange in der Welt herumreisen, so etwas Schönes werden Sie nicht wieder sehen!“

Lesable hatte sich auf das Eisengeländer gelehnt. Neben ihm stand Cora stumm und gedankenverloren und blickte in die Nacht hinaus. Sie war jählings von einer jener schwermütigen Stimmungen befallen worden, die zuweilen plötzlich die Seelen lähmen. Mademoiselle Charlotte ging ins Eßzimmer zurück, weil sie die feuchte Nachtluft fürchtete. Cachelin redete unermüdlich weiter, zeigte mit ausgestrecktem Arm in die Richtung, in der der Invalidendom, das Trocadéro, der Arc de Triomphe lagen.

Lesable fragte leise: „Und Sie, Mademoiselle Cora, schauen Sie auch gern von hier oben auf Paris hinab?“

Sie schrak leicht zusammen, als hätte er sie aufgeweckt, und antwortete: „Ich?... ja, besonders abends. Dann denke ich an alles, was dort unter unseren Augen vorgeht. Wie viele glückliche und unglückliche Menschen leben in all diesen Häusern!

Könnte man alles sehen, wieviel Dinge würde man erfahren!"

Er war näher an sie herangerückt, bis ihre Ellenbogen und ihre Schultern sich berührten. „In mondhellen Nächten muß es hier zauberhaft sein!"

Sie flüsterte: „Allerdings. Wie ein Holzschnitt von Gustave Doré. Wie schön müßte es sein, lange, lange auf den Dächern dahinzuwandeln."

Da holte er sie ein bißchen über ihre Neigungen aus, über ihre Zukunftsträume, ihre Liebhabereien. Sie antwortete ihm unbefangen, wie es ein verständiges, gescheites Mädchen tut, das nicht mehr als nötig seinen Träumen nachhängt. Er fand, sie besitze viel Mutterwitz und Verstand, und sagte sich, es müßte wohl sehr schön sein, den Arm um diesen runden, festen Leib legen zu können und ihre frische Wange mit kleinen, langsamen Küssen zu bedecken, wie man sehr guten Branntwein in ganz kleinen Schlucken genießt, sie lange und ausgiebig dicht beim Ohr zu küssen, auf das eben der Schein der Lampe fiel. Er fühlte sich zu ihr hingezogen, erregt durch die Nähe dieser Frau, durch das Verlangen nach ihrem reifen, jungfräulichen Leib und durch die zarte Anmut des jungen Mädchens. Es war ihm, als könnte er stundenlang, nächtelang, wochenlang, für immer hier bleiben, neben ihr auf das Geländer gelehnt, sie bei sich spüren und ihren Zauber tief auf sich wirken lassen. Und es überkam ihn eine fast poetische Stimmung und ließ sein Herz höherschlagen, als er dieses große Paris mit seinen zahllosen Lichtern so vor sich liegen sah, diese Stadt, die ihr nächtliches Leben lebte, ihr Leben in Vergnügen und Ausschweifung. Ihm schien, er beherrsche die Riesenstadt, er schwebe über ihr, und er fühlte, daß es köstlich sein müßte, Abend für Abend sich hier auf diesem Balkon neben einer Frau auf das Geländer zu lehnen, einander liebzuhaben, sich auf die Lippen zu küssen, sich umschlungen zu halten, hoch über diesem weiten Häusermeer, über all den Verliebten, die es einschloß, über all den schalen Genüssen, allen den gemeinen Begierden, nahe den Sternen.

Es gibt Nächte, in denen selbst die nüchternsten Seelen ins Träumen geraten, als wüchsen ihnen Schwingen. Vielleicht war er auch ein bißchen beschwipst.

Cachelin war hineingegangen, um seine Pfeife zu holen; nun kam er zurück und sagte, während er sie anzündete: „Ich weiß, Sie rauchen nicht. Darum biete ich Ihnen auch keine Zigarette an. Zwar kann ich mir nichts Besseres denken, als hier oben eine zu rauchen. Müßte ich da unten wohnen, ich würde es nicht aushalten. Wir könnten ja nach unten ziehen, denn das Haus gehört meiner Schwester genauso wie die beiden anstoßenden Häuser links und rechts. Sie hat da eine hübsche Einnahmequelle. Seinerzeit hat sie die Häuser nicht teuer erworben.“ Zum Eßzimmer hingewandt, rief er: „Wie hoch hast du die Grundstücke hier bezahlt, Charlotte?“

Da wurde drinnen die spitze Stimme der Alten hörbar. Lesable verstand nur vereinzelte abgerissene Satzbrocken: „1863... fünfunddreißig Franken... später gebaut... die drei Häuser... ein Bankier... für mindestens fünfhunderttausend Franken wiederverkauft...“

Sie erzählte von ihrem Vermögen mit demselben Behagen wie ein alter Soldat von seinen Feldzügen. Sie zählte auf, was sie angekauft, was man ihr seither dafür geboten, welchen Mehrerlös sie gemacht hatte und so fort.

Lesable horchte auf. Er drehte sich um und lehnte sich jetzt mit dem Rücken an das Geländer der Terrasse. Doch da er immer noch nur Fetzen des Gesprächs verstand, ließ er plötzlich seine junge Nachbarin stehen und ging hinein, um alles hören zu können. Er setzte sich zu Mademoiselle Charlotte und unterhielt sich lange mit ihr über die Erhöhung der Mieten und über die Erträgnisse, die gut angelegtes Geld bringt, sei es in Wertpapieren oder in Grundbesitz.

Gegen Mitternacht ging er und versprach wiederzukommen.

Einen Monat später war im ganzen Ministerium nur noch die Rede von der bevorstehenden Hochzeit Jacques-Léopold Lesables mit Mademoiselle Céleste-Coralie Cachelin.

III

Das junge Paar bezog auf demselben Flur wie Cachelin und Mademoiselle Charlotte eine Wohnung, die genau wie die ihre aussah. Den bisherigen Mieter hatte man auf die Straße gesetzt.

Nur etwas beunruhigte Lesable noch: Die Tante hatte die Erbschaft durch keinen bindenden Vertrag Cora zusichern wollen. Sie hatte sich indessen bereit erklärt, „vor Gott" zu schwören, daß ihr Testament gemacht und beim Notar, Maître Belhomme, hinterlegt sei. Außerdem hatte sie versprochen, daß ihr gesamtes Vermögen ihrer Nichte zufallen werde, allerdings unter Vorbehalt einer Bedingung. Als man in sie drang, diese Bedingung bekanntzugeben, weigerte sie sich, sich näher darüber auszulassen; aber sie hatte wiederum mit einem leisen, wohlwollenden Lächeln versichert, diese Bedingung sei leicht zu erfüllen.

Angesichts dieser Erklärungen und in Anbetracht der Starrköpfigkeit der alten Frömmlerin glaubte Lesable nicht weiter darauf bestehen zu dürfen, und da ihm das junge Mädchen sehr gefiel, hatte sein Verlangen über seine Unschlüssigkeit gesiegt, und er hatte sich Cachelins hartnäckigem Bemühen ergeben.

Jetzt war er glücklich, wenn ihn auch immer noch ein Zweifel quälte. Und er liebte seine Frau, die seine Erwartungen in nichts enttäuscht hatte. Sein Leben floß ruhig und gleichförmig dahin. Übrigens hatte er sich in wenigen Wochen an seine neue Stellung als Ehemann gewöhnt und blieb auch weiterhin der musterhafte Beamte wie vordem.

Ein Jahr verging. Wieder war der Neujahrstag herangekommen. Zu seiner großen Überraschung erhielt er die Beförderung nicht, mit der er gerechnet hatte. Maze und Pitolet stiegen als einzige in die nächsthöhere Rangstufe auf; und Boissel erklärte ganz im Vertrauen Cachelin, er gedenke seinen beiden Kollegen eines Abends nach Büroschluß gegenüber dem Haupteingang und vor allen Leuten eine Tracht Prügel zu verabreichen.

Acht Tage lang konnte Lesable keinen Schlaf finden, so sehr ging es ihm zu Herzen, daß er trotz seinem Eifer nicht befördert worden war. Dabei rakkerte er sich doch ab wie ein Hund. Den Sous-Chef, Herrn Rabot, der neun Monate im Jahr im Krankenhaus des Val-de-Grâce lag, vertrat er fast ununterbrochen und auf unbestimmte Zeit. Jeden Morgen kam er schon um halb neun Uhr und ging jeden Abend erst um halb sieben weg. Was wollte man noch mehr? Wenn man ihm für eine solche Arbeit und eine derartige Anstrengung keinen Dank wußte, dann machte er's eben wie die andern, damit basta. Jedem nach seiner Leistung! Wie hatte ihn nur Herr Torchebeuf, der ihn doch sonst wie einen Sohn behandelte, fallenlassen können? Er wollte Klarheit haben, den Chef aufsuchen und sich mit ihm aussprechen.

An einem Montagmorgen also, noch ehe seine Kollegen da waren, klopfte er an die Tür des Machthabers.

Eine grelle Stimme rief: „Herein!“

Herr Torchebeuf, ein winziges Männchen mit

einem großen Kopf, der beinahe auf der Schreibunterlage aufzuliegen schien, saß an einem mächtigen, mit Akten und Schriftstücken übersäten Schreibtisch und schrieb. Als er seinen Vorzugsbeamten erblickte, sagte er: „Guten Tag, Lesable. Wie geht es Ihnen?"

Der junge Mann antwortete: „Danke, verehrter Meister, sehr gut. Und Ihnen?"

Der Chef hörte mit Schreiben auf und ließ seinen Sessel herumschnellen. Sein winziger, zarter, magerer Körper war in einen schwarzen, streng geschnittenen Gehrock eingezwängt und wirkte lächerlich klein auf dem mächtigen ledergepolsterten Armstuhl. Die Rosette eines Offiziers der Ehrenlegion prangte riesig, leuchtendrot, viel zu groß für das Männchen, das sie trug, wie eine glühende Kohle auf der schmalen Brust, die unter dem gewaltigen Kopf wie zerdrückt aussah. Es war, als hätte sich der ganze Mensch kuppelförmig entwickelt wie ein Pilz.

Der Unterkiefer lief spitz aus, die Wangen waren hohl, die Augen standen vor, und die Stirn mit dem zurückgekämmten weißen Haar wirkte unmäßig hoch.

Herr Torchebeuf sagte: „Nehmen Sie Platz, lieber Freund, und sagen Sie mir, was Sie herführt."

Gegen alle anderen Beamten benahm er sich soldatisch schroff, denn er betrachtete sich als einen Kapitän an Bord seines Schiffes, und das Ministerium bedeutete ihm ein großes Schiff, das Admiralsschiff aller französischen Flotten.

Ein bißchen aufgeregt und bleich stammelte Lesable: „Verehrter Meister, ich möchte Sie fragen, ob ich mir irgendwann etwas habe zuschulden kommen lassen."

„Aber nein, mein Lieber, warum fragen Sie mich das?"

„Nun, ich war ein wenig überrascht, daß ich dies

Jahr keine Beförderung erhalten habe wie in den vorhergehenden Jahren. Gestatten Sie mir, verehrter Meister, mich rückhaltlos auszusprechen. Ich bitte Sie im voraus um Verzeihung für meine Kühnheit. Ich weiß, daß Sie mir ungewöhnliche Vergünstigungen und unerhoffte Vorteile zugehalten haben. Ich weiß auch, daß man im allgemeinen nur alle zwei oder drei Jahre befördert werden kann. Aber gestatten Sie mir noch die Bemerkung, daß ich im Büro ungefähr viermal soviel Arbeit leiste wie ein gewöhnlicher Beamter und mindestens doppelt solange im Amt bleibe. Wenn man also das Ergebnis meiner Bemühungen als Arbeitsleistung gegen die entsprechende Besoldung abwägen wollte, so würde man bestimmt finden, sie stünden in keinem Verhältnis zueinander!" Diesen Satz hatte er sich sorgfältig zurechtgelegt und fand ihn ausgezeichnet.

Herr Torchebeuf war erstaunt und überlegte eine Zeitlang seine Antwort. Schließlich sagte er in etwas kühlem Ton: „Obwohl es sonst grundsätzlich nicht zulässig ist, solche Fragen zwischen Vorgesetzten und Beamten zu erörtern, will ich Ihnen für dieses eine Mal mit Rücksicht auf Ihre höchst anerkennenswerten Dienste Auskunft geben.

Ich habe Sie, wie im vergangenen Jahr, zur Beförderung vorgeschlagen. Aber der Direktor hat Ihren Namen gestrichen mit der Begründung, Ihre Heirat sichere Ihnen eine schöne Zukunft, mehr als nur Wohlstand, ein Vermögen, das Ihre bescheidenen Kollegen niemals erreichen werden. Ist es nun nicht nur recht und billig, die Verhältnisse eines jeden etwas zu berücksichtigen? Sie werden einmal reich, sehr reich sogar. Dreihundert Franken mehr im Jahr bedeuten für Sie nichts, während diese kleine Gehaltsaufbesserung für die anderen viel ausmacht. Das, lieber Freund, ist der Grund, weshalb Sie dieses Jahr nicht berücksichtigt worden sind."

Verwirrt und gereizt zog sich Lesable zurück.

Abends beim Essen war er gar nicht nett zu seiner Frau. Sie war meist heiter und ausgeglichen, aber auch eigensinnig; und wenn sie etwas richtig wollte, gab sie niemals nach. Sie besaß für ihn nicht mehr den sinnlichen Reiz der ersten Monate, und obwohl er sie immer noch begehrte – denn sie war frisch und hübsch –, verspürte er doch zuweilen jene fast an Widerwillen grenzende Ernüchterung, die sich im Zusammenleben zweier Menschen recht bald einstellt. Die tausend trivialen oder grotesken Einzelheiten des Daseins, der schlampige Aufzug am Morgen, der alte, abgetragene Schlafrock aus billiger Wolle, der verschossene Morgenrock – denn reich waren sie nicht –, und auch alle die unerläßlichen Arbeiten, die man in einem armen Haushalt aus allzu großer Nähe zu sehen bekommt, all dies nahm seiner Ehe jeden Glanz und brachte die zarte Blüte zum Welken, die von weitem die Brautleute lockt.

Tante Charlotte verekelte ihm ebenfalls sein Heim, denn sie wich nicht mehr aus der Wohnung. In alles mischte sie sich ein, wollte überall und immer die erste Geige spielen, hatte dauernd etwas zu nörgeln, und da alle schrecklich Angst hatten, sie vor den Kopf zu stoßen, ertrugen sie alles mit Fassung, aber auch mit wachsender stiller Erbitterung.

Mit ihrem schlurfenden Altweiberschritt schlich sie durch die Wohnung und sagte unausgesetzt mit ihrer grellen Stimme: „Das solltet ihr machen“, und „jenes müßtet ihr tun.“

Waren die beiden Gatten unter sich, rief Lesable etwa gereizt aus: „Deine Tante wird unausstehlich. Ich mache das nicht länger mit. Verstehst du? Ich dulde sie nicht länger hier.“ Und dann gab ihm Cora gelassen zur Antwort: „Was kann ich schon dagegen tun?“

Dann brauste er auf: „Es ist ekelhaft, eine solche Familie zu haben!“

Sie blieb immer noch ganz ruhig und erwiderte:

„Jawohl, die Familie ist ekelhaft, aber die Erbschaft ist willkommen, nicht wahr? Stell dich doch nicht dumm! Dir muß ebensoviel daran gelegen sein, Tante Charlotte nicht zu verschnupfen, wie mir."

Da schwieg er, denn er wußte keine Antwort darauf.

Jetzt lag ihnen die Tante unaufhörlich in den Ohren, sie müßten ein Kind haben. Es war ihre fixe Idee. Sie stieß Lesable bei jeder Gelegenheit in eine Ecke und zischelte ihm ins Gesicht: „Lieber Neffe, ich erwarte, daß du noch vor meinem Ableben Vater wirst. Ich will meinen Erben noch sehen. Du wirst mir doch nicht weismachen wollen, Cora sei nicht imstande, Kinder zu kriegen. Man braucht sie ja bloß anzuschauen. Wenn man heiratet, lieber Neffe, so tut man es, um eine Familie zu gründen, um Nachkommenschaft zu haben. Unsere heilige Mutter, die Kirche, verbietet kinderlose Ehen. Ich weiß, ihr seid nicht reich, und ein Kind kostet Geld. Aber wenn ich einmal das Zeitliche gesegnet habe, wird es euch an nichts fehlen. Ich will einen kleinen Lesable, hörst du, ich will es!"

Da nach fünfzehn Monaten Ehe ihr Wunsch noch nicht in Erfüllung gegangen war, kamen ihr Zweifel, und sie wurde drängend. Sie gab Cora im Flüsterton Ratschläge, praktische Verhaltensmaßregeln, war sie doch eine Frau, die früher einmal allerhand mitgemacht hatte und sich im Notfall daran zu erinnern wußte.

Eines Morgens jedoch fühlte sie sich unpäßlich und konnte nicht aufstehen. Da sie zeitlebens nie krank gewesen war, klopfte Cachelin höchst aufgeregt an die Tür seines Schwiegersohns: „Lauf geschwind zu Doktor Barbette und bestelle dem Chef, nicht wahr, daß ich in Anbetracht der Umstände heute nicht ins Amt komme."

Lesable verbrachte den Tag in Angst und Bangen; er war außerstande zu arbeiten, seine Akten abzufassen und sich gründlich damit zu beschäftigen. Überrascht fragte ihn Herr Torchebeuf: „Sie sind heute zerstreut, Herr Lesable?" Und Lesable antwortete nervös: „Ich bin sehr müde, verehrter Meister, ich habe die ganze Nacht bei meiner Tante verbracht. Ihr Zustand ist bedenklich."

Doch der Chef entgegnete kühl: „Jetzt ist ja Herr Cachelin bei ihr, und das sollte genügen. Ich kann doch nicht in meinem Büro alles drunter und drüber gehen lassen, bloß weil meine Beamten familiäre Sorgen haben."

Lesable hatte seine Uhr vor sich auf den Tisch gelegt und wartete mit fieberhafter Ungeduld, bis es fünf Uhr war. Sobald die große Uhr im Hof schlug, verließ er fluchtartig das Amt. Zum erstenmal ging er pünktlich auf die Minute weg.

Er nahm sogar eine Droschke für den Heimweg, so aufgeregt war er. Er rannte die Treppe hinauf.

Das Mädchen öffnete ihm. Er stammelte: „Wie geht es ihr?"

„Der Arzt sagt, es stehe schlecht."

Sein Herz klopfte wild, und er blieb erregt stehen. „Ah! wirklich?"

Sollte sie am Ende doch sterben?

Jetzt wagte er nicht, das Krankenzimmer zu betreten, und ließ Cachelin, der die Alte pflegte, herausrufen.

Sein Schwiegervater öffnete sofort leise die Tür und kam heraus. Er war in Schlafrock und Zipfelmütze wie immer, wenn er einen gemütlichen Abend am Kaminfeuer verbrachte, und flüsterte: „Es geht schlecht, sehr schlecht. Seit vier Uhr ist sie bewußtlos. Man hat ihr sogar heute nachmittag die letzte Ölung gereicht."

Da fühlte Lesable, wie seine Beine schwach wurden, und er setzte sich hin.

„Wo ist meine Frau?"

„Sie ist bei ihr."

„Was sagt der Doktor genau?"

„Er sagt, es sei ein Schlaganfall. Sie kann sich wieder erholen, aber sie kann auch heute nacht sterben."

„Brauchst du mich? Wenn nicht, dann will ich lieber nicht hineingehen. Es wäre mir peinlich, sie in diesem Zustand wiederzusehen."

„Nein. Geh nur hinüber. Wenn etwas Neues eintreten sollte, werde ich dich sofort rufen lassen."

Und Lesable ging in sein Zimmer zurück. Die Wohnung kam ihm verändert vor, größer, heller. Da es ihm aber nicht lange am selben Ort litt, trat er auf den Balkon hinaus.

Es war in den letzten Julitagen, und die Sonne ging riesengroß hinter den beiden Türmen des Trocadéro unter und goß einen Flammenregen über das unermeßliche Häusermeer.

Das Firmament, grellrot an seinem Fuß, bekam weiter oben blaßgoldene Tönungen, dann gelbe, dann grüne Farbtöne, ein leichtes, lichtbestrahltes Grün, dann wurde es blau, von einem Blau, das rein und frisch zu Häupten leuchtete.

Die Schwalben schossen pfeilschnell vorüber, kaum sichtbar, und auf dem tiefroten Hintergrund des Himmels zeichneten sich die gebogenen, flüchtigen Schatten ihrer Flügel ab. Und über dem unendlichen Häusermeer, über der fernen Landschaft schwebte ein rosiger Dunst, ein feuriger Dampf, in dem wie in einer Apotheose die spitzen Türme der Kirchen und alle die schlanken Giebel der Gebäude aufragten. Der Arc de Triomphe hob sich riesig und schwarz von dem glutroten Horizont ab, und der Invalidendom sah aus wie eine zweite Sonne, die vom Firmament auf ein Gebäude herabgefallen war.

Lesable hielt sich mit beiden Händen am Eisengeländer und atmete in tiefen Zügen die Luft ein, wie man Wein trinkt. Am liebsten hätte er einen Luftsprung gemacht, hätte geschrien, um sich geschlagen, so unbändig war die tiefe, triumphierende Freude, die ihn durchströmte. Das Leben kam ihm großartig und verklärt vor, die Zukunft schien ihm voll Glück. Was sollte er tun? Er hing seinen Gedanken nach.

Ein Geräusch hinter ihm ließ ihn zusammenfahren. Seine Frau war zu ihm herausgetreten. Ihre Augen waren gerötet, die Wangen etwas aufgedunsen; sie sah müde aus. Sie bot ihm die Stirn zum Kuß, dann sagte sie: „Wir essen bei Papa, dann sind wir in ihrer Nähe. Während wir bei Tisch sind, bleibt das Mädchen bei ihr."

Er ging mit ihr in die anstoßende Wohnung.

Cachelin saß schon am Tisch und wartete auf Tochter und Schwiegersohn. Ein kaltes Huhn, Kartoffelsalat und eine Schale voll Erdbeeren standen auf der Anrichte, und in den Tellern dampfte die Suppe.

Man setzte sich zu Tisch. Cachelin erklärte: „Solche Tage möchte ich nicht viele durchmachen. Lustig ist das nicht." Das sagte er in einem Ton, der recht unbeteiligt klang, und auf seinem Gesicht lag ein Ausdruck stiller Befriedigung. Er hieb tüchtig ein und schlang das Essen heißhungrig hinunter. Das Huhn fand er ausgezeichnet und den Kartoffelsalat sehr erfrischend.

Lesable aber krampfte sich der Magen zusammen, und er fühlte sich beklommen. Er konnte kaum essen und horchte zum anstoßenden Zimmer hinüber. Doch es blieb still, als wohnte niemand darin. Auch Cora hatte keinen Hunger. Sie war schmerzlich bewegt, kämpfte mit den Tränen und wischte sich ab und zu mit einem Zipfel ihrer Serviette die Augen.

Cachelin erkundigte sich: „Was hat der Chef gesagt?"

Und Lesable erzählte haarklein alles, mit sämtlichen Einzelheiten. Sein Schwiegervater wünschte Wort für Wort alles genau zu wissen, er ließ es sich mehrmals wiederholen und wollte unbedingt alles bis ins kleinste erfahren, als wäre er jahrelang dem Ministerium ferngeblieben.

„Muß das eine Aufregung abgesetzt haben, als man erfuhr, daß sie krank sei!“ Und er malte sich bereits seinen gloriosen Einzug aus, den er nach ihrem Ableben halten würde, sah die Gesichter seiner Kollegen vor sich. Aber er sagte doch, als müßte er sein Gewissen beruhigen, das ihm zu schaffen machte: „Nicht, daß ich ihr etwa Böses wünsche, der lieben Frau! Gott weiß, daß ich ihr ein langes Leben gönne. Aber Eindruck wird es doch machen. Der alte Savon wird darüber sogar die Kommune vergessen!“

Man ging eben daran, die Erdbeeren zu verspeisen, da tat sich die Tür zum Krankenzimmer auf. Die Tafelrunde erschrak so sehr, daß sie alle drei bestürzt von ihren Stühlen auffuhren. Das Mädchen mit seinem ausdruckslosen, dümmlichen Gesicht kam herein und sagte ruhig: „Sie atmet nicht mehr.“

Cachelin warf seine Serviette achtlos auf die Schüsseln und rannte wie verrückt hinüber, Cora lief mit wild klopfendem Herzen hinter ihm her. Aber Lesable blieb bei der Tür stehen und behielt von weitem das Bett im Auge. Es sah aus wie ein blasser Fleck, der im schwachen Licht der Abenddämmerung kaum sichtbar war. Er gewahrte den Rücken seines Schwiegervaters, der über das Bett gebeugt war; er regte sich nicht und schien eingehend zu beobachten; und plötzlich vernahm er seine Stimme. Es war, als käme sie von weit her, von ganz weit her, vom Ende der Welt, wie eine jener Stimmen, die wir zuweilen in unseren Träumen hören und die uns die merkwürdigsten Dinge zurufen. Die Stimme sprach „Sie ist hinüber. Man hört nichts mehr.“ Er sah seine Frau auf die Knie fallen. Sie bettete die Stirn auf die Bettdecke und schluchzte wild. Da brachte er es über sich, hineinzugehen, und da Cachelin sich wieder aufgerichtet hatte, gewahrte er auf dem weißen Kopfkissen das Gesicht der Tante Charlotte. Sie hatte die Augen geschlossen und sah so eingefallen, so starr und leichenfahl aus, daß sie wirkte wie ein große Wachsfigur.

Er fragte beklommen: „Ist es vorbei?"

Cachelin, der ebenfalls seine Schwester betrachtete, wandte sich zu ihm um, und sie sahen sich an. Er antwortete: „Ja." Dabei gab er sich alle Mühe, seinem Gesicht einen tieftraurigen Ausdruck zu geben; aber die beiden Männer hatten sich mit einem einzigen Blick durchschaut, und ohne zu wissen warum, aus innerem Antrieb, drückten sie sich die Hand, als wollten sie einer dem andern dafür danken, was sie füreinander getan hatten.

Dann verloren sie nicht lange Zeit, sondern befaßten sich eifrig mit allen den unumgänglichen Besorgungen, die ein Todesfall mit sich bringt.

Lesable übernahm es, den Arzt zu holen und so rasch wie möglich die dringendsten Gänge zu erledigen.

Er nahm seinen Hut und rannte die Treppe hinunter. Er konnte es fast nicht erwarten, bis er auf der Straße stand, bis er allein war, bis er frei atmen, denken und ungestört sein Glück genießen konnte.

Als er seine Besorgungen erledigt hatte, ging er, statt heimzukehren, auf den Boulevard. Er hatte das Bedürfnis, Leute zu sehen, sich in dem Gedränge mittreiben zu lassen, an dem heiteren nächtlichen Trubel teilzunehmen. Er hatte Lust, den vorbeieilenden Menschen zuzurufen: „Ich habe fünfzigtausend Franken Rente!" Und er schlenderte, beide Hände in den Taschen, dahin, blieb vor den Schaufenstern stehen, besah sich die reichen Stoffe, den Schmuck, die Luxusmöbel und dachte dabei überglücklich: Jetzt kann ich mir das alles leisten!

Plötzlich kam er an einem Trauerartikel-Geschäft vorbei, und da fuhr es ihm durch den Kopf: Wenn sie nun nicht tot war? Wenn sie sich getäuscht hatten?

Dieser Gedanke ließ ihn nicht mehr los. Er machte schleunigst kehrt und eilte wieder nach Hause.

Als er heimkam, fragte er gleich: „Ist der Doktor dagewesen?“

Cachelin antwortete: „Ja. Er hat den Tod festgestellt und wird den Totenschein ausstellen.“

Sie gingen wieder in das Sterbezimmer hinüber. Cora saß immer noch in einem Lehnstuhl und weinte. Sie weinte ganz leise, ohne eigentlich traurig zu sein, ohne Kummer zu empfinden, wie eben Frauen leicht weinen.

Sobald sie alle drei allein in der Wohnung waren, sagte Cachelin leise: „Jetzt ist das Mädchen zu Bett gegangen, und wir können nachsehen, ob nicht etwas in den Möbeln versteckt ist.“

Die beiden Männer machten sich ans Werk. Sie leerten die Schubladen, durchstöberten die Taschen, falteten jedes kleinste Blättchen Papier auseinander. Um Mitternacht hatten sie noch nichts Interessantes gefunden. Cora war eingenickt und schnarchte ein wenig, langsam und regelmäßig. César fragte: „Bleiben wir eigentlich hier bis morgen früh?“ Lesable war erst starr; dann aber fand er, es sei doch schicklicher. Der Schwiegervater fügte sich ins Unvermeidliche. „In diesem Fall“, sagte er, „holen wir Sessel.“ Und sie holten die beiden anderen gepolsterten Sessel aus dem Schlafzimmer des jungen Ehepaars.

Eine Stunde später schliefen die drei Verwandten; sie schnarchten, jeder in einem anderen Rhythmus, vor dem Leichnam, der kalt und starr in ewiger Regungslosigkeit dalag.

Als der Tag anbrach, erwachten sie, weil das Dienstmädchen hereinkam. Cachelin rieb sich die Augen aus und erklärte sofort schuldbewußt: „Ich bin vor etwa einer halben Stunde ein bißchen eingenickt.“

Doch Lesable, der im Handumdrehen wieder Herr seiner Sinne war, sagte: „Ich habe es wohl bemerkt. Ich bin nicht eine Sekunde eingeschlafen, ich habe nur die Augen zugemacht, um sie ein bißchen auszuruhen."

Cora ging in ihre Wohnung zurück.

Da fragte Lesable scheinbar beiläufig: „Wann paßt es dir, zum Notar zu gehen und das Testament einzusehen?"

„Na, sagen wir: heute vormittag, wenn's dir recht ist."

„Hältst du's für nötig, daß Cora uns begleitet?"

„Besser ist es vielleicht schon. Sie ist ja schließlich die Erbin."

„In diesem Fall will ich ihr sagen, sie soll sich bereit machen."

Und mit seinem gewohnten strammen Schritt ging Lesable hinaus.

Die Kanzlei des Notars, Maître Belhomme, hatte eben geöffnet, als Cachelin, Lesable und seine Frau sich in tiefer Trauer und mit leidvergrämten Gesichtern einstellten.

Der Notar empfing sie sofort und bat sie, Platz zu nehmen. Cachelin führte das Wort. „Herr Belhomme", sagte er, „Sie kennen mich: ich bin der Bruder von Mademoiselle Charlotte Cachelin. Hier sind meine Tochter und mein Schwiegersohn. Meine arme Schwester ist gestern gestorben, sie wird morgen beerdigt. Da Sie ihr Testament verwahren, möchten wie Sie fragen, ob sie nicht irgendeine letzwillige Verfügung hinsichtlich ihrer Bestattung hinterlassen hat oder ob Sie uns vielleicht sonst etwas mitzuteilen haben."

Der Notar zog eine Schublade auf, holte einen Briefumschlag heraus, riß ihn auf, entnahm ihm ein Blatt Papier und sagte dann: „Mein Herr, hier habe ich ein Doppel des Testaments. Ich kann es Ihnen sogleich zur Kenntnis bringen.

Die zweite Ausfertigung, die genau gleich lautet wie die vorliegende, muß in meinen Händen bleiben.“

Nun las er vor:

„Ich, endesunterzeichnete Victorine-Charlotte Cachelin, tue hiermit meinen letzten Willen kund:

Ich vermache mein gesamtes Vermögen, das sich auf eine Million und rund einhundertzwanzigtausend Franken beläuft, den Kindern, die der Ehe meiner Nichte Céleste-Coralie Cachelin entsprießen werden; der Nießbrauch des Zinseinkommens fällt bis zur Volljährigkeit des ältesten Kindes den Eltern zu.

Die nachfolgenden Verfügungen regeln den Anteil, der jedem Kind zukommt, und den Teil, der den Eltern bis zum Ende ihrer Tage verbleibt.

Im Falle, daß mein Tod eintreten sollte, bevor meine Nichte einen Erben hat, bleibt mein gesamtes Vermögen in der Verwaltung meines Notars, und zwar drei Jahre lang, damit mein obenerwähnter letzter Wille vollzogen werden kann, sofern ein Kind während dieser Zeit zur Welt kommt.

Im Falle aber, daß Coralie im Laufe der drei Jahre nach meinem Ableben vom Himmel keine Nachkommen beschert werden sollten, wird mein Vermögen durch meinen Notar an die Armen und an die wohltätigen Anstalten verteilt, deren Verzeichnis hiernach folgt.“

Es folgte eine endlose Liste mit Namen von Wohltätigkeitsvereinen, mit Zahlen, Anordnungen und Ermahnungen.

Hierauf händigte der Notar höflich das Schriftstück Cachelin aus, der vor Erschütterung ganz fassungslos war.

Er glaubte sogar noch ein paar Erläuterungen beifügen zu müssen: „Als Mademoiselle Cachelin“, sagte er, „mir die Ehre erwies und zum erstenmal ihr Vorhaben erwähnte, in diesem Sinne ihre letzwilligen Verfügung zu treffen, äußerste sie den sehnlichen Wunsch, noch die Geburt eines Erben ihres Geschlechts zu erleben. Auf alle meine Einreden antwortete sie stets nur mit dem immer formelleren Ausdruck ihres Willens. Dieser beruhte im übrigen auf einer religiösen Überzeugung: sie glaubte nämlich, jede kinderlose Ehe sei ein Beweis dafür, daß der Fluch des Himmels auf ihr laste. Ich habe ihre Willensäußerungen in keiner Weise beeinflussen können. Glauben Sie mir, ich bedaure es selbst ungemein." Dann setzte er lächelnd, zu Coralie gewandt, hinzu: „Ich zweifle nicht im geringsten, daß das *Desideratum* der Verewigten in Bälde erfüllt sein wird."

Die drei Verwandten verabschiedeten sich. Sie waren so außer Rand und Band, daß sie keinen Gedanken zu fassen vermochten.

Schweigend gingen sie nebeneinander her, beschämt und wütend, als hätten sie sich gegenseitig bestohlen. So legten sie den Heimweg zurück. Sogar Coras Trauer war plötzlich völlig verflogen; der Undank ihrer Tante enthob sie der Pflicht, sie zu beweinen. Schließlich sagte Lesable mit blassen, vor Wut zusammengepreßten Lippen zu seinem Schwiegervater: „Gib mir doch einmal das Schriftstück her. Ich möchte es gern selbst einsehen." Cachelin reichte ihm das Papier hinüber, und der junge Mann ging daran, es durchzulesen. Er war auf dem Trottoir stehengeblieben und stand wie angewurzelt da, obwohl ihn die Passanten in einem fort anstießen und herumschubsten, und sein Auge prüfte scharf und sachlich jedes Wort. Seine beiden Begleiter warteten stumm zwei Schritte weiter auf ihn.

Dann gab er das Testament zurück und erklärte: „Nichts zu machen. Sie hat uns schön hereingelegt!"

Cachelin, den das Scheitern seiner Hoffnungen in eine gereizte Stimmung versetzt hatte, gab zur Antwort: „Herrgott noch einmal! Es war schließlich eure Sache, ein Kind zu kriegen! Ihr habt doch genau gewußt, daß sie sich seit langem eines wünschte.“

Lesable zuckte nur die Achseln und gab ihm keine Antwort.

Zu Hause fanden sie eine Menge Leute vor, die auf sie warteten. Es waren lauter Menschen, die von Berufs wegen mit Todesfällen zu tun haben. Lesable ging in seine Wohnung hinüber; er wollte sich um nichts mehr kümmern. César fuhr die Leute grob an, schrie, man solle ihn in Ruhe lassen, verlangte, man solle den ganzen Klimbim so schnell wie möglich erledigen, und fand, man habe es gar nicht eilig, ihm die Leiche vom Halse zu schaffen.

Cora hatte sich in ihrem Zimmer eingeschlossen und verhielt sich mäuschenstill. Aber nach einer Stunde klopfte Cachelin bei seinem Schwiegersohn an die Tür und sagte: „Mein lieber Leopold, ich möchte mit dir ein paar Dinge besprechen, die ich mir überlegt habe. Schließlich müssen wir uns doch verständigen. Meines Erachtens sollte man trotzdem ein schickliches Leichenbegängnis abhalten, damit sie im Ministerium nicht Lunte riechen. Über die Kosten werden wir uns schon einigen. Übrigens ist noch nichts verloren. Ihr seid ja noch nicht lange verheiratet, und es müßte schon allerhand schiefgehen, damit ihr keine Kinder bekommt. Ihr werdet euch eben dahintermachen müssen, das ist alles. Jetzt wollen wir uns aber um das Nächstliegende kümmern. Willst du's übernehmen, ins Ministerium zu gehen? Ich werde gleich die Adressen der Todesanzeigen schreiben.“

Lesable gab ärgerlich zu, sein Schwiegervater habe recht, und sie setzten sich, einer dem andern gegenüber, an die beiden Enden eines langen Tisches, um die Adressen der schwarzgeränderten Todesanzeigen zu schreiben.

Dann frühstückten sie. Auch Cora ließ sich wieder blicken, unbeteiligt, als ginge sie das alles nichts an.

Sie aß tüchtig, hatte sie doch tags zuvor nichts zu sich genommen.

Gleich nach dem Essen ging sie in ihr Zimmer zurück. Lesable begab sich ins Marineministerium, und Cachelin ließ sich auf dem Balkon häuslich nieder. Er setzte sich rittlings auf einen Stuhl und rauchte seine Pfeife. Sengend brannte die heiße Sonne des Sommertages auf das unabsehbare Dächermeer herab. Hier und dort blitzte ein Fensterglas wie Feuer auf und warf blendende Strahlen, daß man nicht hinsehen konnte.

Cachelin saß in Hemdsärmeln da und schaute mit blinzelnden Augen durch das flimmernde Licht hinaus auf die grünen Hügel, die dort hinten, weit, weit hinter der großen Stadt, jenseits der staubigen Vororte lagen. Er dachte daran, daß am Fuße dieser Hügel mit ihren baumbestandenen Hängen die Seine breit, ruhig und kühl dahinfloß und daß man sich dort im Schatten der Bäume viel wohler fühlen würde als hier auf der Terrasse in der Gluthitze. Man könnte am Rande des Flusses im Gras auf dem Bauch liegen und ins Wasser spucken. Ein unbehagliches Gefühl beschlich ihn, ein quälender, bedrükkender Gedanke, das schmerzliche Bewußtsein ihres Mißgeschicks, ihres unerwarteten Pechs, das um so bitterer und brutaler über sie hereinbrach, als sie je länger, desto zuversichtlicher gehofft hatten. Und wie es in großer Erregung, unter dem Druck einer quälenden Vorstellung, die einen nicht losläßt, vorkommen kann, sagte er laut vor sich hin: „So ein Dreckluder!“

Hinter seinem Rücken hörte er im Zimmer die Angestellten des Bestattungsinstituts hin und her gehen und das Gehämmer der Leute, die den Sarg zunagelten. Seit seinem Besuch beim Notar hatte er seine Schwester nicht wiedergesehen.

Doch nach und nach strömten ihm die Wärme, die Heiterkeit und das strahlende Licht des herrlichen

Sommertags durch Leib und Seele, und er sagte sich, noch sei ja nicht alles verloren. Warum sollte seine Tochter denn kein Kind bekommen? Sie war noch nicht einmal zwei Jahre verheiratet. Sein Schwiegersohn sah kräftig aus, gut gebaut und gesund, wenn auch etwas klein. Sie würden schon ein Kind bekommen, zum Donnerwetter! Und zudem mußte es einfach sein!

Lesable hatte ganz verstohlen das Ministerium betreten und war in sein Büro geschlichen. Auf seinem Schreibtisch fand er einen Zettel vor mit den Worten: *Der Chef wünscht Sie zu sprechen.* Zuerst fuhr er ungeduldig auf, maßlos empört über diesen Despotismus, der ihm nun wieder drohend bevorstand. Dann aber spornte ihn ein jähes, heftiges Verlangen an, emporzukommen. Auch er war eines Tages Chef, und zwar schon bald, ja, er konnte es noch weiter bringen.

Ohne erst seinen Straßenrock auszuziehen, begab er sich zu Herrn Torchebeuf. Er stellte sich mit einer wahren Leichenbittermiene ein, wie man sie eben in Trauerfällen aufsetzt; er tat noch ein übriges und legte echten, tiefen Kummer an den Tag, jene unwillkürliche Niedergeschlagenheit, wie sie unsere Züge nach einem heftigen Verdruß zeigen.

Der Chef hielt seinen dicken Kopf immer noch über seine Papiere gebeugt; nun blickte er auf und fragte barsch: „Ich habe Sie den ganzen Tag vermißt. Warum sind Sie nicht gekommen?“ Lesable antwortete: „Verehrter Meister, wir haben zu unserem Leid meine Tante, Mademoiselle Cachelin, verloren, und ich wollte eigentlich schon bei Ihnen vorbeikommen und Sie bitten, der Beerdigung beizuwohnen. Sie findet morgen statt.“

Herrn Torchebeufs Gesicht hatte sich schlagartig aufgehellt, und er antwortete mit einem Unterton von Hochachtung: „In diesem Fall, lieber Freund, ist das etwas anderes. Ich danke Ihnen und gebe

Ihnen selbstverständlich frei. Sie werden viel zu erledigen haben."

Doch Lesable legte Wert darauf, seinen Diensteifer zu bekunden. „Vielen Dank, verehrter Meister, alles ist bereits erledigt, und ich gedenke bis zum Büroschluß hierzubleiben."

Damit kehrte er in sein Amtszimmer zurück.

Unterdessen hatte sich die Neuigkeit herumgesprochen, und aus allen Büros kamen die Beamten und wollten ihm ein paar teilnehmende Worte sagen, ihm weniger ihr Beileid als vielmehr ihre Glückwünsche aussprechen, und vielleicht auch nur, weil sie sehen wollten, wie er sich benahm. Er ließ ihre nichtssagenden Redensarten und neugierigen Blicke mit gutgespielter unbewegter Miene über sich ergehen, desgleichen mit einem Takt, über den alle staunten. „Er nimmt sich ausgezeichnet zusammen!" sagten die einen, und die andern meinten: „Und wenn auch – im Grunde muß er doch verflixt froh sein!"

Maze, der unverfrorener als alle anderen war, fragte ihn in seiner lässigen weltmännischen Art: „Wissen Sie schon genau, wie hoch sich das Vermögen beläuft?"

Lesable antwortete in einem Ton, als ließe ihn das völlig kalt: „Nein, nicht genau. Das Testament spricht von rund einer Million und zweihunderttausend Franken. Ich weiß das, weil der Notar uns ohne Verzug gewisse Klauseln bezüglich der Beisetzung hat bekanntgeben müssen."

Man nahm allgemein an, Lesable werde nicht weiter im Ministerium bleiben. Mit sechzigtausend Franken Rente bleibt man nicht Kanzleischreiber. Man ist jemand und kann jede Laufbahn einschlagen, die einem zusagt. Manche glaubten, er beabsichtige, in den Staatsrat zu kommen; andere neigten eher zu der Ansicht, er denke daran, Deputierter zu werden. Der Chef rechnete damit, sein Entlassungsgesuch zu erhalten, und wollte es sofort an den Direktor weiterleiten.

Das ganze Ministerium kam zum Begräbnis. Man fand es eher dürftig. Aber es ging das Gerücht, Mademoiselle Cachelin habe es selbst so gewünscht. Es habe im Testament so gestanden.

Schon am nächsten Morgen nahm Cachelin seinen Dienst wieder auf, und auch Lesable, der eine Woche lang unpäßlich gewesen war, erschien wieder, etwas blaß, aber pünktlich, fleißig und eifrig wie ehedem. Es war, als hätte sich nichts in ihrem Dasein geändert. Es fiel nur auf, daß sie augenfällig dicke Zigarren rauchten, von Rendite, Eisenbahnaktien und Wertpapieren sprachen, ganz wie Männer, deren Tasche mit Titeln gespickt ist. Und nach einiger Zeit erfuhr man auch, sie hätten in der Umgegend von Paris ein Landhaus gemietet und gedächten dort das Ende des Sommers zu verbringen.

Schließlich dachte man: Sie sind eben geizig wie die Alte. Das liegt in der Familie; gleich und gleich gesellt sich gern. Auf jeden Fall ist es unfein, mit einem solchen Vermögen länger im Ministerium zu bleiben.

Bald danach dachte man überhaupt nicht mehr daran. Man wußte, was man von ihnen zu halten hatte, das Urteil über sie stand fest.

IV

Während Lesable am Leichenbegängnis der Tante Charlotte teilnahm, dachte er unentwegt an die Million. In seinem Innern tobte eine rasende Wut, die um so heftiger war, als er sie nicht zeigen durfte. Er war der ganzen Welt gram wegen seines beklagenswerten Mißgeschicks.

Er fragte sich auch: Warum habe ich in den zwei

Jahren, seit ich verheiratet bin, keine Kinder bekommen? Und bei der Vorstellung, seine Ehe könnte kinderlos bleiben, schlug sein Herz wild vor Angst.

Wie ein Junge, der ganz oben auf dem hohen, spiegelnden Klettermast den Becher sieht, den es herunterzuholen gilt, und sich fest vornimmt, alle Kräfte und seinen ganzen Willen anzuspannen und so die nötige Kraft und Ausdauer aufzubringen, um dort hinaufzugelangen, so faßte auch Lesable den verzweifelten Entschluß, Vater zu werden. So viele andere waren es, warum sollte nicht auch er es sein können? Vielleicht war er nachlässig und sorglos gewesen, hatte dank seiner Unerfahrenheit und völligen Unbekümmertheit etwas verabsäumt. Er hatte nie ernstlich den Wunsch verspürt, einen Erben zu hinterlassen, und so hatte er sich nie sonderlich angestrengt, es dazu zu bringen. Künftig aber wollte er sich alle Mühe geben, wollte alles daransetzen und nichts versäumen, und dann mußte er es bestimmt zustande bringen, da ihm doch so viel daran gelegen war.

Als er aber wieder zu Hause war, fühlte er sich nicht recht wohl und mußte sich ins Bett legen. Die Enttäuschung war zu hart gewesen, und er bekam nun den Rückschlag zu spüren.

Der Arzt hielt seinen Zustand für so ernst, daß er ihm unbedingte Bettruhe verordnete und ihm auch für später dringend riet, sich längere Zeit zu schonen. Man befürchtete eine Gehirnentzündung.

Aber nach acht Tagen war er wieder auf den Beinen und nahm seinen Dienst im Ministerium auf.

Da er sich aber noch zu leidend fühlte, wagte er nicht, das eheliche Lager mit seiner Frau zu teilen. Er zögerte und zitterte wie ein General, der eine Schlacht liefern muß, eine Schlacht, von der seine Zukunft abhängt. Und jeden Abend verschob er es auf die nächste Nacht und hoffte auf eine Stunde, die ihm ausreichend Gesundheit, Wohlbefinden und Kraft verleihen sollte, eine Stunde, in der man sich zu allem fähig fühlt. Alle Augenblicke griff er sich den Puls, fand ihn zu schwach oder zu rasch und nahm Stärkungsmittel ein, aß rohes Fleisch und unternahm, ehe er nach Hause ging, lange, kräftigende Spaziergänge.

Da er sich nach seinem Ermessen nicht richtig erholte, kam er auf den Gedanken, das Ende der heißen Jahreszeit in der Umgebung von Paris zu verbringen. Und bald kam er zur Überzeugung, daß die gute Landluft einen großartigen Einfluß auf sein Befinden haben müsse. In einer Lage wie der seinen bringe das Landleben wundersame, ja entscheidende Wirkungen hervor. Er beruhigte sich in der Gewißheit des bald eintretenden Erfolgs und sagte seinem Schwiegervater immer wieder mit einem Unterton voll verständnisinniger Anspielungen: „Sobald wir auf dem Land sind, geht es mir besser, und alles wird noch gut."

Nur schon das Wort *Land* schien ihm eine geheimnisvolle Bedeutung in sich zu tragen.

Sie mieteten also im Dorf Bezons ein Häuschen und zogen alle dorthin. Die beiden Männer gingen jeden Morgen zu Fuß quer über Felder und Äcker zum Bahnhof von Colombes und kamen Abend für Abend zu Fuß wieder nach Hause.

Cora war überglücklich, daß sie am Ufer des stillen Flusses leben konnte. Sie setzte sich gern an die Böschungen, pflückte Blumen und brachte große Sträuße aus feinen, goldgelben und zarten Zittergräsern nach Hause.

Allabendlich gingen sie alle drei am Ufer entlang spazieren bis zum Morue-Wehr und tranken im Wirtshaus *Zu den Linden* eine Flasche Bier. Durch die lange Reihe der Pfähle gestaut, schoß der Fluß gischend zwischen den Schotten hindurch und strömte wogend und brodelnd auf einer Breite von hundert Metern abwärts. Und das Tosen des Wasserfalls ließ den Boden erzittern, während ein feiner Brodem, ein feuchter Dunst in der Luft hing. Er stieg wie ein leichter Rauch aus dem Wasserfall auf und verbreitete ringsum einen Geruch nach zerstäubtem Wasser und aufgewühltem Schlamm.

Die Nacht brach herein. Weit entfernt schwebte ein heller Lichtschein über dem Dunkel. Dort lag Paris. Jeden Abend wiederholte Cachelin: „So eine Stadt, was?!" Von Zeit zu Zeit fuhr ein Zug über die Eisenbrücke, die einen Zipfel der Insel abschnitt, man hörte sein donnerndes Rollen, und dann verschwand er wieder, sei es nach links oder nach rechts, nach Paris zu oder zum Meer hinaus.

Gemächlichen Schrittes kehrten sie heim, sahen den Mond aufgehen und setzten sich auf einen Grabenrand, um noch länger den Anblick des gelben, weichen Mondlichts zu genießen, das auf den ruhigen Fluß fiel, mit dem Wasser dahinzufließen schien und im Wellengekräusel der Strömung schillerte wie feurig geflammte Seide. Die Kröten ließen ihren hellen, kurzen Ruf ertönen. In der Luft waren die Schreie der Nachtvögel zu hören, und zuweilen glitt ein großer dunkler Schatten stumm über den Fluß hin und trübte seinen leuchtenden, ruhigen Lauf. Es war ein Boot mit Fischdieben, die plötzlich ihr Wurfnetz auswarfen und dann lautlos in dem weiten, dunklen Fangnetz ihren Fang an glitzernden, zappelnden Gründlingen wie einen aus der Tiefe des Wassers geborgenen Schatz, einen lebenden Schatz aus silbernen Fischen, an Bord zogen.

Cora war tief bewegt. Sie stützte sich zärtlich auf den Arm ihres Gatten, dessen Absichten sie erriet, obschon sie nie darüber gesprochen hatten. Es war für sie wie ein neuer Brautstand, wie ein zweites Harren auf den Kuß der Liebe. Ab und zu küßte er sie rasch und zart hinter das Ohr, auf den Ansatz des Nackens, auf jenen reizenden Fleck zarten Fleisches, wo sich die ersten Härchen kräuselten. Sie erwiderte seine Liebkosung mit einem Druck ihrer Hand. Sie begehrten einander und versagten sich doch eines dem andern noch, aufgestachelt und zurückgehalten durch einen Willen, der stärker war als sie, durch die gespenstische Hoffnung auf die Million.

Cachelin war durch die hoffnungsvolle Stimmung, die er um sich fühlte, wieder beruhigt. Er lebte wie der Vogel im Hanfsamen, aß und trank für drei, und zuweilen verspürte er in der Abenddämmerung richtige Anwandlungen poetischer Schwärmerei, jener einfältigen Rührseligkeit, die auch den Dickfelligsten angesichts gewisser ländlicher Eindrücke überkommen: wenn das Licht regengleich durch die Zweige strömt, wenn die Sonne fern über den Hügeln untergeht und purpurne Lichter auf den Fluß wirft. Und er erklärte: „Wenn ich so was sehe, glaube ich an Gott. Das krampft mir hier alles zusammen“ – und er zeigte auf die Magengrube – „und ich fühle mich ganz verdreht. Ganz komisch wird mir, und ich komme mir vor, als hätte man mich in ein Bad getaucht, das mir das Augenwasser hochtreibt.“

Lesable ging es indessen besser. Zuweilen packte ihn plötzlich ein Tatendrang, wie er ihn seit langem nicht mehr kannte. Er hatte eine unbändige Lust, wie ein Fohlen herumzutollen, sich im Gras zu wälzen und vor Freude zu schreien.

Nun hielt er die Zeit für gekommen. Sie feierten zusammen eine wahre Hochzeitsnacht.

Dann verlebten sie Flitterwochen voller Zärtlichkeiten und Hoffnungen.

Bald aber erkannten sie, daß ihr Bemühen erfolglos war und ihr Vertrauen sich nicht bewahrheitete.

Sie waren verzweifelt und ratlos, entsetzlich enttäuscht. Aber Lesable verlor den Mut nicht; er ließ nicht nach und gab sich übermenschliche Mühe. Seine Frau, die vom selben Wunsch beseelt war und unter der gleichen Angst litt, dazu robuster war als er, gab sich willig zu seinen Versuchen her, kam seinen Küssen mehr als entgegen und fachte unablässig seine erkaltende Glut wieder an.

Sie kehrten in den ersten Oktobertagen nach Paris zurück.

Nun wurde das Leben für sie zur Qual. Lieblose Worte fielen beim harmlosesten Anlaß, und Cachelin, der witterte, wie es um die beiden stand, zog sie in einem fort mit giftigen, derben Soldatenwitzen auf.

Ihr ganzes Denken kreiste unablässig nur um das eine, einzig wichtige Anliegen: die Erbschaft, die in nichts zu zerrinnen schien. Ihr Zusammenleben wurde unerträglich, ihr gegenseitiger Groll immer ärger aufgepeitscht. Jetzt führte Cora das große Wort und schurigelte ihren Mann, wo sie nur konnte. Sie behandelte ihn wie einen kleinen Buben, wie einen grünen Jungen, einen Menschen, den man nicht ernst nehmen konnte. Und Cachelin stichelte an jedem Essen: „Wenn ich reich wäre, ich hätte eine ganze Schar Kinder... Wenn man aber arm ist, muß man eben vernünftig sein." Dann setzte er, zu seiner Tochter gewandt, hinzu: „Du schlägst wahrscheinlich mir nach, aber eben..." Dann warf er seinem Schwiegersohn einen vielsagenden Blick zu und zuckte verächtlich die Achseln.

Lesable, als überlegener Mensch, der da in eine Familie von taktlosen Rüpeln geraten war, erwiderte nichts darauf. Im Ministerium fand man, er sehe schlecht aus. Sogar der Chef fragte ihn eines Tages: „Sind Sie krank? Sie kommen mir so verändert vor."

Er antwortete: „O nein, verehrter Meister. Ich bin vielleicht etwas übermüdet. Ich habe in der letzten Zeit viel gearbeitet, wie Ihnen wohl nicht entgangen sein dürfte."

Er rechnete bestimmt mit seiner Beförderung zum

Jahresende und hatte in dieser Hoffnung sein arbeitsames Leben eines Musterbeamten wiederaufgenommen.

Aber er erhielt nur eine ganz schäbige Gratifikation, weniger als je bisher. Sein Schwiegervater Cachelin bekam überhaupt nichts.

Das war ein harter Schlag für Lesable. Er suchte abermals den Chef auf und redete ihn zum erstenmal mit „Herr Torchebeuf“ an.

„Was nützt es mir denn, Herr Torchebeuf, mich so abzurackern, wenn ich doch nichts davon habe?“

Der dicke Kopf Herrn Torchebeufs bekam sichtlich einen verärgerten Ausdruck. „Ich habe Ihnen bereits gesagt, Herr Lesable, daß ich Erörterungen dieser Art zwischen uns nicht dulde. Ich sage Ihnen nochmals, ich finde Ihre Beschwerde ungebührlich im Hinblick auf Ihr jetziges Vermögen, verglichen mit der Armut Ihrer Kollegen...“

Lesable konnte sich nicht länger beherrschen. „Aber, Herr Torchebeuf, ich habe nichts, gar nichts! Unsere Tante hat ihr Vermögen dem ersten Kind hinterlassen, das unserer Ehe entsprießen werde. Mein Schwiegervater und ich leben von unserem Gehalt.“

Überrascht erwiderte der Chef: „Wenn Sie auch jetzt nichts haben, werden Sie auf jeden Fall demnächst reich. Es kommt also auf dasselbe heraus.“

Und Lesable zog sich zurück, über die entgangene Beförderung noch niedergedrückter als über die Erbschaft, die ihm vorenthalten wurde.

Doch als Cachelin ein paar Tage danach eben in seinem Büro erschienen war, trat Maze ein. Um seine Lippen spielte ein Lächeln. Dann erschien Pitolet mit leuchtenden Augen, darauf stieß Boissel die Tür auf und kam aufgekratzt, grinsend und den andern verständnisinnige Blicke zuwerfend herein. Der alte Savon saß auf seinem hohen Stuhl, hatte beide Füße wie ein kleiner Junge auf das Querholz gestellt, die

Tonpfeife im Mundwinkel, und schrieb unentwegt an seinen Kopien.

Niemand sagte etwas. Alle warteten anscheinend auf etwas, und Cachelin trug seine Akten ein und brummte dabei, wie es seine Gewohnheit war, halblaut vor sich hin: „Toulon. Lieferungen von Offiziersgamellen für die *Richelieu*. – Lorient. Schwimmwesten für die *Desaix*. – Brest. Versuche mit Segeltuch englischer Herkunft."

Da erschien Lesable. Neuerdings holte er täglich selbst die Eingänge, die er zu erledigen hatte, da sich sein Schwiegervater nicht mehr die Mühe nahm, sie ihm durch den Bürodiener bringen zu lassen.

Während er in den Papieren stöberte, die auf dem Schreibtisch des Hauptregistrators herumlagen, schielte Maze händereibend zu ihm hinüber, und Pitolet, der sich eine Zigarette drehte, schmunzelte übermütig. Er zog vor Vergnügen die Lippen kraus, und man sah ihm an, daß er seine Freude kaum mehr zurückdämmen konnte. Auf einmal wandte er sich an den Expedienten: „Sagen Sie mal, Papa Savon, Sie haben doch in Ihrem Leben allerhand erfahren?"

Der Alte merkte genau, daß man ihn hänseln und wieder mit seiner Frau aufziehen wollte, und gab keine Antwort.

Pitolet ließ nicht locker. „Immerhin sind Sie doch hinter das Geheimnis gekommen, wie man Kinder heckt. Sie haben doch ein paar gehabt."

Der Alte hob den Kopf. „Sie wissen doch, Herr Pitolet, ich mag Witzeleien über dieses Thema nicht. Ich habe zu meinem Unglück eine unwürdige Lebensgefährtin geheiratet. Als ich den Beweis ihrer Untreue in der Hand hatte, habe ich mich von ihr getrennt."

Ohne eine Miene zu verziehen, fragte Maze leichthin: „Diesen Beweis haben Sie doch mehrmals gehabt, nicht wahr?"

Der alte Savon antwortete ernst: „Ja, gewiß.“

Pitolet hakte wieder ein: „Na, auf jeden Fall sind Sie Vater mehrerer Kinder. Ich habe gehört, drei oder vier.“

Der Gute wurde über und über rot und stammelte: „Sie haben es darauf abgesehen, mich zu kränken, Herr Pitolet. Aber es soll Ihnen nicht gelingen. Meine Frau hat in der Tat drei Kinder gehabt. Ich habe Grund zur Annahme, daß das erste von mir ist. Aber die beiden anderen erkenne ich nicht an.“

Pitolet fing erneut an: „Es heißt allgemein, das erste sei von Ihnen. Da haben Sie recht, und mir genügt das. Es muß schön sein, ein Kind zu haben, sehr schön und sehr beglückend. Sehen Sie, ich will wetten, Lesable wäre hoch erfreut, wenn er eines fertiggebracht hätte, nur ein einziges, wie Sie.“

Cachelin hatte seine Arbeit unterbrochen. Er lachte nicht mit, obwohl ihm sonst der alte Savon regelmäßig für seine Späße herhalten mußte und er gewöhnlich keine Gelegenheit vorbeigehen ließ, ihn bis zum Überdruß mit seinem ehelichen Pech aufs taktloseste aufzuziehen.

Lesable hatte seine Schriftstücke zusammengesucht. Da er aber genau spürte, daß der Angriff ihm galt, hielt ihn sein Stolz zurück, und er wollte, verwirrt und gereizt, ausharren. Er zerbrach sich den Kopf, wer wohl sein Geheimnis verraten haben mochte. Dann fiel ihm wieder ein, was er dem Chef gesagt hatte, und da wurde ihm jählings klar, daß es nun galt, nicht lange zu fackeln und jetzt gleich ganz energisch aufzutreten, wenn er nicht für das ganze Ministerium zur Zielscheibe seines Spottes werden wollte.

Boissel ging in einem fort grinsend auf und ab. Er machte die heisere Stimme eines Straßenverkäufers nach und grölte: „Das Geheimnis, Kinder zu zeugen! Zehn Centimes! Zwei Sous! Kaufen Sie das Geheimnis, Kinder zu zeugen, an den Tag gebracht

durch Herrn Savon – mit vielen greulichen Einzelheiten!"
Alle brachen in tobendes Gelächter aus, nur Lesable und sein Schwiegervater nicht. Pitolet wandte sich an den Registrator und fragte: „Was haben Sie denn, Cachelin? Sie sind gar nicht lustig wie sonst immer! Man könnte meinen, Sie finden es kein bißchen komisch, daß der Papa Savon von seiner Frau ein Kind gehabt hat. Ich finde das ungeheuer ulkig, riesig spaßig! Das kann nicht jeder!"
Lesable blätterte aufs neue wild in seinen Papieren und tat, als läse er und hörte nichts. Aber er war leichenfahl geworden.
Boissel fing mit derselben Gassenjungenstimme von neuem an zu schreien: „Vom Nutzen eines Erben zum Einheimsen einer Erbschaft, zehn Centimes, zwei Sous! Kaufen Sie!"
Maze fand diese Art Witzeleien geschmacklos und trug es Lesable auch persönlich nach, daß er ihm das Vermögen, auf das er im Grunde seines Herzens gehofft hatte, vor der Nase weggeschnappt hatte, nun fragte er ihn rundgeraus: „Was haben Sie denn, Lesable, Sie sind ja ganz bleich?"
Lesable blickte auf und sah seinem Kollegen mitten ins Gesicht. Mit zuckenden Lippen zögerte er ein paar Sekunden, suchte nach einer verletzenden, witzigen Antwort, doch da ihm nichts Passendes einfiel, antwortete er nur: „Ich habe nichts. Ich wundere mich bloß, Sie so viel Geist entwickeln zu sehen."
Maze stand immer noch mit dem Rücken zum Fenster. Nun hob er mit beiden Hände die Rockschöße und erwiderte lachend: „Man tut, was man kann, mein Lieber. Es geht uns genauso wie Ihnen: Wir schaffen es nicht immer..."
Dröhnendes Gelächter unterbrach ihn. Verdutzt blieb der alte Savon, dem dumpf dämmerte, daß man es nicht mehr auf ihn abgesehen hatte, daß man sich nicht mehr über ihn lustig machte, mit offenem

Mund und erhobener Feder sitzen. Und Cachelin wartete ab, bereit, über den ersten herzufallen, der ihm in den Weg lief.

Lesable stammelte: „Ich verstehe nicht, was Sie meinen. Was habe ich nicht geschafft?"

Der schöne Maze ließ einen seiner Rockschöße fahren und zwirbelte sich den Schnurrbart. Dann sagte er liebenswürdig: „Ich weiß, sonst schaffen Sie alles, was Sie sich vornehmen. Es war also unrecht von mir, auf Sie anzuspielen. Übrigens waren die Kinder Papa Savons gemeint und nicht die Ihren, denn Sie haben ja gar keine. Da Sie aber alles schaffen, liegt es auf der Hand, daß Sie nur darum keine Kinder haben, weil Sie keine wollten."

Lesable fragte unwirsch: „Was geht denn das Sie an?"

Der aufreizende Ton dieser Frage brachte Maze in Harnisch, und er schrie zurück: „Sagen Sie mal, was fällt Ihnen eigentlich ein? Seien Sie gefälligst etwas höflicher, oder Sie bekommen es mit mir zu tun!"

Doch Lesable zitterte vor Wut und verlor alle Selbstbeherrschung. „Herr Maze, ich bin kein Fatzke und kein Schönling wie Sie. Ich möchte Sie bitten, künftig das Wort nie wieder an mich zu richten. Sie und Ihresgleichen können mir den Buckel hinunterrutschen!" Dabei warf er Pitolet und Boissel einen herausfordernden Blick zu.

Maze war es augenblicklich klargeworden, daß wahre Überlegenheit sich in Ruhe und Ironie äußert; aber er war aufs schwerste in seiner Eitelkeit verletzt und wollte seinen Feind mitten ins Herz treffen. So erwiderte er denn in gönnerhaftem Ton, wie ein wohlwollender Ratgeber, aber mit vor Wut blitzenden Augen: „Mein lieber Lesable, Sie gehen zu weit. Im übrigen kann ich Ihren Ärger verstehen. Es ist ärgerlich, ein Vermögen davonschwimmen zu sehen, es dazu um einer solchen Lappalie willen zu verlieren, wegen einer Sache, die so leicht und

einfach zu bewerkstelligen ist... Wissen Sie was? Wenn es Ihnen recht ist, will ich Ihnen diesen Liebesdienst ganz umsonst, aus guter Kameradschaft erweisen. Das ist in fünf Minuten erledigt..."
Er hatte noch nicht ausgeredet, da traf ihn das Tintenfaß des alten Savon, das Lesable nach ihm geworfen hatte, mitten auf die Brust. Ein Schwall Tinte spritzte ihm über das ganze Gesicht und verwandelte ihn mit erstaunlicher Geschwindigkeit in einen Neger. Er stürzte sich mit rollenden weißen Augen auf Lesable, die Faust zum Schlag erhoben. Doch Cachelin deckte seinen Schwiegersohn. Er warf sich dem großen Maze entgegen, packte ihn um den Leib, stieß ihn herum, daß er nur so taumelte, schüttelte ihn, versetzte ihm ein paar tüchtige Püffe und warf ihn gegen die Wand. Maze machte sich mit einem heftigen Ruck frei, riß die Tür auf, rief den beiden Männern zu: „Sie werden noch von mir hören!" und verschwand.

Pitolet und Boissel liefen hinter ihm her. Boissel rechtfertigte sich wegen seiner Mäßigung; er habe nämlich Angst gehabt, er könnte jemanden umbringen, wenn er sich in den Kampf einmische.

Sobald Maze in seinem Büro angelangt war, versuchte er sich zu säubern; aber es gelang ihm nicht. Er war mit einer violetten Tinte, einer sogenannten unverwischbaren und unauslöschlichen Tinte, beschmiert. Wütend und verzweifelt stand er vor dem Spiegel und rieb sich wie rasend mit dem zusammengeknüllten Handtuch das Gesicht ab. Er erreichte aber nur, daß das Schwarz noch schöner glänzte und einen Stich ins Rötliche bekam, da das Blut die Haut durchströmte.

Boissel und Pitolet waren ihm nachgegangen und gaben ihm allerlei gute Ratschläge. Der eine meinte, er müsse sich das Gesicht mit reinem Olivenöl waschen. Der andere behauptete, mit Ammoniak bringe man es sicher weg. Der Bürodiener wurde fortgeschickt und sollte bei einem Apotheker Rat einholen. Er brachte eine gelbe Flüssigkeit und einen Bimsstein mit. Auch das half nichts.

Maze ließ den Mut sinken. Er setzte sich hin und erklärte: „Jetzt bleibt noch unser Ehrenhandel auszutragen. Wollen Sie mir als Zeugen dienen und von Herrn Lesable entweder eine zureichende Entschuldigung oder aber Genugtuung mit den Waffen verlangen?"

Beide erklärten sich bereit, und man ratschlagte, wie man vorgehen wollte. Sie hatten keine Ahnung von solchen Affären, wollten es aber nicht zugeben und äußerten, im Bestreben, sich möglichst korrekt zu verhalten, widersprechende und recht zaghafte Ansichten. Es wurde beschlossen, einen Fregattenkapitän um Rat zu fragen, der dem Ministerium zugeteilt war und hier den Kohlennachschub leitete. Er wußte aber auch nicht mehr als sie. Nach langem Überlegen riet er ihnen immerhin, Lesable aufzusuchen und ihn zu bitten, sie mit zweien seiner Freunde zusammenzubringen.

Als sie unterwegs zum Büro ihres Kollegen waren, blieb Boissel plötzlich stehen und sagte: „Wäre es nicht unbedingt angebracht, Handschuhe anzuziehen?"

Pitolet zögerte einen Augenblick: „Ja, vielleicht schon." Aber wenn man sich Handschuhe besorgen wollte, mußte man das Ministerium verlassen, und der Chef verstand da keinen Spaß. Man schickte also den Bürodiener zu einem Handschuhmacher mit dem Auftrag, eine Auswahl zu holen. Über die Farbe konnten sie sich lange nicht einigen. Boissel wollte schwarze; Pitolet fand diese Farbe unter den vorliegenden Umständen nicht am Platze. So nahmen sie schließlich violette.

Als Lesable die beiden Männer mit Handschuhen und todernsten Gesichtern eintreten sah, blickte er auf und fragte schroff: „Was wünschen Sie?"

Pitolet antwortete: „Herr Lesable, wir kommen im Auftrag unseres Freundes Maze und sollen von Ihnen für die Tätlichkeiten, zu denen Sie sich haben hinreißen lassen, entweder eine Entschuldigung oder Genugtuung mit der Waffe fordern."

Aber Lesable war immer noch außer sich vor Wut und schrie: „Was? Zuerst beleidigt er mich, und jetzt will er mich auch noch fordern! Sagen Sie ihm, daß ich ihn verachte, daß er mir gestohlen bleiben kann mit allem, was er tun oder sagen mag."

Da trat Boissel in tragischer Pose vor und sprach: „Sie werden uns zwingen, Herr Lesable, in den Zeitungen ein Protokoll zu veröffentlichen, das Ihnen recht unangenahm sein wird."

Pitolet setzte pfiffig hinzu: „Und es kann Ihrer Ehre und Ihrer künftigen Beförderung schwer abträglich sein."

Entgeistert glotzte Lesable zu ihnen auf. Was sollte er tun? Nur Zeit gewinnen! überlegte er. „Meine Herren, Sie werden meine Antwort in zehn Minuten haben. Wollen Sie in Herrn Pitolets Büro darauf warten?"

Sobald er allein war, schaute er um sich, als wollte er sich nach einem Rat, einem Schutz umsehen.

Ein Duell! Er mußte sich also schlagen!

Mit wild klopfendem Herzen und zu Tode erschrocken starrte er vor sich hin. Er war ein friedfertiger Mensch und hatte nie an diese Möglichkeit gedacht; er war auf solche Gefahren und Aufregungen nicht gefaßt und hatte dieses entsetzliche Ereignis nicht voraussehen können und seinen Mut nicht daraufhin gestählt. Er wollte sich erheben und sank wieder auf den Stuhl zurück, so heftig klopfte sein Herz, so völlig versagten ihm die Beine den Dienst. Sein Zorn war plötzlich verraucht, seine Kraft dahin. Doch als er bedachte, was man im Ministerium dazu sagen und was für ein Aufsehen es in sämtlichen Kanzleien erregen werde, erwachte sein erlöschender Mut aufs neue, und da er nicht wußte, wie er sich entscheiden sollte, begab er sich zum Chef, um seinen Rat einzuholen.

Herr Torchebeuf war erstaunt und ratlos. Die Notwendigkeit eines Waffengangs leuchtete ihm nicht ein, und er hatte schwere Bedenken, daß all dies seinen Dienstbetrieb durcheinanderbringen werde. Er erklärte: „Ich kann Ihnen da wirklich nicht raten. Das ist ein Ehrenhandel und geht mich nichts an. Soll ich Ihnen ein paar empfehlende Worte an den Major Bouc mitgeben? Er ist in solchen Dingen zuständig und kann Sie beraten."

Lesable war damit einverstanden und suchte den Major auf. Der war sogar bereit, ihm als Sekundant zu dienen; als zweiten Sekundanten wählte er einen Unterabteilungsleiter.

Boissel und Pitolet erwarteten sie; sie trugen immer noch ihre Handschuhe. In einem anstoßenden Büro hatten sie zwei Stühle entliehen, damit vier Sitzgelegenheiten vorhanden waren.

Die vier Sekundanten begrüßten sich feierlich, dann nahmen sie Platz. Pitolet ergriff das Wort und setzte die Lage auseinander. Der Major hörte sich das an und antwortete dann: „Der Fall ist ernst, aber meines Erachtens nicht verzweifelt. Er läßt sich gewiß gütlich beilegen. Alles hängt natürlich vom guten Willen ab." Er war ein alter Seebär und machte sich einen Spaß aus dem ganzen Rummel.

Nun hoben langwierige Verhandlungen an, in deren Verlauf nacheinander vier Entwürfe von Briefen ausgearbeitet wurden. Es war ausgemacht, daß beide Kontrahenten sich gegenseitig entschuldigen sollten. Wenn Herr Maze zugestand, es habe ihm ursprünglich durchaus ferngelegen, Herrn Lesable zu beleidigen, dann würde dieser ohne weiteres zugeben, daß er das Tintenfaß nicht hätte nach ihm werfen dürfen, und würde sich wegen seiner unüberlegten Gewalttätigkeit entschuldigen.

Daraufhin kehrten die vier Bevollmächtigten zu ihren Auftraggebern zurück.

Maze saß jetzt an seinem Schreibtisch. Die Aussicht auf ein Duell erregte ihn aufs höchste, obwohl er eigentlich darauf gefaßt war, daß sein Gegner krebsen werde. Nun besah er abwechselnd bald die eine, dann wieder die andere Wange in einem jener kleinen runden Zinnspiegel, wie sie alle Beamten in ihrer Schublade verwahren, um abends vor Büroschluß Bart, Haare und Krawatte schön ordentlich zurechtzumachen.

Er las die Briefe, die man ihm vorlegte, und erklärte mit sichtlicher Genugtuung: „Das scheint mir höchst ehrenhaft. Ich bin bereit zu unterschreiben."

Lesable hatte seinerseits ohne Widerrede den Entwurf seiner Sekundanten angenommen und gesagt: „Wenn Sie dieser Ansicht sind, kann ich natürlich nur beipflichten."

Und die vier Bevollmächtigten kamen erneut zusammen. Die Briefe wurden ausgetauscht; man verneigte sich feierlich voreinander, und da der Zwischenfall damit beigelegt war, ging man wieder auseinander.

In den Büros herrschte außergewöhnliche Aufregung. Die Beamten waren auf Neuigkeiten aus, gingen von Tür zu Tür und erkundigten sich danach, wenn sie einander in den Korridoren begegneten.

Als man erfuhr, die Sache sei beigelegt, waren alle enttäuscht. Einer meinte: „Damit kriegt Lesable noch lange kein Kind!" Der Witz machte die Runde. Ein Beamter reimte darüber ein Spottliedchen.

Aber gerade als scheinbar alles zu Ende war, tauchte eine neue Schwierigkeit auf. Boissel hatte den Hasen aufgescheucht. Wie sollten sich die beiden Gegner verhalten, wenn sie einander gegenüberstanden? Sollten sie sich grüßen oder tun, als kennten sie sich nicht? Es wurde beschlossen, daß sie sich wie zufällig im Büro des Chefs treffen und im Beisein des Herrn Torchebeuf ein paar höfliche Worte wechseln sollten.

Diese feierliche Handlung wurde alsbald vollzogen, und dann ließ Maze eine Droschke holen und fuhr nach Hause. Dort wollte er versuchen, seine Haut sauberzukriegen.

Lesable und Cachelin gingen, ohne ein Wort zu sprechen, zusammen nach Hause, so aufgebracht waren sie gegeneinander, als wäre an dem Vorgefallenen der eine oder der andere schuld gewesen. In seiner Wohnung schmiß Lesable wütend den Hut auf die Kommode und schrie seine Frau an: „Jetzt wird's mir aber zu bunt! Deinetwegen habe ich ein Duell!"

Sie blickte ihn überrascht und schon leicht gereizt an.

„Ein Duell? Warum denn?"

„Weil Maze mich beleidigt hat, und dich damit!"

Sie trat näher. „Mich damit? Wieso?"

Er hatte sich wutschnaubend in einen Sessel geworfen. Nun fuhr er fort: „Er hat mich beleidigt... Mehr brauche ich dir nicht zu sagen."

Doch sie gab sich damit nicht zufrieden. „Ich wünsche, daß du mir wiederholst, was er über mich gesagt hat."

Lesable wurde rot und stammelte: „Er hat mir gesagt... er hat mir gesagt... Er hat darauf angespielt, daß du keine Kinder kriegst."

Sie zuckte zusammen; dann aber fuhr sie in rasender Wut auf. Das heftige Temperament ihres Vaters brach durch ihre sonst frauliche Art durch, und sie platzte los: „Ich?... Ich kriege keine Kinder?... Was weiß denn dieser Flegel davon? Ja, mit dir kriege ich keine, weil du kein Mann bist! Hätte ich aber einen andern geheiratet, Wurst, wen, hörst du, dann hätte ich von ihm Kinder bekommen. Ah, du bist mir gerade der Rechte, mir das unter die Nase zu reiben! Ich muß es bitter büßen, daß ich so einen Schlappschwanz wie dich geheiratet habe!... Und was hast du dem Rüpel dann geantwortet?"

Lesable war über dieses Ungewitter ganz bestürzt und stotterte: „Ich... habe ihn... geohrfeigt."

Sie sah ihn erstaunt an. „Und was hat er darauf getan?"

„Er hat mir seine Sekundanten geschickt. Da hast du's!"

Jetzt wurde die Sache für sie spannend. Wie alle Frauen hatte sie einen Hang zu dramatischen Erlebnissen, und sie fragte, mit einem Schlag besänftigt und jäh von Achtung für diesen Mann, der sein Leben aufs Spiel setzen wollte, ergriffen: „Wann schlagt ihr euch denn?"

Er gab gelassen zur Antwort: „Wir schlagen uns gar nicht. Die Geschichte ist von unseren Sekundanten beigelegt worden. Maze hat sich entschuldigt."

Sie maß ihn mit einem Blick voll abgrundtiefer Verachtung: „Ah! Man hat mich in deiner Gegenwart beleidigt, und du hast das hingehen lassen und schlägst dich nicht! Das hat gerade noch gefehlt: ein Feigling bist du auch!"

Da bäumte er sich auf: „Schweig, sag ich dir! Ich weiß besser als du, wie ich meine Ehre zu wahren habe. Übrigens: hier ist der Brief, den Maze geschrieben hat. Da, lies, und du wirst ja sehen."

Sie nahm das Blatt, überflog es, erriet den ganzen Vorgang und sagte mit höhnischem Lachen: „Du hast auch einen Brief geschrieben? Beide habt ihr voreinander Angst gehabt. Oh! wie feige die Männer sind! Wären wir Frauen an eurer Stelle... Kurzum, in diesem Fall bin ich, deine Frau, beleidigt worden, und du gibst dich mit diesem Wisch Papier zufrieden! Da wundere ich mich ja nicht mehr, wenn du nicht einmal ein Kind zustande bringst. Alles paßt zusammen. Du bist der gleiche... Schlappschwanz vor Frauen wie vor Männern. Ah, eine saubere Niete hab ich mir da zugelegt!"

Sie hatte mit einemmal Cachelins Stimme und Gebärden, das ordinäre Gebaren eines alten Haudegens und eine Stimme, die zuweilen richtig männlich klang.

Die Hände in die Hüften gestemmt, groß, stark, kräftig, mit voller Brust, rotem Gesicht, mit tiefer, vor Erregung zitternder Stimme, die frischen, hübschen Mädchenwangen mit Zornesröte übergossen, stand sie vor ihm und blickte auf den kleinen, blassen Mann hinab, der glatt rasiert, mit seinem kurzen Advokatenbackenbart und der leichten Glatze vor ihr saß. Am liebsten hätte sie ihn erwürgt, zertreten.

Sie brach aufs neue los: „Zu nichts bist du fähig, zu gar nichts! Sogar als Beamter läßt du alle über dich hinweg nach oben klettern!"

Die Tür ging auf. Cachelin, von dem lauten Wortwechsel angelockt, kam herein und fragte: „Was ist denn los?"

Sie fuhr herum: „Ich sage nur dem Hanswurst hier die Meinung."

Lesable blickte auf, und es wurde ihm plötzlich bewußt, wie ähnlich sie sich sahen. Es war, als fiele ihm ein Schleier von den Augen und sie entpuppten sich mit einemmal als das, was sie wirklich waren, Vater und Tochter vom selben Blut, von demselben gemeinen, grobschlächtigen Schlag. Er erkannte, daß er verloren war, daß er dazu verurteilt war, sein ganzes Leben lang mit den beiden zusammenzubleiben.

Cachelin erklärte: „Wenn du dich wenigstens scheiden lassen könntest. Es ist ja nicht gerade ein Hochgenuß, mit einem Kapaun verheiratet zu sein."

Vor Wut bebend sprang Lesable mit einem Satz auf. Bei diesen Worten lief ihm die Galle über. Er ging drohend auf seinen Schwiegervater zu und würgte mühsam hervor: „Hinaus!... Geh hinaus! Hier bin ich zu Hause, verstanden!... Ich werfe dich hinaus..." Und er packte eine Flasche mit einer schmerzstillenden Mixtur, die auf der Kommode stand, und schwang sie wie eine Keule.

Cachelin bekam es mit der Angst. Er ging langsam rückwärts zur Tür hinaus und brummte: „Was ist denn jetzt wieder in ihn gefahren?"

Doch Lesables Wut legte sich keineswegs. Das war zuviel gewesen. Er wandte sich zu seiner Frau, die ihn noch immer, etwas erstaunt über seine Heftigkeit, anstarrte, stellte seine Flasche wieder hin und schrie: „Du aber... du..." Da er aber keine Gründe vorzubringen hatte und daher auch nichts zu sagen fand, blieb er mit wutverzerrten Zügen vor ihr stehen, und seine Stimme überschlug sich.

Sie mußte lachen.

Angesichts dieses unangebrachten Lachausbruchs, der für ihn ein weiterer Schimpf war, geriet er in eine tobsüchtige Wut. Er stürzte sich auf sie, packte sie mit der linken Hand an der Kehle und gab ihr mit der Rechten in sinnlosem Zorn Ohrfeige um Ohrfeige. Fassungslos vor Schrecken, nach Atem ringend, wich sie zurück, stieß an das Bett und fiel hintenüber darauf hin. Er ließ sie nicht los und schlug weiter auf sie ein. Plötzlich richtete er sich auf, völlig außer Atem und erschöpft. Da schämte er sich auf einmal seiner Brutalität und stammelte: „So... so... das kommt davon."

Aber sie rührte sich nicht, als wäre sie ihm unter den Händen gestorben. Sie lag auf dem Rücken am Rand des Bettes und hatte beide Hände vor das Gesicht geschlagen. Verlegen und ratlos trat er zu ihr heran und fragte sich, was nun weiter werden sollte. Er wartete, bis sie die Hände vom Gesicht nahm; er mußte erst sehen, was in ihr vorging. Seine Angst wuchs und wuchs, und so sagte er leise: „Cora! Hör, Cora!" Sie gab ihm keine Antwort und tat keinen Mucks. Was hatte sie bloß? Was ging mit ihr vor? Und vor allem: was beabsichtigte sie zu tun?

Nun, da seine Wut ebenso unvermittelt verraucht

war, wie sie ihn gepackt hatte, kam er sich widerwärtig, fast wie ein Verbrecher vor. Er hatte eine Frau geschlagen, seine eigene Frau, er, der sonst so besonnene, kühle, wohlerzogene und stets vernünftige Mann. Seine Wut war in eine weiche Stimmung umgeschlagen, und er hätte gern um Verzeihung gebeten, hätte auf die Knie fallen und diese rote Wange küssen mögen, die er geschlagen hatte. Sachte berührte er mit der Fingerspitze eine ihrer Hände, die sie immer noch vor das Gesicht hielt, so daß man es nicht sehen konnte. Anscheinend spürte sie nichts. Er liebkoste sie, streichelte sie, wie man einen Hund streichelt, den man eben noch ausgescholten hat. Sie merkte es nicht. Noch einmal sagte er: „Cora, so hör doch, Cora! Es tut mir leid, hörst du!" Sie lag wie tot da. Da versuchte er ihre eine Hand hochzuheben. Sie ließ sich leicht wegnehmen, und er sah ein offenes Auge, das ihn anschaute, ein starres, beängstigendes und verwirrendes Auge.

Er sprach weiter auf sie ein: „Hör zu, Cora, ich habe mich vom Zorn hinreißen lassen. Dein Vater hatte mich zum Äußersten getrieben. So darf man einen Mann nicht beleidigen."

Sie gab keine Antwort, als hätte sie ihn nicht gehört. Er wußte nicht, was er sagen, was er tun sollte. Er küßte sie hinter das Ohr, und als er sich wieder aufrichtete, sah er in ihrem Augenwinkel eine Träne, die sich loslöste und rasch über die Wange niederrann; und das Augenlid zuckte und schloß sich gleich darauf wieder.

Da übermannte ihn Trauer, und tief ergriffen warf er sich mit ausgebreiteten Armen über seine Frau. Mit seinen Lippen schob er ihre andere Hand beiseite, gab ihr Kuß um Kuß auf das ganze Gesicht und bettelte: „Meine arme, liebe Cora, verzeih mir! Sag, daß du mir vergibst!"

Sie weinte immer noch, ohne einen Laut, ohne Schluchzen, wie man ein tiefes Leid ausweint.

Er hielt sie an sich gepreßt, streichelte sie und flüsterte ihr alle zärtlichen Koseworte ins Ohr, die er ersinnen konnte. Aber sie ließ alles fühllos über sich ergehen; immerhin hörte sie auf zu weinen. So blieben sie lange eng umschlungen liegen.

Die Nacht brach herein und hüllte das kleine Zimmer in Dunkelheit. Und als es ganz finster war, wurde er kühner und erbat seine Verzeihung auf eine Art und Weise, die ihre Hoffnungen neu aufleben ließ.

Als sie wieder aufgestanden waren, hatte er die gleiche Stimme und das gleiche Gesicht wie sonst immer, als wäre nichts vorgefallen. Sie aber war sichtlich weich gestimmt, sie sprach in einem sanfteren Ton als bisher immer, blickte ihren Mann fast unterwürfig, beinah zärtlich an. Es war, wie wenn diese unerwartete Züchtigung ihre Nerven entspannt und ihr Herz erweicht hätte. Er sagte gleichmütig: „Wahrscheinlich langweilt sich dein Vater; er sitzt ganz allein drüben. Du solltest ihn herüberholen. Übrigens ist es auch Zeit zum Essen.“ Sie ging hinaus.

Es war tatsächlich sieben Uhr, und das Mädchen meldete, die Suppe stehe auf dem Tisch. Dann erschien Cachelin ruhig und lächelnd mit seiner Tochter. Man setzte sich zu Tisch und plauderte so herzlich miteinander wie seit langem nicht mehr, als hätten alle etwas Glückhaftes erlebt.

V

Aber ihre immer wieder genährten, immer aufs neue geweckten Hoffnungen gingen nie in Erfüllung. Trotz Lesables nie nachlassendem Bemühen und allem guten Willen seiner Frau wurden ihre Erwartungen von Monat zu Monat enttäuscht, und sie gerieten mehr und mehr in eine fiebernde Angst.

In einem fort hielten sie eines dem andern ihre fruchtlosen Versuche vor, und der verzweifelte Ehemann, der abgemagert und übermüdet war, hatte vor allem unter der Roheit Cachelins zu leiden, der ihn in ihrem streitsüchtigen Zusammenleben nur noch „Herr Gockelhahn" nannte, wahrscheinlich in Erinnerung an den Tag, an dem er ums Haar eine Flasche ins Gesicht bekommen hätte, weil er ihn einen Kapaun geschimpft hatte.

Seine Tochter und er hielten ganz instinktiv zusammen. Der Gedanke an das große Vermögen, das so nahe und doch so unerreichbar fern war, ließ sie nicht los, und sie wußten nicht, was sie sich alles ausdenken sollten, um diesen Schwächling, der an all ihrem Unglück schuld war, zu demütigen und zu quälen.

Jeden Tag, wenn Cora sich zu Tische setzte, sagte sie: „Viel ist heute nicht da. Wären wir reich, dann wäre das anders. Meine Schuld ist es nicht."

Wenn Lesable ins Amt ging, rief sie ihm durch das ganze Zimmer nach: „Nimm deinen Regenschirm mit, sonst kommst du mir wieder voll Dreck wie ein Omnibusrad heim. Schließlich kann ich ja nichts dafür, wenn du dich noch immer als gewöhnlicher Schreiber durchschlagen mußt."

Wenn sie selbst ausgehen mußte, rief sie unfehlbar jedesmal aus: „Wenn ich so denke... Jetzt könnte ich im eigenen Wagen fahren, wenn ich einen anderen Mann geheiratet hätte."

Tag und Nacht, bei jeder Gelegenheit dachte sie daran, rieb es ihrem Mann unter die Nase, schrie ihm eine Beleidigung ins Gesicht, die ihn traf wie ein Peitschenhieb, schob alle Schuld auf ihn und machte ihn für den Verlust des Geldes verantwortlich, das sie sonst besessen hätte.

Eines Abends riß ihm schließlich die Geduld, und er fuhr sie an: „Himmelherrgott! Willst du endlich den Mund halten? Du allein bist schuld, hörst du, wenn wir kein Kind haben! Ich habe nämlich eins.“

Das war eine Lüge. Aber alles andere wollte er eher auf sich nehmen als diese ewigen Vorwürfe und die Schmach, als impotenter Ehemann dazustehen.

Sie schaute ihn zuerst erstaunt an und suchte in seinen Augen die Wahrheit zu lesen, dann aber ging ihr ein Licht auf, und sie sagte verächtlich: „Du hast ein Kind? Du?“

Er antwortete dreist: „Ja, ein uneheliches Kind. Ich lasse es in Asnières aufziehen.“

Sie erwiderte gelassen: „Wir wollen es morgen besuchen. Ich möchte mich mit eigenen Augen überzeugen, wie es aussieht.“

Er wurde rot bis hinter die Ohren und stammelte: „Wie du willst.“

Am nächsten Morgen stand sie schon um sieben Uhr auf, und als er sie erstaunt ansah, fragte sie: „Ja, wollen wir uns denn nicht dein Kind anschauen? Du hast es mir doch gestern abend versprochen. Oder hast du vielleicht heute auf einmal keines mehr?“

Da sprang er mit einem Satz aus dem Bett. „Nicht mein Kind suchen wir auf, sondern einen Arzt. Der wird dir dann sagen, was mit dir los ist.“

Doch sie war ihrer Sache sicher und gab ihm zur Antwort: „Was könnte mir lieber sein!?“

Cachelin übernahm es, im Ministerium Bescheid zu sagen, daß sein Schwiegersohn krank sei, und das Ehepaar Lesable, das sich zuvor bei einem Apotheker in der Nachbarschaft erkundigt hatte, klingelte punkt ein Uhr an der Tür des Doktors Lefilleul, der mehrere Bücher über Hygiene des Ehelebens verfaßt hatte.

Sie betraten einen kleinen Salon, der ganz in Weiß mit feinen goldenen Streifen gehalten war. Er war dürftig eingerichtet und wirkte kahl und unbewohnt trotz den vielen Stühlen, die darin standen. Sie nahmen Platz. Lesable fühlte sich erregt, bedrückt, auch schämte er sich. Als sie endlich an die Reihe kamen, bat man sie in eine Art Büro, wo sie ein beleibter, untersetzter Mann kühl und förmlich empfing.

Er wartete, bis sie ihm ihr Anliegen darlegten; aber Lesable war rot bis hinter die Ohren und fand keine Worte. Da faßte seine Frau ein Herz, sie nahm das Wort und sagte mit unbewegter Stimme, wie eine Frau, die zu allem entschlossen ist, um an ihr Ziel zu gelangen: „Herr Doktor, wir suchen Sie auf, weil wir keine Kinder haben. Davon hängt es aber ab, ob wir ein großes Vermögen erben oder nicht."

Die Konsultation dauerte lange, die Untersuchung war gründlich und peinlich genau. Einzig Cora machte sich anscheinend nicht das geringste daraus; sie ließ sich bereitwillig von dem Arzt eingehend untersuchen, und war sichtlich von einem höheren Ziel beseelt, das sie alles geduldig ertragen ließ.

Nachdem der Arzt fast eine volle Stunde lang die beiden Eheleute gewissenhaft untersucht hatte, kam er nichtsdestoweniger zu keinem eindeutigen Ergebnis.

„Ich kann nichts finden", sagte er, „nichts Abnormes und auch nichts besonders Auffälliges. Der Fall kommt übrigens nicht selten vor. Mit dem Körper verhält es sich wie mit dem Charakter. Sehen wir so manche Ehe, die zerrüttet ist, weil Mann und Frau seelisch nicht zueinander passen, so ist es nicht weiter erstaunlich, daß andere kinderlos bleiben, weil die Gatten physisch nicht aufeinander abgestimmt sind. Ich habe den Eindruck, Madame ist kerngesund, bestens beisammen und vollauf fähig, Kinder zu gebären. Der Herr Gemahl hingegen scheint mir, obwohl er keinerlei ungewöhnliche körperliche Anzeichen aufweist, etwas entkräftet, vielleicht sogar gerade infolge seines übermäßig starken Wunsches, Vater zu werden. Wollen Sie mir gestatten, Ihnen Herz und Lunge abzuhören?"

Etwas ängstlich geworden, zog Lesable Rock und Weste aus, und der Doktor preßte lange sein Ohr an den Brustkasten und den Rücken des Beamten. Dann klopfte er ihn beharrlich ab, vom Magen bis zum Hals und vom Kreuz bis zum Nacken.

Er stellte eine leichte Störung der Herztätigkeit fest und meinte, auch die Lunge sei vielleicht angegriffen.

„Sie müssen sich pflegen, Herr Lesable, und zwar sorgfältig pflegen. Sie sind blutarm und überanstrengt, weiter nichts. Solche Zustände haben vorderhand noch nichts zu bedeuten, könnten aber in kurzer Zeit nicht mehr auszuheilen sein."

Aschfahl vor Angst, bat Lesable um Vorschriften, wie er sich zu verhalten habe. Der Arzt schrieb ihm eine streng geregelte, recht umständliche Lebensweise vor: Eisen, nur leicht angebratenes Fleisch, tagsüber von Zeit zu Zeit eine Tasse Fleischbrühe, viel Bewegung in der frischen Luft, viel Ruhe und im Sommer ein Aufenthalt auf dem Lande. Dann gab ihm der Doktor noch ein paar gute Ratschläge für die Zeit, wenn es ihm wieder besser gehen werde. Er gab ihnen auch gewisse Verhaltungsmaßregeln an, die in Fällen wie dem ihren gebräuchlich waren und oft zum Erfolg geführt hatten.

Die Konsultation kostete vierzig Franken.

Als sie auf der Straße standen, sagte Cora mit dumpfem Zorn und in banger Ahnung der Zukunft: „Da habe ich mich ja schön in die Tinte gesetzt!"

Er gab ihr keine Antwort, sondern ging stumm weiter, von tausend Ängsten gepeinigt. Er überdachte und erwog jedes Wort des Arztes. Hatte er ihn nicht am Ende hinters Licht geführt? Hatte er ihn nicht als hoffnungslosen Fall aufgegeben? Jetzt dachte er kaum noch an die Erbschaft und an das Kind. Es ging um sein Leben!

Es war ihm, als hörte er ein Pfeifen in seiner Lunge, als fühlte er sein Herz beängstigend rasch schlagen.

Als sie durch die Tuilerien kamen, hatte er einen Schwächeanfall und mußte sich hinsetzen. Aufs äußerste aufgebracht, blieb seine Frau neben ihm stehen. Sie wollte ihn demütigen und maß ihn geringschätzig und mitleidig von oben bis unten. Er rang nach Atem und übertrieb noch die Atemnot, die von seiner Erregung herrührte. Die Finger der linken Hand auf dem rechten Handgelenk, zählte er die Pulsschläge.

Cora trat inzwischen ungeduldig von einem Fuß auf den andern. Nun fragte sie: „Hörst du endlich auf mit deinem einfältigen Getue? Wenn du dann soweit bist…" Er erhob sich wie ein Schlachtopfer und ging mit, ohne ein Wort zu sagen.

Als Cachelin das Ergebnis der Untersuchung erfuhr, machte er unverhohlen seiner Wut Luft. Er brüllte: „Da sitzen wir ja schön in der Patsche! Jawohl, da sind wir schön angeschmiert!" Und er starrte seinen Schwiegersohn mit wutblitzenden Augen an, als wollte er ihn auffressen.

Lesable hörte gar nicht zu, er nahm nichts in sich auf. Er dachte nur noch an seine Gesundheit, an sein bedrohtes Leben. Mochten sie doch schreien, soviel sie wollten, der Vater und die Tochter, sie staken ja nicht in seiner Haut, und seiner Haut wollte er sich wehren!

Nun standen auf seinem Tisch ganze Mengen Arzneiflaschen, und bei jeder Mahlzeit maß er unter dem Lächeln seiner Frau und dem lauten Hohngelächter seines Schwiegervaters sorgsam die vorgeschriebene Dosis der verschiedenen Medikamente ab. Alle Augenblicke betrachtete er sich im Spiegel, legte ununterbrochen die Hand auf sein Herz und prüfte, wie es schlug. Er ließ sich ein Bett in einer dunklen Kammer herrichten, die sonst als Kleiderablage benützt wurde, denn er wollte nicht mehr mit Cora schlafen.

Er empfand jetzt gegen sie Angst und Haß, vermischt mit Verachtung und Ekel. Alle Frauen kamen ihm übrigens jetzt wie Ungeheuer vor, als gefährliche Wesen, eigens dazu geschaffen, die Männer ums Leben zu bringen. Und an das Testament der Tante Charlotte dachte er nur noch wie an einen Unfall, bei dem man fast das Leben verloren hätte.

Wieder vergingen Monate. Bis zu dem fatalen Zeitpunkt blieb nur noch ein Jahr.

Cachelin hatte im Eßzimmer einen riesigen Kalender aufgehängt und strich jeden Tag aus, und die Erbitterung über seine Ohnmacht, die Verzweiflung darüber, daß ihnen von Woche zu Woche dieses Vermögen immer sicherer entging, die Wut beim Gedanken, daß er sich noch weiter im Büro abrakkern und bis zu seinem Tod mit einem Ruhegehalt von zweitausend Franken auskommen mußte, all dies trieb ihn zu maßlosen Wutausbrüchen, die sich zwar nur in heftigen Schimpftiraden äußerten, aber beim geringsten Anlaß ohne weiteres hätten zu Tätlichkeiten ausarten können.

Er konnte Lesable nicht ansehen, ohne daß es ihm in allen Gliedmaßen juckte und er eine wilde Lust verspürte, ihn zu schlagen, zu zermalmen, auf ihm herumzutrampeln. Er haßte ihn mit einem unmäßigen Haß. Jedesmal, wenn er ihn die Tür öffnen und hereinkommen sah, war ihm, als dringe ein Dieb bei ihm ein, der ihm ein heiliges Gut, ein Familienerbe gestohlen hatte. Er haßte ihn mehr als einen Todfeind und verachtete ihn gleichzeitig wegen seiner Schwäche und vor allem wegen seiner Drückebergerei, seitdem er es aus Angst um seine Gesundheit aufgegeben hatte, ihrer aller Hoffnung nachzujagen.

Lesable lebte in der Tat von seiner Frau so getrennt, als wären sie nie ehelich vereint gewesen. Er kam ihr nicht mehr in die Nähe, berührte sie nicht mehr, ja, er wich sogar ihrem Blick aus, ebensosehr aus Scham wie aus Angst.

Jeden Tag fragte Cachelin seine Tochter: „Na, hat sich dein Mann jetzt entschlossen?"

Und sie antwortete: „Nein, Papa."

Abend für Abend spielten sich bei Tisch peinliche Auftritte ab. Unablässig wiederholte Cachelin: „Wenn ein Mann kein Mann ist, täte er besser daran, abzukratzen und einem andern Platz zu machen."

Und Cora setzte hinzu: „Man kann schon sagen: es gibt Leute, die sind zu nichts nütze und stehen nur im Wege. Ich weiß nicht, was sie auf der Welt zu tun haben, außer daß sie ihren Mitmenschen zur Last fallen."

Lesable schluckte seine Arzneien und antwortete nichts. Eines Tages schließlich schrie ihn sein Schwiegervater an: „Weißt du, wenn du jetzt, wo es dir besser geht, nicht ganz andere Saiten aufziehst, dann weiß ich schon, was meine Tochter tun wird!..."

Der Schwiegersohn sah auf. Er fühlte, daß etwas in der Luft lag, eine neue Beleidigung, und blickte fragend zu Cachelin empor. Dieser fuhr fort: „Sie wird eben ganz einfach einen andern nehmen, zum Donnerwetter! Du kannst von Glück reden, daß sie's nicht schon längst getan hat. Wenn man einen Schlawiner wie dich geheiratet hat, ist alles erlaubt."

Lesable war leichenfahl geworden. Dann gab er zurück: „Ich halte sie jedenfalls nicht ab, deine guten Ratschläge zu befolgen."

Cora hatte die Augen niedergeschlagen, und Cachelin, dem es aufdämmerte, daß er eben zu weit gegangen war, stand da wie ein begossener Pudel.

VI

Im Ministerium lebten die beiden Männer scheinbar im besten Einvernehmen. Es bestand zwischen ihnen eine Art stille Übereinkunft, vor ihren Kollegen die Kämpfe zu verheimlichen, die sich in ihrem Heim abspielten. Sie redeten sich mit „lieber Cachelin“ und „mein lieber Lesable“ an und taten, als wären sie höchst vergnügt miteinander, als wären sie glücklich und zufrieden und restlos erbaut von ihrem Zusammenleben.

Lesable und Maze aber verkehrten mit der förmlichen Höflichkeit zweier Gegner miteinander, die beinahe ein Duell ausgetragen hätten. Der beigelegte Zweikampf, der ihnen beiden solche Angst eingejagt hatte, führte zwischen ihnen zu einer übertriebenen Höflichkeit, zu einer betonten Hochachtung und vielleicht sogar zum heimlichen Wunsch nach einer Wiederannäherung, in der unbestimmten Furcht vor einem neuerlichen Zusammenstoß. Ihr Verhalten wurde beachtet, und jedermann fand, sie benähmen sich wie zwei Männer von Welt, die einen Ehrenhandel miteinander ausgetragen hatten, und zollte ihnen gebührendes Lob.

Sie grüßten sich schon von fern mit strenger Würde und zogen feierlich den Hut tief voreinander.

Sie sprachen nicht miteinander, denn keiner von beiden wollte den ersten Schritt tun, keiner wagte den Anfang zu machen.

Eines Tages aber wünschte der Chef unverzüglich Lesable zu sprechen, und dieser begab sich, um seinen Diensteifer zu beweisen, im Laufschritt zu ihm. Da rannte er an einer Biegung des Ganges mit voller Wucht gegen einen Beamten, der ihm entgegenkam. Es war Maze. Sie wichen beide zurück, und Lesable fragte etwas verlegen, aber höflich und beflissen: „Ich habe Ihnen doch nicht etwa weh getan?“

Maze antwortete: „Nicht im geringsten, Herr Lesable!“

Von nun an hielten sie es für angebracht, ein paar Worte zu wechseln, wenn sie einander begegneten. Dann wetteiferten sie bald miteinander an Höflichkeit, überboten sich gegenseitig in Liebenswürdigkeiten. Daraus entstand binnen kurzem ein gewisses gutes Einvernehmen, hernach eine freilich noch etwas zurückhaltende und gemäßigte Intimität, wie sie eben zwischen Leuten herrscht, die sich verkannt hatten und die nun nur zögernd und ängstlich auftauen. Dann ergab sich nach längerem Austausch von Höflichkeiten und vielen gegenseitigen Besuchen in ihren Diensträumen eine gute Kameradschaft.

Jetzt plauderten sie oft miteinander, wenn sie ins Büro des Hauptregistrators kamen, um zu hören, was es Neues gebe. Lesable hatte seinen Dünkel etwas abgelegt und spielte sich nicht mehr als den Beamten auf, der sicher ist, Karriere zu machen. Maze gab sein weltmännisches Gehabe auf, und Cachelin mischte sich in ihr Gespräch und schien die Freundschaft der beiden gern zu sehen. Zuweilen, wenn der schöne Kanzlist stramm und bolzgerade wegging und dabei mit der Stirn oben den Türrahmen streifte, murmelte er mit einem Blick auf seinen Schwiegersohn: „Der ist wenigstens ein schneidiger Kerl!"

Als sie eines Morgens alle vier beisammen waren – denn der alte Savon saß unermüdlich an seinen Schreibarbeiten und war nicht davon wegzubringen –, brach plötzlich der Stuhl des Alten unter ihm zusammen, und der Gute fiel mit einem Schreckensschrei auf den Fußboden. Offenbar hatte irgendein Spaßvogel die Stuhlbeine angesägt.

Die drei andern eilten ihm zu Hilfe. Der Hauptregistrator schob diesen tückischen Anschlag den Kommunarden in die Schuhe, und Maze wollte unbedingt den verletzten Körperteil besichtigen. Cachelin und er versuchten sogar, den Alten auszuziehen, um ihn zu verbinden, wie sie sagten. Aber er wehrte sich verzweifelt und schrie, er habe sich keinen Schaden getan.

Als sich die Heiterkeit gelegt hatte, rief Cachelin auf einmal: „Wissen Sie was, Herr Maze, jetzt, wo wir so gut miteinander stehen, sollten Sie mal sonntags zu uns zum Essen kommen. Es würde uns alle freuen, meinen Schwiegersohn, mich und meine Tochter. Sie kennt Sie längst dem Namen nach, denn zu Hause sprechen wir oft vom Büro. Also, abgemacht, wie?“

Lesable schloß sich, freilich etwas kühler, den drängenden Bitten seines Schwiegervaters an: „Kommen Sie doch, es wird uns sehr freuen.“

Maze zögerte erst etwas verlegen. Er fielen ihm alle die Gerüchte ein, die umliefen, und er mußte lächeln.

Cachelin drängte weiter: „Also, abgemacht?“

„Na schön, ich komme gern.“

Als ihr Vater nach Hause kam und sagte: „Weißt du schon, Herr Maze kommt nächsten Sonntag zu uns zum Essen?“, war Cora zunächst überrascht und stammelte: „Herr Maze? – Sieh an!“

Sie wurde über und über rot, ohne zu wissen warum. Sie hatte so viel von ihm gehört, es war so oft von seiner guten Lebensart die Rede, von seinen Erfolgen bei Frauen, daß sie seit langem im stillen wünschte, ihn kennenzulernen. Denn er galt im Ministerium als Draufgänger und unwiderstehlicher Schwerenöter.

Cachelin rieb sich die Hände und fuhr fort: „Du wirst sehen, er ist ein Teufelskerl und dazu ein schöner Mann! Er ist groß wie ein Gardegrenadier – der ist ein anderer Kerl als dein Mann!“

Sie antwortete nichts darauf, so verwirrt war sie, als hätte man ahnen können, daß sie von ihm geträumt hatte.

Das Essen wurde ebenso sorgfältig vorbereitet wie seinerzeit das Diner für Lesable. Cachelin besprach eingehend die einzelnen Gerichte; er wollte, daß alles tadellos ausfalle. Und als wäre in seinem Herzen eine uneingestandene, noch unklare Zuversicht aufgekeimt, schien er heiterer und beruhigt durch eine heimliche, aber zur Gewißheit gewordene Vorahnung.

Den ganzen Sonntag überwachte er eifrig und aufgeregt die Vorbereitungen, während Lesable eine dringende Angelegenheit behandelte, die er tags zuvor aus dem Büro mitgebracht hatte. Es war die erste Novemberwoche, und Neujahr kam heran.

Um sieben Uhr kam Maze in bester Laune. Er trat ein, als wäre er zu Hause, und überreichte Cora mit ein paar artigen Worten einen mächtigen Rosenstrauß. Dann setzte er in dem ungezwungenen Ton, der weltläufigen Leuten eigen ist, hinzu: „Ich habe das Gefühl, Madame, als kennte ich Sie bereits ein bißchen, als hätte ich Sie schon als kleines Mädchen gekannt. Seit Jahren hat Ihr Vater immer von Ihnen erzählt."

Als Cachelin die Blumen sah, rief er: „Das ist allerdings hochnobel!" Und seiner Tochter fiel ein, daß Lesable damals, als er seinen ersten Besuch bei ihnen machte, keine Blumen gebracht hatte. Der schöne Maze schien strahlender Laune, er lachte wie ein treuherziges Kind, das zum erstenmal bei alten Freunden zu Besuch ist, und sagte Cora diskrete Artigkeiten, die ihr das Blut in die Wangen trieben.

Er fand sie sehr begehrenswert. Sie wiederum fand ihn einnehmend. Als er fort war, fragte Cachelin: „Was für ein lustiges Haus und was für ein Schwerenöter er allem Anschein nach ist! Es scheint, daß er alle Weiber herumkriegt."

Cora ging weniger aus sich heraus, aber sie gab doch zu, sie finde ihn „liebenswürdig und gar nicht so einen Angeber, wie sie geglaubt habe".

Lesable, der weniger abgespannt und weniger traurig schien als gewöhnlich, gestand, daß er ihn früher „verkannt" habe.

Maze kam wieder, zuerst nur ab und zu, dann öfters. Er gefiel allen. Man zog ihn ins Haus und hätschelte ihn. Cora kochte ihm die Gerichte, die er gern aß, und bald waren die drei Männer ein Herz und eine Seele und wichen einander kaum mehr von der Seite. Der neue Hausfreund nahm die Familie mit ins Theater, auf Logenplätze, die er von den Zeitungen ergattert hatte.

Man kehrte zu Fuß nachts durch die menschenbelebten Straßen heim, bis vor die Tür des Hauses, in dem das Ehepaar Lesable wohnte. Maze und Cora gingen voraus, im gleichen Schritt, Hüfte an Hüfte, von der gleichen Bewegung, dem gleichen Rhythmus getragen, wie zwei Wesen, die dazu geschaffen sind, Seite an Seite durchs Leben zu gehen. Sie sprachen halblaut miteinander, denn sie verstanden sich ausgezeichnet. Ab und zu vernahm man ein ersticktes Lachen, und dann drehte sich die junge Frau um und warf einen raschen Blick hinter sich auf ihren Vater und ihren Gatten.

Cachelins Augen ruhten wohlgefällig auf ihnen, und zuweilen vergaß er ganz, daß er zu seinem Schwiegersohn sprach, und erklärte: „Ein schmukkes Paar, das kann man wohl sagen. Eine wahre Lust, sie beisammen zu sehen!“ Lesable antwortete gelassen: „Sie sind gerade gleich groß.“ Er war glücklich darüber, daß sein Herz weniger stark schlug, daß er beim raschen Gehen nicht mehr so außer Atem geriet und daß er sich überhaupt viel kräftiger und wohler fühlte. So schwand allmählich sein Groll gegen den Schwiegervater, dessen anzügliche Witze übrigens seit einiger Zeit aufgehört hatten.

Am Neujahrstag wurde er zum Hauptschreiber befördert. Er empfand darüber eine so unsinnige Freude, daß er beim Heimkommen zum erstenmal seit sechs Monaten seine Frau küßte. Sie war darüber sichtlich bestürzt und schien unangenehm berührt, als hätte er etwas Ungeziemendes begangen. Sie warf Maze, der gekommen war, um ihr zu Neujahr seine Glückwünsche zu überbringen, einen Blick zu. Auch er war offenkundig betreten und kehrte sich zum Fenster um, wie wenn er nichts sehen wollte.

Bald aber wurde Cachelin wieder reizbar und boshaft und begann aufs neue, seinen Schwiegersohn zu hänseln und aufzuziehen. Zuweilen ging er sogar auf Maze los, als wäre er auch auf ihn böse wegen des Unheils, das über ihnen schwebte und dessen unvermeidlicher Verfallstag mit jeder Minute näherrückte.

Einzig Cora war anscheinend vollkommen ruhig, vollkommen glücklich und strahlte geradezu. Sie hatte, so schien es, den drohenden nahen Termin vergessen.

So wurde es März. Jede Hoffnung schien verloren, denn am 20. Juli war es drei Jahre her, seit Tante Charlotte gestorben war.

Ein vorzeitiger Frühling brachte alle Knospen zum Sprießen. Da schlug Maze seinen Freunden vor, an einem Sonntag einen Ausflug längs der Seine zu machen und im Gebüsch Veilchen zu pflücken.

Sie fuhren mit einem frühen Zug und stiegen in Maisons-Laffitte aus. Noch strich ein kalter Winterwind durch die kahlen Äste, aber das Gras war frisch ergrünt und leuchtend hell und bereits mit weißen und blauen Blumen getupft. Die Obstbäume auf den Hängen der Hügel sahen mit ihren mageren, mit aufgeblühten Knospen bedeckten Armen aus, als wären sie mit Rosengirlanden behängt.

Die Seine wälzte sich schwerfällig, trübselig und schmutzigbraun von den letzten Regenfällen zwischen ihren durch die Hochwasser des Winters unterwaschenen Uferböschungen hin. Die ganze Gegend war tropfnaß und sah aus, als käme sie eben aus einem Bad. In der lauen Wärme der ersten Sonnentage strömte sie einen leisen Duft nach Feuchtigkeit aus.

Man verirrte sich im Park. Cachelin war mürrisch und schlug mit dem Spazierstock auf die Erdklumpen los. Er war noch niedergeschlagener als gewöhnlich und dachte an jenem Tage mit noch größerer Bitterkeit an ihr Unglück, das sich demnächst erfüllen sollte. Auch Lesable war schlecht gelaunt. Er fürchtete, sich im Gras die Füße naß zu machen. Seine Frau und Maze hingegen suchten Blumen zu einem Strauß. Seit einigen Tagen sah Cora leidend, matt und blaß aus.

Sie wurde rasch müde und wollte einkehren und etwas frühstücken. Sie gingen bis zu einem kleinen Wirtshaus dicht bei einer alten baufälligen Mühle, und bald wurde das übliche Frühstück aller Pariser, die einen Ausflug aufs Land unternehmen, in der Laube am Flußufer auf den mit zwei Servietten gedeckten Holztisch vor sie hingestellt.

Man hatte gebackene Gründlinge gegessen, Rindfleisch mit Kartoffeln verzehrt und reichte eben die Salatschüssel voll grüner Blätter herum, da stand Cora plötzlich auf, hielt mit beiden Händen ihre Serviette vor den Mund und lief zum Ufer hinab.

Besorgt fragt Lesable: „Was hat sie denn?" Maze war ganz verwirrt, wurde rot und stammelte: „Aber... ich weiß nicht... Vorhin ging es ihr noch gut!" Cachelin saß völlig verstört da, und hielt die Gabel, auf der ein Salatblatt aufgespießt war, in der Luft.

Schließlich stand er auf und hielt Ausschau nach seiner Tochter. Als er sich vorbeugte, sah er sie, den Kopf an einen Baum gelehnt, dastehen. Offenbar war ihr übel. Da schoß ihm ein jäher Verdacht durch den Kopf, und seine Beine versagten ihm den Dienst. Er sank auf einen Stuhl und warf verstörte Blicke auf die zwei jungen Männer, die jetzt beide gleich betreten aussahen. Er schaute sie forschend, mit angstvollen Augen an und wagte nicht mehr zu sprechen. Vor Angst und Hoffnung war er halb wahnsinnig.

Eine Viertelstunde verging in tiefem Schweigen. Dann erschien Cora wieder. Sie war immer noch etwas bleich, und das Gehen fiel ihr schwer. Niemand erkundigte sich mit deutlichen Worten nach dem Vorgefallenen. Alle ahnten anscheinend ein glückliches Ereignis, über das man nicht gerne sprach, alle brannten sichtlich darauf, es zu erfahren, und fürchteten doch, die Wahrheit zu hören. Nur Cachelin fragte: „Geht's besser?“ Sie antwortete: „Danke, ja. Es war weiter nichts. Aber wir wollen zeitig nach Hause fahren. Ich habe ein bißchen Migräne.“

Auf dem Heimweg nahm sie den Arm ihres Gatten, als wollte sie etwas Geheimnisvolles andeuten, das sie noch nicht einzugestehen wagte.

Man trennte sich an der Gare Saint-Lazare. Maze schützte eine geschäftliche Angelegenheit vor, die ihm eben eingefallen sei. Er drückte allen die Hand, grüßte und ging.

Kaum war Cachelin mit seiner Tochter und seinem Schwiegersohn allein, so fragte er: „Was war denn das mit dir beim Essen?“

Cora gab ihm zuerst keine Antwort; dann, nach einigem Zögern, sagte sie: „Nichts. Mir war ein wenig übel.“

Sie ging still vor sich hin lächelnd weiter, und ihr Gang hatte etwas Schlappes, fast Hinfälliges. Lesable war es unbehaglich zumute. Er wußte nicht mehr aus und ein. Verworrene, widersprechende Gedanken gingen ihm durch den Kopf, er war hin- und hergerissen von Gelüsten nach Luxus und Wohlleben, von dumpfem Zorn, von unsagbarer Scham und eifersüchtiger Feigheit und machte es wie die Schläfer, die am Morgen die Augen schließen, um den Lichtstrahl nicht zu sehen, der zwischen den Vorhängen hereindringt und einen leuchtenden Streifen auf ihr Bett wirft.

Sobald er zu Hause war, schützte er eine Arbeit vor, die er noch fertig machen müsse, und schloß sich in sein Zimmer ein.

Da legte Cachelin seiner Tochter beide Hände auf die Schultern und fragte: „Du bist guter Hoffnung, was?"

Sie stammelte: „Ja, ich glaube. Seit zwei Monaten."

Sie hatte noch nicht ausgeredet, da tat er einen Freudensprung, dann begann er um sie herum einen Cancan zu tanzen, wie er auf den öffentlichen Bällen im Schwang war, eine alte Erinnerung an seine Garnisonszeit. Er hob das Bein, vollführte trotz seinem dicken Bauch wilde Sprünge, daß die ganze Wohnung zitterte. Die Möbel schwankten, die Gläser klirrten im Büfett, die Lampe über dem Eßtisch schwang hin und her und vibrierte wie eine Schiffslampe.

Dann schloß er seine geliebte Tochter in die Arme und küßte sie wie rasend ab; dann gab er ihr einen leichten Klaps auf den Bauch und rief: „Ah! endlich ist's so weit! Hast du's deinem Mann schon gesagt?"

Sie murmelte, plötzlich verängstigt: „Nein... noch nicht... Ich... ich wollte noch warten."

Doch Cachelin grölte: „Gut, sehr schön. Es ist dir peinlich. Warte, ich will es ihm selbst sagen."

Und er stürmte in die Wohnung seines Schwiegersohns hinüber. Als Lesable, der untätig dasaß, ihn hereinkommen sah, sprang er auf. Aber Cachelin ließ ihn gar nicht erst zur Besinnung kommen und rief: „Weißt du, daß deine Frau ein Kind bekommt?"

Der Ehemann starrte ihn entgeistert an, verlor völlig die Fassung und lief glutrot an.

„Was? Wie? Cora? Was sagst du da?"

„Ich sage: Sie kriegt ein Kind, verstehst du? So etwas von Glück!"

In seiner Freude faßte er ihn bei den Händen,

drückte und schüttelte sie, als wollte er ihm Glück wünschen, ihm danken. Dabei redete er in einem fort weiter: „Ah! endlich ist es soweit! Herrlich, großartig! Denk doch nur, das Geld gehört jetzt uns!“ Und da er nicht länger an sich halten konnte, preßte er ihn in seine Arme.

„Über eine Million!“ rief er. „Denk doch nur, mehr als eine Million!“ Und wieder fing er an umherzutanzen. Dann sagte er unvermittelt: „Aber so komm doch, sie wartet auf dich. Komm, du mußt ihr wenigstens einen Kuß geben.“ Er faßte ihn um den Leib und schob ihn vor sich her und stieß ihn dann wie einen Ball in das Zimmer, wo Cora ängstlich lauschend stehengeblieben war.

Sowie sie ihren Mann erblickte, schnürte ihr eine jähe Erregung die Kehle zu, und sie wich zurück. Er blieb vor ihr stehen, bleich und zerquält. Er sah aus wie ein Richter und sie wie die schuldbewußte Angeklagte.

Endlich sagte er: „Es scheint, du bist guter Hoffnung?“

Sie stammelte mit bebender Stimme: „Es sieht so aus.“

Aber Cachelin packte sie beide um den Hals und drückte sie Nase an Nase gegeneinander. Dabei schrie er: „Gebt euch doch einen Kuß, verdammt noch einmal! Das ist schon der Mühe wert.“

Als er sie losließ, erklärte er in überströmender närrischer Freude: „Na, endlich haben wir gewonnenes Spiel! Hör mal, Léopold, wir wollen sofort ein Haus auf dem Lande kaufen, dann kannst du dich wieder völlig erholen.“

Bei dieser Vorstellung zuckte Lesable zusammen. Sein Schwiegervater fuhr fort: „Wir laden Herrn Torchebeuf mit seiner Gemahlin ein, und da der stellvertretende Chef ohnehin nicht mehr viel leistet und taugt, kannst du sein Nachfolger werden. Das wäre immerhin ein erster Schritt voran.“

Lesable sah alles deutlich vor sich, während Cachelin es ihm beschrieb. Er sah sich selbst, wie er den Chef vor einem hübschen weißen Haus am Flußufer empfing. Er trug eine Zwillichjoppe und einen Panamahut.

Ein süßes Gefühl durchrieselte sein Herz, etwas Warmes, Wohltuendes durchströmte ihn, und es war ihm, als fühlte er sich erleichtert, als ginge es ihm schon besser.

Er lächelte, antwortete aber noch nichts.

Cachelin war in einem wahren Hoffnungsrausch, er ließ sich von seinen Wunschträumen mitreißen und schwärmte: „Wer weiß, vielleicht können wir noch in der Gegend zu Ansehen und Einfluß kommen. Am Ende wirst du noch Abgeordneter. Auf jeden Fall können wir mit der Gesellschaft unseres Wohnorts verkehren und uns allerhand schöne Dinge leisten. Du schaffst dir ein Pferdchen und einen Korbwagen an und fährst damit jeden Tag zum Bahnhof."

In Lesables Geist erwachten Bilder von Luxus, Eleganz und Wohlbehagen. Der Gedanke, daß er selbst einen niedlichen Wagen lenken werde wie die reichen Leute, die er so oft um ihr Los beneidet hatte, erfüllte ihn mit tiefer Befriedigung. Er konnte sich nicht enthalten zu sagen: „Das, ja, das wäre allerdings wunderschön."

Cora sah, daß er gewonnen war, und lächelte auch dankbar und gerührt. Und Cachelin, der alle Schwierigkeiten behoben sah, erklärte: „Wir gehen ins Restaurant essen. Potztausend! Jetzt wollen wir einmal ein bißchen über die Schnur hauen. Das können wir uns ja leisten."

Als sie nach Hause gingen, waren sie alle drei ein wenig beschwipst, und Lesable, der doppelt sah und keinen klaren Gedanken mehr fassen konnte, fand den Weg in sein dunkles Kämmerchen nicht mehr. Er legte sich, vielleicht aus Versehen, vielleicht aus

Vergeßlichkeit, in das noch leere Bett seiner Frau. Und die ganze Nacht war ihm, als schwankte sein Lager wie ein Schiff, als stampfte, schlingerte und kenterte es. Er wurde sogar ein wenig seekrank.

Als er aufwachte, fand er zu seinem höchsten Erstaunen Cora in seinen Armen.

Sie schlug die Augen auf, lächelte und küßte ihn auf einmal stürmisch, voll Dankbarkeit und Liebe. Dann sagte sie mit jener zärtlich süßen Stimme, die Frauen eigen ist, wenn sie sich lieb Kind machen wollen: „Wenn du mir etwas zuliebe tun willst, dann gehst du heute nicht ins Ministerium. Jetzt brauchst du ja nicht mehr so pünktlich zu sein, wir werden ja nun bald sehr reich sein. Und wir könnten noch einmal aufs Land hinausfahren, wir beide ganz allein."

Er fühlte sich gut ausgeruht, matt und wohlig zugleich, wie man es nach einem Fest, das einen arg mitgenommen hat, zuweilen ist. Er lag so angenehm abgespannt im warmen Bett, daß er träge liegenblieb und große Lust verspürte, noch lange nicht aufzustehen, gar nichts mehr zu tun als geruhsam dahinzudämmern und es sich wohl sein zu lassen. Ein bisher unbekanntes und übermächtiges Bedürfnis, zu faulenzen und sich genießerisch zu aalen, lähmte sein Denken und durchdrang seinen ganzen Körper. Und ein vager, beharrlicher, beseligender Gedanke ließ ihn nicht mehr los: Jetzt war er bald reich und unabhängig!

Doch mit einemmal packte ihn eine schreckliche Angst, und er fragte ganz leise, als hätte er gefürchtet, daß die Wände seine Worte vernehmen könnten: „Bist du auch ganz sicher, daß du guter Hoffnung bist?"

Sie beruhigte ihn sofort: „O ja, verlaß dich drauf. Ich habe mich nicht getäuscht."

Er war immer noch etwas beunruhigt und begann sie vorsichtig zu betasten. Seine Hand strich sachte über ihren bereits runder gewölbten Leib. Dann erklärte er: „Ja, es ist wahr. – Aber du wirst nicht vor dem Termin niederkommen. Vielleicht wird man unser Recht anfechten."

Bei dieser Vermutung packte sie der Zorn. Ah, nein! So war das nicht gewettet! Jetzt sollte man ihr keine Scherereien mehr machen, nach all den Plackereien, nach so viel Mühen und Anstrengungen, nein, nein, das ging nicht an!

„Wir gehen gleich zum Notar", sagte sie.

Er aber war der Ansicht, sie sollte sich zuerst ein Zeugnis des Arztes verschaffen. So suchten sie denn Dr. Lefilleul auf.

Er erkannte sie sofort wieder und fragte: „Nun, hat es geholfen?"

Sie wurden beide rot bis über die Ohren, und Cora, die ein wenig aus der Fassung geriet, stammelte: „Ich glaube, ja, Herr Doktor."

Der Arzt rieb sich die Hände. „Ich wußte es ja. Ich habe es nicht anders erwartet. Das Mittel, das ich Ihnen angegeben hatte, wirkt immer, es sei denn, einer der Gatten sei vollkommen zeugungsunfähig."

Als er die junge Frau untersucht hatte, erklärte er: „Es ist so weit. Bravo!"

Dann schrieb er auf ein Blatt Papier: „Ich, Endesunterzeichneter, Doktor der Medizin der Pariser Fakultät, bescheinige hiermit, daß Madame Léopold Lesable, geborene Cachelin, alle Symptome einer etwa dreimonatigen Schwangerschaft aufweist."

Dann wandte er sich zu Lesable und fragte: „Und wie steht's mit Ihnen? Was macht das Herz, die Lunge?" Er hörte ihn ab und fand ihn völlig geheilt.

Glücklich und fröhlich gestimmt, gingen sie Arm in Arm und beschwingten Schrittes wieder fort. Doch unterwegs fuhr Léopold ein Gedanke durch den Kopf: „Vielleicht wäre es gar nicht dumm, bevor du zum Notar gehst, ein oder zwei Handtücher um den Leib zu wickeln. Das zieht den Blick auf sich und macht sich besser. Dann wird er nicht glauben, daß wir nur Zeit gewinnen wollen."

Sie gingen also nach Hause, und er kleidete seine Frau selbst aus, und legte ihr kunstgerecht einen falschen Leib um. Zehnmal hintereinander band er ihr die Handtücher anders um und trat dann ein paar Schritte zurück, um die Wirkung zu prüfen, denn es lag ihm daran, daß es einwandfrei natürlich aussah.

Als er mit dem Ergebnis zufrieden war, gingen sie wieder fort, und auf der Straße war er sichtlich stolz darauf, diesen hochschwangeren Leib, der seine Männlichkeit bezeugte, mit sich herumzuführen.

Der Notar empfing sie voll Wohlwollen. Dann hörte er sich ihre Darlegung der Sachlage an, überflog das ärztliche Zeugnis, und als Lesable drängte: „Im übrigen genügt es ja, sie nur anzusehen!", warf er einen überzeugten Blick auf den dicken, vorstehenden Bauch der jungen Frau.

Sie warteten voll Angst. Endlich erklärte der Notar; „Gut, alles in Ordnung. Ob nun das Kind schon geboren ist oder erst geboren wird, es ist jedenfalls da und lebt. Wir werden also mit der Vollstreckung des Testamentes warten, bis Madame niederkommt."

Als sie die Notariatskanzlei verließen, fielen sie einander auf der Treppe um den Hals, so übermächtig war ihre Freude.

VII

Seit dieser beglückenden Entdeckung lebten die drei Verwandten in schönster Eintracht. Sie waren stets heiter gestimmt, ausgeglichen und friedfertig. Cachelin hatte seine ganze frühere Jovialität wiedergefunden, und Cora verwöhnte ihren Mann. Auch

Lesable schien ein anderer Mensch zu sein. Er war immer zufrieden und verträglich wie noch nie in seinem ganzen Leben.

Maze kam nicht mehr so oft zu Besuch, und es war, als fühlte er sich jetzt nicht mehr so wohl in der Familie. Zwar wurde er jedesmal freundlich aufgenommen, aber doch etwas kühler als bisher, denn das Glück macht selbstsüchtig, und Fremde stören nur.

Selbst Cachelin empfand anscheinend eine gewisse heimliche Feindseligkeit gegen den schönen Maze, den er doch ein paar Monate zuvor so beflissen in den Haushalt eingeführt hatte. Er kündigte dem Hausfreund selbst Coralies Schwangerschaft an. Er sagte es ihm unvermittelt und schroff: „Wissen Sie, meine Tochter bekommt ein Kind."

Maze spielte den Überraschten und erwiderte: „Da werden Sie wohl recht glücklich sein!"

Cachelin antwortete: „Das will ich meinen!", und dabei fiel ihm auf, daß sein Kollege im Gegenteil keineswegs entzückt schien. Männer haben es nun einmal nicht gern, wenn sie die Frauen, deren Anbeter sie sind, in diesem Zustand sehen, ob nun sie daran schuld sind oder nicht.

Sonntag für Sonntag kam Maze auch weiterhin zum Essen. Aber es war allgemein peinlich, die Abende zusammen zu verbringen, obschon es eigentlich zu keinerlei ernstlichen Mißhelligkeiten gekommen war; und diese seltsame Befangenheit wuchs von Woche zu Woche. Eines Abends, als Maze eben gegangen war, erklärte Cachelin sogar wütend: „Der Mensch geht mir langsam auf die Nerven!"

Und Lesable antwortete: „Tatsache, er gewinnt nicht bei näherer Bekanntschaft." Cora hatte die Augen niedergeschlagen. Sie äußerte sich nicht dazu. Sie schien dem großgewachsenen Maze gegenüber immer ein wenig befangen, und er wiederum wirkte fast beschämt in ihrer Gegenwart. Er schaute sie nicht mehr lächelnd an wie früher, lud sie nicht mehr ins Theater ein, und es sah aus, als ertrüge er diese noch vor kurzem so herzliche Freundschaft wie eine notwendige Last.

An einem Donnerstag jedoch zur Essenszeit, als ihr Mann vom Büro nach Hause kam, küßte ihn Cora noch zärtlicher als sonst auf seinen Backenbart und flüsterte ihm ins Ohr: „Vielleicht wirst du mich jetzt ausschelten?"

„Warum denn nur?"

„Weil... Weil Herr Maze mich vorhin besucht hat. Und da ich nicht möchte, daß man über mich klatscht, habe ich ihn gebeten, nie zu mir zu kommen, wenn du nicht da seist. Er war offenbar ein bißchen verschnupft."

Überrascht fragte Lesable: „Nanu, was hat er denn gesagt?"

„Oh, er hat nicht viel gesagt; aber es hat mir trotzdem gar nicht behagt, und da hab' ich ihn gebeten, seine Besuche überhaupt ganz einzustellen. Du weißt ja, Papa und du habt ihn hierhergebracht. Ich kann nichts dafür. Darum hatte ich Angst, du könntest böse sein, daß ich ihm das Haus verboten habe."

Dankbare Freude durchströmte das Herz ihres Mannes.

„Du hast ganz recht getan, sehr recht. Ich bin dir sogar dankbar dafür."

Sie wünschte ein für allemal die Situation zwischen den beiden Männer klarzustellen und hatte sie ja auch schon von vornherein geregelt. Nun fuhr sie fort: „Im Büro tust du, als wüßtest du nichts, und sprichst mit ihm wie früher. Nur darf er nicht mehr hierherkommen."

Lesable schloß seine Frau zärtlich in die Arme und küßte sie lange auf Augen und Wangen. Dazu sagte er immer wieder: „Du bist ein Engel!... Du bist ein Engel!" Und er spürte an seinem Bauch die Rundung des schon kräftig entwickelten Kindes.

VIII

Bis zur Niederkunft fiel nichts Neues mehr vor.

Cora wurde in den letzten Septembertagen von einer Tochter entbunden. Sie wurde Désirée genannt. Da man aber eine feierliche Taufe veranstalten wollte, wurde beschlossen, daß sie erst im kommenden Sommer gefeiert werden solle, und zwar auf dem Landsitz, den sie kaufen wollten.

Sie wählten einen in Asnières, auf dem Hügelzug über der Seine.

Im Laufe des Winters waren große Dinge vor sich gegangen. Kaum hatten die Lesables ihre Erbschaft angetreten, hatte Cachelin seine Stellung aufgegeben. Sein Rücktrittsgesuch war sofort bewilligt worden, und er hatte das Büro verlassen. Nun sägte er in seinen Mußestunden mit Hilfe einer kleinen Laubsäge Zigarrenkistchendeckel aus. Er verfertigte daraus Uhren, Kästchen, Blumenständer und andere kleine wunderliche Dinge aller Art. Er betrieb diese Arbeit mit Leidenschaft. Er hatte Geschmack an diesem Zeitvertreib gefunden, als er einmal auf der Avenue de l'Opéra einem Straßenhändler zugesehen hatte, der seine Holzbrettchen auf diese Art bearbeitete. Jeden Tag mußten alle, die ihm in die Nähe kamen, seine neuen, raffiniert und zugleich kindlich komplizierten Vorlagen bewundern.

Er selbst stand hell begeistert vor seinem Werk und sagte immer wieder: „Es ist schon erstaunlich, was man alles fertigbringt!"

Als Herr Rabot, der stellvertretende Chef, endlich gestorben war, versah Lesable seine Stelle, wenn ihm auch der Titel noch nicht verliehen wurde, weil er seit seiner letzten Beförderung noch nicht die erforderliche Dienstzeit geleistet hatte.

Cora war sofort eine ganz andere Frau geworden. Sie war jetzt zurückhaltender, eleganter, sie hatte alle Umstellungen, die einem der Reichtum aufzwingt, erfaßt, erraten, gleichsam gewittert.

Am Neujahrstag machte sie der Gemahlin des Chefs einen Besuch. Die war eine dicke, behäbige Person und nach fünfundreißig Jahren, die sie nun schon in Paris lebte, immer noch eine rechte Provinzlerin. Cora bat sie mit so viel Anmut und bestrickender Liebenswürdigkeit, als Patin ihr Kind aus der Taufe zu heben, daß Madame Torchebeuf zusagte. Cachelin, der Großvater, wurde Pate.

Die Taufe fand an einem strahlenden Junisonntag statt. Das ganze Büro war eingeladen bis auf den schönen Maze, mit dem man ja nicht mehr verkehrte.

Um neun Uhr wartete Lesable vor dem Bahnhof auf den Zug aus Paris, während ein Groom in einer Livree mit großen goldenen Knöpfen ein wohlgenährtes Pony, das vor einen funkelnagelneuen Korbwagen gespannt war, am Zaum hielt.

In der Ferne pfiff die Lokomotive und fuhr dann ein. Hinter sich her zog sie eine lange Reihe von Wagen, aus denen sich ein ganzer Strom von Reisenden ergoß.

Aus einem Abteil erster Klasse stieg Herr Torchebeuf mit seiner Frau in einer knalligen Toilette, während Pitolet und Boissel zweiter Klasse gefahren waren. Man hatte nicht gewagt, den alten Savon einzuladen; aber es war ausgemacht worden, daß man ihn wie zufällig am Nachmittag treffen und dann mit Zustimmung des Chefs zum Diner mitnehmen wolle.

Lesable eilte seinem Vorgesetzten entgegen, der winzig wirkte, als er in seinem Gehrock herankam, auf dem wie eine voll aufgeblühte rote Rose die große Rosette der Ehrenlegion prangte. Sein riesiger Schädel, auf dem ein breitkrempiger Hut saß, drückte seinen kümmerlichen Körper zusammen. Er sah aus wie eine Mißgeburt. Wenn seine Frau sich nur ein wenig auf die Fußspitzen erhob, konnte sie mühelos über seinen Kopf hinwegblicken.

Léopold verbeugte sich strahlend und dankte ihnen für ihr Kommen. Er ließ sie in den Wagen steigen, dann lief er seinen beiden Kollegen entgegen, die bescheiden hinterdrein kamen, drückte ihnen die Hände und entschuldigte sich, daß er sie nicht auch im Wagen mitnehmen könne; er sei leider zu klein.

„Gehen Sie nur immer am Fluß entlang, dann kommen Sie gerade vor mein Haus: Villa Désirée, die vierte nach der Biegung. Sputen Sie sich!"

Dann stieg er in seinen Wagen, ergriff die Zügel und fuhr davon, während der Groom sich flink und gewandt auf den kleinen Rücksitz schwang.

Die Feierlichkeit ging unter den besten Umständen vonstatten. Dann ging man zum Mittagesen nach Hause. Jeder Gast fand unter seiner Serviette ein Geschenk, das der Wichtigkeit des Eingeladenen entsprach. Die Patin erhielt ein massiv goldenes Armband, ihr Mann eine Krawattennadel mit einem Rubin, Boissel eine Brieftasche aus Juchtenleder und Pitolet eine prachtvolle Meerschaumpfeife. Désirée biete diese Geschenke ihren neuen Freunden an, sagte man.

Madame Torchebeuf war ganz rot vor Verwirrung und Glück und legte das glänzende Armband um ihren dicken Arm, und da der Chef nur eine schmale schwarze Krawatte trug, an die man keine Nadel stecken konnte, befestigte er das Schmuckstück im Aufschlag seines Gehrocks unterhalb der Ehrenlegion, wie einen andern, nicht so hohen Orden.

Durch das Fenster sah man einen breiten Streifen des Flusses, der sich längs der baumbestandenen Ufer gegen Suesnes hinzog. Die Sonne schien wie ein Glutregen auf das Wasser, und es sah aus, als stünde der Fluß in Feuer. Zu Beginn des Essens ging es ernst zu; die Anwesenheit Herrn Torchebeufs und seiner Gattin drückte auf die Gemüter. Dann kam eine lustigere Stimmung auf. Cachelin ließ ein paar reichlich saftige Witze vom Stapel; nun, da er reich war, fand er, er könne sich das leisten. Alle lachten.

Hätten Pitolet oder Boissel sie zum besten gegeben, so hätte man sie höchst anstößig gefunden.

Beim Nachtisch mußte das Kind hereingebracht werden, und jeder Taufgast küßte es. Es versank in einer Wolke schneeweißer Spitzen und staunte mit seinen blauen, wirren und gedankenlosen Augen all die Leute an. Dann drehte es ein wenig das aufgedunsene Köpfchen, in dem eine Spur von Aufmerksamkeit zu erwachen schien.

Mitten in dem Stimmengewirr tuschelte Pitolet seinem Nachbar Boissel ins Ohr: „Sie sieht aus wie eine kleine Mazette!“

Der Witz machte am nächsten Tag im ganzen Ministerium die Runde.

Inzwischen hatte es zwei Uhr geschlagen. Man hatte verschiedene Gläschen Likör getrunken, und nun schlug Cachelin vor, das Besitztum zu besichtigen und nachher ein wenig an der Seine entlangzuspazieren.

Wie in einer Prozession zogen die Taufgäste von einem Zimmer ins andere, vom Keller bis hinauf zum Dachboden. Dann ging's durch den Garten, von Baum zu Baum, von Pflanze zu Pflanze, und hierauf teilten sie sich für den Spaziergang in zwei Gruppen.

Cachelin fühlte sich bei den Damen nicht recht behaglich und schleppte Boissel und Pitolet in die Wirtshäuser unten am Fluß, während die Damen Torchebeuf und Lesable mit ihren Gatten am andern Ufer heimwärts spazierten, da ehrbare Damen sich nicht gut unter die hemdärmelige Gesellschaft mischen konnten, die sonntags dort anzutreffen war.

Sie gingen langsam auf dem Treidelweg dahin, gefolgt von den beiden Männern, die in ein ernstes

Gespräch über dienstliche Belange vertieft waren. Auf dem Fluß fuhren Jollen vorbei, von weit ausholenden Ruderschlägen kraftstrotzender, bloßarmiger junger Männer getrieben, deren Muskeln unter der sonnenverbrannten Haut spielten. Ihre Mädchen lagen langausgestreckt auf schwarzen oder weißen Fellen und steuerten das Boot. Sie dösten in der heißen Sonne und hielten über ihrem Kopf rote, gelbe oder blaue Sonnenschirme, die aussahen wie riesige auf dem Wasser schwimmende Blüten. Schreie flogen von einem Boot zum anderen, Rufe und auch Geschimpfe, und in der Ferne hörte man ein wirres, andauerndes Gelärme von Stimmen, ein Zeichen, daß dort unten, wie immer an Festtagen, sich eine wimmelnde Menschenmenge austobte.

Ganze Reihen von Anglern fischten unbeweglich überall, wo sie vorbeikamen, am Ufer. Schwimmer standen in plumpen Fischerkähnen, machten einen Kopfsprung, kletterten dann wieder in ihr Schiff und sprangen abermals in die Fluten.

Verwundert schaute Madame Torchebeuf ihnen zu. Cora sagte: „So geht es Sonntag für Sonntag zu. Das verleidet mir richtig diesen schönen Flecken Erde."

Langsam glitt ein Boot näher. Zwei Frauen ruderten und mühten sich mit zwei kräftigen Mannsbildern ab, die sich faul auf dem Boden des Kahns räkelten. Eine von ihnen rief zum Ufer herüber: „Ahoi! Ahoi! Ihr beiden ehrbaren Damen! Ich habe einen Mann feil, spottbillig! Wollt ihr ihn?"

Cora wandte sich verachtungsvoll ab und schob ihren Arm unter den ihres Besuchs. „Man kann nicht einmal mehr ein bißchen hier stehenbleiben", sagte sie. „Kommen Sie, wir gehen. Diese Geschöpfe sind doch gar zu gemein!"

Und sie gingen weiter. Herr Torchebeuf sagte zu Lesable: „Es bleibt also dabei: zum ersten Januar. Der Direktor hat es mir in aller Form versprochen."

Lesable antwortete: „Ich weiß nicht, wie ich Ihnen danken soll, verehrter Meister."

Auf dem Heimweg trafen sie Cachelin, Pitolet und Boissel. Sie lachten Tränen und schleppten den alten Savon mit sich. Sie hätten ihn am Uferhang mit einer Dirne erwischt, behaupteten sie zum Jux.

Der Alte war ganz verstört und beteuerte immer wieder: „Das ist nicht wahr! Nein, es ist nicht wahr! Herr Cachelin, es ist nicht nett von Ihnen, daß Sie so was behaupten. Nein, das ist nicht recht!"

Cachelin schnappte nach Luft, so mußte er lachen. „Oho, du alter Schäker! Du hast zu ihr gesagt: ‚Mein Schnuckeputzchen, geliebtes!' Ah, wir haben ihn erwischt, den alten Schäker!"

Sogar die Damen mußten lachen, so sehr schien der Alte außer sich zu sein.

Cachelin fuhr fort: „Wenn Herr Torchebeuf nichts dagegen hat, behalten wir den Gefangenen zur Strafe hier, und er bleibt zum Essen da."

Der Chef gab wohlwollend seine Zustimmung. Und nun witzelte man erst recht über das Dämchen, das der Alte habe sitzenlassen, obwohl er, ganz verzweifelt über diesen üblen Streich, in einem fort seine Unschuld beteuerte.

Bis zum Abend bot ihnen das unerschöpflichen Stoff zu zahllosen Witzen, und es waren recht gepfefferte darunter.

Cora und Madame Torchebeuf saßen auf der Veranda unter dem Sonnendach und sahen zu, wie die Sonne im Untergehen das Laub der Bäume mit purpurrotem Licht übergoß. Kein Windhauch bewegte die Zweige. Ein heiterer, unendlicher Friede senkte sich vom flammendroten und ruhigen Himmel herab.

Immer noch glitten langsam ein paar Boote vorbei; sie fuhren in ihren Schuppen zurück.

Cora fragte: „Es scheint, der arme Herr Savon hat ein liederliches Weibsbild geheiratet?"

Madame Torchebeuf, die über alles auf dem laufenden war, was im Büro vorging, gab zur Antwort: „Ja, eine Waise, die viel zu jung für ihn war. Sie hat ihn mit einem Taugenichts betrogen und ist zuletzt sogar mit ihm durchgebrannt." Dann setzte die dicke Dame hinzu: „Ich sage, er sei ein Taugenichts gewesen, obwohl ich eigentlich gar nichts über ihn weiß. Es heißt, sie hätten sich sehr liebgehabt. Auf jeden Fall ist der alte Savon alles andere als ein Märchenprinz."

Madame Lesable versetzte ernst und würdevoll: „Das entschuldigt gar nichts. Der Arme kann einem leid tun. Unser Nachbar im Nebenhaus, Herr Barbou, ist im gleichen Fall. Seine Frau hat sich in einen Maler oder so was Ähnliches vergafft, der jeden Sommer hierherkam, und ist mit ihm ins Ausland durchgegangen. Ich begreife einfach nicht, wie eine Frau so tief sinken kann. Meines Erachtens müßte es eine besonders schimpfliche Strafe für solche ehrvergessenen Weiber geben, die Schande über eine Familie bringen."

Da tauchte am Ende des Weges die Amme auf. Sie trug Désirée in ihrem Spitzenkissen auf dem Arm. Sie kam mit dem Kind, das in dem rotgoldenen Dunst des Abends ganz rosig aussah, auf die beiden Damen zu. Mit denselben blassen, erstaunten und blicklosen Augen, mit dem es die Gesichter anguckte, schaute es in den feuerprangenden Himmel hinauf.

Alle Männer, die plaudernd abseits gestanden hatten, traten näher, und Cachelin nahm sein Enkelkind und hob es mit ausgestreckten Armen hoch, als wollte er es in den Himmel hinauftragen. Das Kind hob sich in seinem langen weißen Kleidchen, das bis zum Boden herabhing, scharf von dem leuchtenden Horizont im Hintergrund ab.

Und der Großvater rief: „Das ist doch das Beste, was es auf der Welt gibt, nicht wahr, Papa Savon?"

Der Alte gab ihm keine Antwort. Vielleicht war er

um eine Antwort verlegen, vielleicht dachte er sich auch zuviel dabei.

Ein Diener öffnete die Tür zur Veranda und meldete: „Es ist angerichtet."

DIE STECKNADELN

Ah! mein Lieber, was für gemeine Luder sind doch die Weiber!“

„Wie kommst du darauf?“

„Sie haben mir einen ganz verruchten Streich gespielt.“

„Dir?“

„Ja, mir.“

„Die Frauen, oder eine Frau?“

„Zwei Frauen.“

„Zwei Frauen gleichzeitig?“

„Ja.“

„Was denn für einen Streich?“

Die beiden jungen Männer saßen vor einem großen Café am Boulevard und tranken einen Likör mit Wasser gemischt, einen jener Apéritifs, die aussehen wie Elixiere in sämtlichen Farbnuancen einer Aquarellschachtel.

Sie waren ungefähr gleichaltrig, zwischen fünfundzwanzig und dreißig. Der eine war blond, der andere brünett. Sie waren elegant, aber mit einem Stich ins Billige, wie ihn Männer haben, die etwas unsaubere Geldgeschäfte tätigen, die auf der Börse und in den Salons auftauchen, die überall verkehren, überall zu Hause sind und überall herumliebeln. Der Brünette fuhr fort:

„Ich habe dir doch von meinem Verhältnis mit der kleinen Beamtenfrau erzählt, der ich in Dieppe am Strand begegnet bin, nicht wahr?“

„Gewiß.“

„Mein Lieber, du weißt ja, wie das ist. Ich hatte eine Geliebte in Paris, und ich liebe sie über alles. Sie ist eine alte Freundin, eine gute Freundin, kurz, eine liebe Gewohnheit, und ich hänge daran.“

„An deiner Gewohnheit?“

„Jawohl, an meiner Gewohnheit und auch an der Frau. Sie ist zudem mit einem ehrenwerten Mann verheiratet. Ich mag ihn ebenfalls sehr gern, er ist ein seelenguter Kerl, hat das Herz auf dem rechten Fleck und ist ein prächtiger Kamerad. Kurzum, in dem Haus hatte ich mich für mein ganzes Leben eingenistet."

„Na und?"

„Tja eben! Die Leute können nicht von Paris fort, und so war ich in Dieppe sozusagen Strohwitwer."

„Warum bist du eigentlich nach Dieppe gefahren?"

„Ich wollte einmal andere Luft atmen. Man kann ja nicht die ganze Zeit auf dem Boulevard flanieren."

„Und dann?"

„Dann bin ich am Strand der Kleinen begegnet, von der ich dir erzählt habe."

„Der Frau des Bürochefs?"

„Ja. Sie langweilte sich schrecklich. Ihr Mann kam übrigens nur jeden Sonntag, und er ist ein Ekel. Ich begreife sie sehr gut. Wir haben uns herrlich vergnügt und zusammen getanzt."

„Und was noch so dazugehört?"

„Ja, das kam später. Kurz und gut, wir sind einander begegnet, haben Gefallen aneinander gefunden, ich habe es ihr gesagt, sie hat es sich mehrmals wiederholen lassen, bis sie es ganz verstanden hatte, und dann stand dem ihrerseits nichts mehr im Wege."

„Hast du sie geliebt?"

„Ja, ein wenig schon. Sie ist sehr nett."

„Und die andere?"

„Die andere war ja in Paris! Kurz, sechs Wochen lang ging alles sehr gut, und wir sind im besten Einvernehmen nach Paris zurückgefahren. Kannst du mit einer Frau brechen, wenn diese Frau dir gar nichts zuleide getan hat?"

„Natürlich, sehr gut sogar."

„Wie stellst du's denn an?"

„Ich lasse sie einfach sitzen."

„Aber wie bringst du's fertig, sie sitzenzulassen?"

„Ich gehe nicht mehr zu ihr."

„Wenn sie nun aber zu dir kommt?"

„Dann bin ich... nicht zu Hause."

„Und wenn sie wiederkommt?"

„Dann sage ich ihr, ich sei krank."

„Wenn sie dich pflegt?"

„Dann werde ich grob."

„Wenn sie sich das gefallen läßt?"

„Dann schreibe ich ihrem Mann anonyme Briefe, damit er sie an den Tagen, an denen ich sie erwarte, im Auge behält."

„Das ist eine ernste Sache. Ich habe keinerlei Widerstandskraft. Ich kann einfach nicht Schluß machen und sammle sie sozusagen alle. Manche sehe ich nicht öfter als einmal im Jahr, andere jedes halbe Jahr, andere, wenn die Miete fällig ist, andere wieder, wenn sie Lust haben, auswärts zu speisen. Die Frauen, die ich nur selten sehe, stören mich nicht weiter, aber ich habe oft meine liebe Mühe mit den neuen, bis ich sie mir ein bißchen vom Leib halten kann."

„Und dann..."

„Dann, mein Lieber, war die kleine Beamtenfrau ganz Feuer und Flamme, nichts gegen sie zu sagen, wie ich bereits erwähnt habe. Da ihr Mann den ganzen Tag im Büro sitzt, hat sie angefangen, unvermutet und unangemeldet bei mir hereinzuschneien. Zweimal wäre sie fast meiner festen Freundin in die Arme gelaufen."

„Verflucht!"

„Ja. Ich habe also für jede bestimmte Tage ausgemacht, feste Tage, damit jede unerwünschte Begegnung vermieden werden konnte. Montag und Samstag für die alte, Dienstag, Donnerstag und Sonntag für die neue."

„Warum darf sie öfter kommen?"

„Ah, mein Lieber, sie ist jünger."

„Das heißt: du hattest nur zwei Ruhetage in der Woche."

„Das genügt mir."

„Alle Achtung!"

„Stell dir nun aber vor, mir ist eine höchst lächerliche und unangenehme Geschichte passiert. Seit vier Monaten ging alles großartig, ich schlief auf beiden Ohren und war richtig glücklich. Da, am letzten Montag, ist alles plötzlich ins Rollen gekommen.

Ich erwartete zur vereinbarten Stunde, um Viertel nach ein Uhr, meine alte Geliebte und rauchte eine gute Zigarre.

Ich hing allerlei wohligen Gedanken nach und war mit mir selber sehr zufrieden, da merkte ich, daß die verabredete Zeit vorbei war. Das überraschte mich, denn sie ist sonst immer sehr pünktlich. Aber ich dachte mir, sie habe sich zufällig einmal verspätet. Doch es verging eine halbe Stunde, dann eine ganze, anderthalb Stunden, und da sagte ich mir, sie werde durch irgend etwas abgehalten sein, vielleicht eine Migräne oder einen lästigen Besuch. Elend langweilig, so etwas... dieses Warten, unnötig, höchst langweilig und nervenzermürbend. Schließlich fand ich mich damit ab, dann ging ich aus, und da ich nicht wußte, was anfangen, ging ich zu ihr.

Ich traf sie zu Hause. Sie las in einem Roman.

‚Nanu!' fragte ich erstaunt.

Sie antwortete gelassen:

‚Mein Lieber, ich habe nicht kommen können. Ich war abgehalten.'

‚Abgehalten? Wodurch denn?'

‚Ich hatte... zu tun.'

‚Zu tun?... Was?'

‚Ich hatte einen arg verdrießlichen Besuch.'

Ich dachte, sie wolle mir den wahren Grund nicht sagen; da sie sehr ruhig war, machte ich mir darüber weiter keine Gedanken. Ich rechnete damit, daß ich am nächsten Tag mit der andern die verlorene Zeit wieder würde einbringen können.

Am Dienstag war ich denn auch sehr... sehr aufgeregt und sehr liebebedürftig und harrte erwartungsvoll der kleinen Beamtenfrau, ja, ich wunderte mich sogar, daß sie nicht vor der verabredeten Zeit kam. Alle Augenblicke sah ich auf die Uhr und beobachtete ungeduldig die Zeiger.

Ich sah, wie sie eine Viertelstunde weiterrückten, dann eine halbe, dann zwei Uhr anzeigten... Ich konnte nicht mehr ruhig sitzen und ging mit weiten Schritten in meinem Zimmer auf und ab, drückte meine Stirn ans Fenster, mein Ohr gegen die Tür und lauschte, ob sie nicht die Treppe heraufkomme.

Es wurde halb drei, dann drei Uhr! Ich nahm meinen Hut und eilte zu ihr. Mein Lieber, sie las einen Roman!

‚Nanu?' fragte ich beunruhigt.

Sie antwortete ebenso gelassen wie meine angestammte Geliebte:

‚Mein Lieber, ich habe nicht kommen können. Ich war abgehalten.'

‚Abgehalten? Wodurch denn?'

‚Ich hatte... zu tun.'

‚Zu tun?... Was?'

‚Ich hatte einen ärgerlichen Besuch.'

Gewiß, ich vermutete sogleich, die beiden seien über alles im Bild. Aber sie wirkte so ausgeglichen, so friedlich, daß ich schließlich meinen Verdacht aufgab und an ein seltsames Zusammentreffen glaubte. Es war mir unvorstellbar, daß sie sich derart verstellen könne. Wie plauderten eine Stunde freundschaftlich miteinander – allerdings kam ihre kleine Tochter gut zwanzigmal herein und störte uns –, und dann mußte ich reichlich belämmert wieder abziehen.

Und denke dir nur, am nächsten Tag..."

„War genau die gleiche Geschichte?"

„Ja... Und tags darauf wieder. Und so ging es weiter, drei Wochen lang, ohne daß es je zu einer

Auseinandersetzung gekommen wäre, ohne daß ich irgendwann Aufschluß über dieses sonderbare Verhalten bekommen hätte. Natürlich ahnte ich, was dahintersteckte."

„Sie wußten alles?"

„Und ob, zum Donnerwetter! Aber wieso? Ah, ich habe mich lange damit abgequält, bis ich es heraus hatte."

„Wie hast du's denn schließlich erfahren?"

„Brieflich. Sie haben mir beide am selben Tag und mit den gleichen Worten den Laufpaß gegeben."

„Und?"

„Hör nur... Du weißt ja, mein Lieber, Frauen tragen immer haufenweise Nadeln mit sich herum. Die Haarnadeln, die kenne ich und bin auf der Hut. Da passe ich schon auf. Aber die andern sind viel heimtückischer, die kleinen Stecknadeln mit den schwarzen Köpfchen. Uns Männern kommen sie alle genau gleich groß vor. Wir sind ja darin so tolpatschig. Frauen aber unterscheiden sie voneinander, wie unsereiner ein Pferd von einem Hund unterscheidet.

Es scheint nun, daß meine kleine Beamtenfrau eines Tages eines dieser verräterischen Dinger in den Tapetenstoff neben meinem Spiegel gesteckt und dort gelassen hat.

Meine Stammgeliebte hatte auf den ersten Blick schon auf dem Stoff den winzigen, kaum flohgroßen schwarzen Punkt wahrgenommen, hatte ihn stillschweigend herausgezogen und statt dessen eine von ihren eigenen Nadeln hingesteckt, die ebenfalls schwarz, aber von anderer Machart war.

Am nächsten Tag wollte die Neue ihr Eigentum wieder an sich nehmen und sah sofort, daß es vertauscht worden war. Da faßte sie Verdacht und steckte zwei Nadeln ein, aber gekreuzt.

Die Stammgeliebte antwortete auf dieses telegrafische Zeichen mit drei Glasknöpfen übereinander.

Als dieser stumme Verkehr nun einmal angefangen hatte, setzten sie ihn weiter fort, ohne sich etwas Besonderes mitzuteilen, einzig um sich gegenseitig zu belauern. Dann rollte offenbar die Stammgeliebte, die kühner war, um die dünne Stahlspitze ein winziges Zettelchen, auf das sie geschrieben hatte: ‚Postlagernd, Boulevard Malesherbes, C. D.'

Nun schrieben sie einander. Ich war verloren. Du kannst dir ja denken, daß das nicht das einzige war, was sie zusammen trieben. Sie gingen mit Vorsicht zu Werke, mit tausend Listen, mit der ganzen Schlauheit, die in einem solchen Fall geboten ist. Aber die Angestammte ging aufs Ganze und verabredete mit der andern eine Zusammenkunft.

Was sie miteinander besprochen haben, weiß ich nicht. Ich weiß nur, daß ich die Kosten ihrer Unterhaltung bestritten habe. So, da hast du's."

„Das ist alles?"

„Ja."

„Du kommst nicht mehr mit ihnen zusammen?"

„Doch, doch, ich sehe sie immer noch – als Freund. Wir haben nicht völlig miteinander gebrochen."

„Und sie? Haben sie sich wiedergesehen?"

„Ja, klar, sie sind jetzt Busenfreundinnen."

„Sieh mal an! Und da fällt dir nichts ein?"

„Nein, was denn?"

„Du großer Schöps! Du könntest sie doch wieder Nadeln stecken lassen, diesmal aber je zwei!"

DIE MASKE

Im Elysée-Montmartre war an jenem Abend Maskenball. Es war Fastnacht, und die Menge strömte, wie das Wasser in ein Staubecken, in den hellerleuchteten Gang, der zum Tanzsaal führte. Die Kapelle schmetterte ihre Weisen so mitreißend, so schwungvoll und dröhnend, daß es tönte wie ein Orkan von Musik, der durch Dach und Wände hinausdrang, der das ganze Viertel überflutete und in den Straßen, ja bis hinein in die Nachbarhäuser das unwiderstehliche Verlangen erweckte, sich auszutoben, warm zu haben, sich des Lebens zu freuen. Denn dieser Drang schlummert ja im tiefsten Wesen des Menschen.

Die Stammgäste des Lokals kamen aus allen vier Ecken von Paris dorthin, Leute aus allen Bevölkerungsschichten, lauter Menschen, denen derbe, lärmige, etwas schlüpfrige und leicht zügellose Belustigungen zusagten. Da waren Angestellte, Zuhälter, Dirnen, Flittchen jeder Art und Aufmachung, vom billigen Baumwollfähnchen bis zum feinsten Batistkleid, reiche verblühte, mit Diamanten behängte Halbweltdamen und arme sechzehnjährige Mädchen, die es kaum erwarten konnten, zu festen und zu lumpen, sich mit Männern einzulassen und Geld zu verjubeln. Elegante Herren im Frack auf der Suche nach frischem Fleisch, nach jungen saftigen, wenn auch nicht mehr ganz unberührten Weibern strichen durch das erhitzte Gewühl, schauten sich um, schienen eine Fährte zu wittern, während die Masken offensichtlich von der Lust, sich auszutollen, umgetrieben wurden. Schon scharte sich um die kunstfertigen Sprünge berühmter Quadrillen ein dichtgedrängter Zuschauerkreis. Die hin und her wogende Hecke, die wimmelnde Masse der Frauen und Männer, die sich rings um die vier Tänzer drängte, wand sich wie eine Schlange um sie, bald näher hinzutreibend, bald wieder zurückweichend, je nach den Figuren der Tänzer. Die beiden Frauen, deren Schenkel mit Gummibändern am Körper festgemacht schienen, vollführten mit ihren Beinen erstaunliche Bewegungen. Sie schleuderten sie mit solcher Kraft in die Luft, daß es aussah, als flögen die Gliedmaßen hinauf in die Wolken, spreizten sie dann plötzlich, als hätten sie sie bis zur Mitte des Bauchs auseinandergerissen, sie schoben ein Bein vor und das andere rückwärts und berührten nach einem blitzschnellen Seitensprung, der abstoßend und zugleich komisch wirkte, mit dem Schoß den Boden.

Ihre Tänzer sprangen hoch, strampelten mit den Füßen, wirbelten herum und zappelten sich mächtig ab. Sie wippten mit den Armen wie mit federlosen Flügelstummeln, und man erriet, daß sie unter ihren Masken keuchten und nach Luft jappten.

Einer von ihnen, der in der reputiertesten dieser Quadrillen als Ersatz für eine abwesende Berühmtheit, den schönen *Songe-au-Gosse*, eingesprungen war und sich abmühte, nicht hinter dem unermüdlichen *Arête-de-Veau* zurückzustehen, führte allerlei groteske Sprünge aus, die bei den Zuschauern Freude und zugleich höhnisches Staunen hervorriefen.

Er war hager, als Gigerl gekleidet, und trug eine hübsche lackierte Maske mit einem blonden, gekräuselten Schnurrbart und darüber eine Lockenperücke.

Er sah aus wie eine Gestalt aus dem Wachsfigurenkabinett, wie eine seltsame, phantastische Karikatur der charmanten jungen Stutzer, die auf den Stichen der Modejournale abgebildet sind. Er tanzte hingegeben, aber sichtlich angestrengt, ungeschickt und mit komischer Verbissenheit. Neben den andern wirkte er wie eingerostet, wenn er versuchte, ihre Luftsprünge nachzumachen. Er machte den Eindruck eines Lahmen, ja, es sah aus, als spielte ein plumper Straßenköter mit Windhunden. Spöttische Bravorufe munterten ihn auf, und er gab sich so wild aus und strampelte mit einer derartigen berauschten Besessenheit, daß er auf einmal, als er einen wilden Anlauf nahm, mit fortgerissen wurde und mit dem Kopf voran in die Menschenmauer hineinsauste, die ihn umstand. Die Zuschauermenge teilte sich vor ihm, um ihn durchzulassen, und schloß sich dann wieder um den leblosen Körper des ohnmächtigen Tänzers, der lang ausgestreckt auf dem Bauch dalag.

Ein paar Männer hoben ihn auf und trugen ihn weg. Man rief: „Einen Arzt!" Ein Herr fand sich ein; er war jung, sehr elegant und trug einen Frack mit großen Perlen auf dem Frackhemd. „Ich bin Professor an der Medizinischen Fakultät", sagte er bescheiden. Man ließ ihn durch und führte ihn in einen kleinen Raum, der wie das Büro eines Handelsagenten mit Pappschachteln vollgestopft war. Hier lag der Tänzer immer noch in tiefer Ohnmacht. Man hatte ihn auf ein paar Stühle gebettet. Zunächst wollte der Arzt ihm die Maske abnehmen und stellte fest, daß sie auf eine höchst komplizierte Art mit einer Unmenge dünner Metalldrähte befestigt war, die sie geschickt mit dem Rand der Perücke verbanden und den ganzen Kopf in einem soliden Netz einschlossen, dessen Geheimnis man kennen mußte. Sogar der Hals war mit einer künstlichen Haut verdeckt, die vom Kinn bis in den Hemdkragen hinabreichte, einer Haut aus fleischfarbenem Handschuhleder.

Man mußte das alles mit einer kräftigen Schere auftrennen; und als der Arzt in diese seltsame Vermummung einen Schnitt von der Schulter bis zur Schläfe gemacht hatte, zog er diese Schale auseinander, und darunter kam ein altes, abgelebtes, hageres, verrunzeltes Männergesicht zum Vorschein. Die Leute, die diese jugendliche Maske mit den gekräuselten Locken hierhergetragen hatten, waren alle dermaßen erschüttert, daß niemand lachte und keiner ein Wort sprach.

Alle betrachteten das todestraurige Gesicht mit den geschlossenen Augen, das da vor ihnen auf den Strohsesseln lag, das wirre weiße Haar, das ihm von der Stirn ins Antlitz fiel, die kurzen Bartstoppeln auf Kinn und Wangen, und neben diesem jammervollen Kopf die hübsche lackierte Maske, die jugendliche Maske, die unentwegt lächelte.

Nach langer Bewußtlosigkeit kam der Mann wieder zu sich. Aber er war anscheinend noch so schwach, so mitgenommen, daß der Arzt eine gefährliche Komplikation befürchtete.

„Wo wohnen Sie?“ fragte er.

Der alte Tänzer schien angestrengt in seinem Gedächtnis zu suchen, dann erinnerte er sich offenbar wieder und nannte eine Straße, die niemand kannte. Man mußte ihn also nach näheren Einzelheiten über das Viertel, wo er wohnte, fragen. Er gab unendlich mühsam Auskunft, so langsam und unklar, daß man unschwer merken konnte, wie verstört sein Geist war.

Der Arzt fuhr fort: „Ich will Sie selbst nach Hause bringen.“

Plötzlich hatte ihn die Neugier gepackt, und er hätte gerne gewußt, wer dieser sonderbare Tänzer war, er wollte sehen, wo dieses Springerphänomen hauste.

Bald danach führte sie eine Droschke beide in eine Straße jenseits der Buttes Montmartre.

Er wohnte in einem hohen, ärmlich aussehenden, Haus, in dem eine schmierige Treppe emporführte. Es war eines jener nie fertiggebauten Häuser mit zahllosen Fenstern und stand zwischen zwei öden Grundstücken, schmutzigen Löchern, wo eine Menge zerlumpter, bettelarmer Wesen hauste.

Der Arzt hielt sich krampfhaft am Treppengeländer fest, einer gewundenen Holzstange, an der die Hand klebenblieb, und stützte den alten Mann, der noch ganz benommen war, aber langsam wieder zu Kräften kam, bis in den vierten Stock hinauf.

Die Tür, an der sie geklopft hatten, ging auf, und eine Frau erschien. Auch sie war alt, aber sauber. Eine schneeweiße Nachthaube umrahmte ihr knochiges Gesicht mit den ausgeprägten Zügen. Es war ein grobes, gutmütiges und hartes Gesicht, wie man es oft bei fleißigen und treuen Arbeiterfrauen antrifft.

Sie rief erschrocken: „Mein Gott! Was ist ihm denn zugestoßen?"

Als ihr der Vorfall in kurzen Worten berichtet worden war, beruhigte sie sich und beruhigte auch den Arzt, denn sie erzählte ihm, das gleiche sei schon mehrmals vorgekommen.

„Er muß ins Bett, Herr Doktor, sonst nichts. Er wird schlafen, und morgen ist alles wieder gut."

Der Arzt wandte ein: „Aber er kann ja kaum sprechen."

„Oh, das hat nichts zu bedeuten; er hat nur ein bißchen zuviel getrunken, das ist alles. Er hat nichts gegessen, um gelenkig zu sein, und dann hat er zwei Absinth getrunken, das bringt ihn in Schwung. Der Absinth, wissen Sie, fährt ihm in die Beine, aber er verschlägt ihm Gedanken und Sprache. In seinem Alter sollte er nicht mehr so tanzen. Nein, wahrhaftig, es ist zum Verzweifeln, daß er nie zur Vernunft kommt."

Überrascht fragte der Arzt: „Aber warum tanzt er denn in seinem Alter noch so verrückt?"

Sie zuckte die Achseln. Nach und nach hatte sie sich in Wut geredet und war rot geworden.

„Ach ja, warum? Das fragen Sie noch? Damit man ihn unter seiner Maske für einen jungen Mann hält, damit ihn die Weiber immer noch für einen tüchtigen Bock halten und ihm Schweinigeleien ins Ohr flüstern, damit er sich an ihnen reiben kann, an ihrer dreckigen Haut mit ihren Parfümwolken, ihrem Puder, ihren Pomaden ... Ah, so eine Sauerei! Wissen Sie, ich habe kein schönes Leben gehabt, Herr Doktor. Vierzig Jahre geht das nun so... Aber zuerst muß er ins Bett, sonst wird er mir noch richtig krank. Macht es Ihnen etwas, mir ein bißchen an die Hand zu gehen? Wenn er so herunter ist wie jetzt, werd' ich allein mit ihm nicht fertig."

Der Alte hockte auf seinem Bett, stierte wie benebelt vor sich hin, und sein langes weißes Haar hing ihm ins Gesicht.

Seine Lebensgefährtin sah ihn halb gerührt, halb wütend an. Dann sagte sie:

„Schaun Sie ihn nur an: hat er für sein Alter nicht einen schönen Kopf? Und da muß er sich als Hanswurst verkleiden, bloß damit ihn die Leute für einen jungen Mann halten! Ist es nicht ein Jammer und ein Elend?! Finden sie nicht auch, er hat einen schönen Kopf, Herr Doktor? Warten Sie, ich will ihn zurechtmachen, bevor wir ihn ins Bett stecken."

Sie trat zu einem Tisch, auf dem Waschbecken, Wasserkrug, Seife, Kamm und Bürste bereit waren. Sie nahm die Bürste, kam dann wieder ans Bett, bürstete dem alten Säufer das ganze wirre Haar glatt und gab ihm so im Handumdrehen das Aussehen eines Malermodells mit langen Locken, die bis auf den Hals niederfielen. Dann trat sie einen Schritt zurück und betrachtete ihn liebevoll:

„Nicht wahr, für sein Alter sieht er gut aus?"

„Sehr gut", bestätigte der Arzt, der sich nachgerade köstlich amüsierte.

Sie schwärmte weiter: „Und wenn Sie ihn erst gekannt hätten, als er fünfundzwanzig war! – Aber jetzt muß er gleich ins Bett, sonst drehen ihm seine Schnäpse noch den Magen um. Da, Herr Doktor, wollen Sie einmal am Ärmel ziehen? Höher... ja, so... gut... jetzt die Hose... Warten Sie, ich will ihm die

Schuhe ausziehen... So ist's gut. – Jetzt halten Sie ihn mir mal, bis ich das Bett aufgedeckt habe... So... jetzt legen wir ihn hin... Wenn Sie etwa glauben, er werde nachher beiseite rücken und mir Platz machen, sind Sie auf dem Holzweg. Ich muß schon sehen, wo ich unterkomme, gleichgültig, wo. Das kümmert ihn nicht im geringsten. Ah, du alter Genüßling, du!"

Sowie der Alte spürte, daß er im Bett lag, schloß er die Augen, schlug sie wieder auf und schloß sie dann erneut, und man sah seinem ganzen befriedigten Gesicht an, daß er fest entschlossen war, zu schlafen.

Der Doktor beobachtete ihn mit unablässig wachsender Anteilnahme; nun fragte er:

„Er geht also auf die Maskenbälle und spielt den Jüngling?"

„Auf alle geht er, Herr Doktor, und am Morgen kommt er mir dann in einem Zustand nach Hause, den man sich gar nicht vorstellen kann. Sehen Sie, er geht aus lauter Kummer dorthin, nur darum stülpt er sich ein Pappgesicht über sein eigenes. Ja, es wurmt ihn, daß er nicht mehr der gleiche ist wie früher einmal, und auch, daß er nicht mehr bei den Frauen Hahn im Korb ist wie damals."

Er schlief jetzt und fing sogar an zu schnarchen. Sie sah voll Mitleid auf ihn hinab und erzählte dann weiter:

„Oh, er hat Erfolg über Erfolg gehabt, der Mann! Mehr als man glauben würde, Herr Doktor, mehr als die schönsten Männer aus der vornehmen Gesellschaft und als alle Tenöre und Generale."

„Wirklich? Wie hat er das denn fertiggebracht?"

„Oh, das wird Sie zunächst erstaunen. Sie haben ihn ja nicht in seiner Glanzzeit gekannt. Ich habe ihn auch auf einem Ball zum erstenmal gesehen, denn er ist ja von jeher hingegangen. Kaum hatte ich ihn gesehen, so war ich ganz hin, ich zappelte wie ein Fisch an der Angel. Er war hinreißend nett, so nett, daß man am liebsten geweint hätte, wenn man ihn anschaute, rabenschwarz, und einen Wuschelkopf voller Locken hatte er, dazu zwei dunkle Augen, groß wie Fenster. Ach ja, er war ein bildhübscher Mann. An jenem Abend hat er mich mit sich heimgenommen, und ich bin nie wieder von ihm weggegangen, nie mehr, nicht einen Tag lang, trotz allem! Oh, er hat mir oft das Leben sauer gemacht!"

Der Arzt fragte: „Sind Sie verheiratet?"

Sie antwortete, ohne sich zu besinnen; „Ja, Herr Doktor... sonst hätte er mich sitzenlassen wie die andern. Ich bin seine Frau und sein Dienstmädchen gewesen, alles, alles, was er wollte ... Und ich habe viel geweint, seinetwegen... Aber er hat es nie sehen dürfen! Denn er hat mir alle seine Abenteuer erzählt... mir, ja, mir, Herr Doktor. Und er hat nie begriffen, wie weh es mir tat, wenn ich mir das anhören mußte..."

„Was für einen Beruf hatte er eigentlich?"

„Ja, natürlich... das habe ich ganz vergessen Ihnen zu sagen. Er war erster Gehilfe bei Martel, aber ein ‚Erster', wie es noch nie einen gegeben hat... Ein Künstler, der durchschnittlich zehn Franken in der Stunde verdiente..."

„Martel?... Wer ist denn Martel?"

„Der Coiffeur, Herr Doktor, der große Coiffeur der Oper, der alle Schauspielerinnen als Kundschaft hatte. Ja, alle die berühmtesten Künsterlinnen ließen sich von Ambroise frisieren und gaben ihm dann fürstliche Trinkgelder, so daß er ein Vermögen verdiente. Ach, Herr Doktor, alle Frauen sind einander gleich, jawohl, alle. Wenn ihnen ein Mann gefällt, dann müssen sie ihn haben. Das ist so leicht... und es schmerzt so bitter, wenn man es erfahren muß. Er erzählte mir nämlich alles... er konnte es nicht für sich behalten... nein, er konnte es einfach nicht. Diese Dinge machen den Männern doch so viel Freude! Vielleicht macht es ihnen noch größern Spaß, darüber zu reden, als sie zu tun.

Wenn ich ihn am Abend so heimkommen sah, ein bißchen blaß, mit zufriedener Miene und glänzenden Augen, dann sagte ich mir: ‚Wieder eine! Bestimmt hat er wieder eine aufgegabelt.‘ Dann hätte ich ihn so gern ausgefragt, ach, es drückte mir fast das Herz ab, und zugleich wollte ich nur eins: nichts wissen, ihn daran hindern, mir etwas zu erzählen, falls er davon anfangen wollte. Und dann sahen wir einander an.

Ich wußte genau, daß er den Mund nicht halten konnte, daß er noch darauf zu sprechen kommen mußte. Ich spürte das an seinem ganzen Auftreten, an der Art, wie er lachte, um mir zu verstehen zu geben: Heute habe ich ein tolles Weib gehabt, Madeleine! Ich tat, als sähe ich nichts, als ahnte ich nichts, und deckte den Tisch, trug die Suppe auf und setzte mich ihm gegenüber.

In solchen Augenblicken, Herr Doktor, war es, als hätte man mir meine Liebe zu ihm mit einem Stein im Leib zerstampft. Das tut weh, wissen Sie, verflucht weh. Aber er merkte es nicht, er wußte es nicht; er mußte das einfach jemandem erzählen, mußte damit prahlen, mußte zeigen, wie sehr man ihn liebte... Er hatte ja nur mich, konnte es nur mir erzählen... Verstehen Sie... nur mir... Da... mußte ich ihm eben zuhören und das alles wie Gift schlukken.

Er fing an, seine Suppe zu essen, und sagte dann: ‚Wieder eine, Madeleine.‘

Ich aber dachte: Es ist soweit. Mein Gott, was für ein Mann! Mußte ich gerade an den geraten?

Dann legte er los. ‚Wieder eine, Madeleine, und sogar noch eine ganz großartige...‘ Und dann war es eine Kleine vom Vaudeville oder auch ein Mädchen vom *Variété* oder manchmal auch eine von den großen, von den bekanntesten Damen vom Theater. Er nannte mir ihre Namen, beschrieb mir ihre

Wohnung und alles, alles, ja, alles, Herr Doktor… Einzelheiten, die mir beinahe das Herz zerrissen. Und immer wieder kam er darauf zurück, immer wieder fing er seine Geschichte von vorn an, vom Anfang bis zum Ende, und dabei war er so zufrieden, daß ich tat, als lachte ich, bloß damit er nicht auf mich böse wurde.

Vielleicht war das alles gar nicht wahr! Er prahlte so gern, daß er glatt imstande war, solche Dinge zu erfinden. Vielleicht stimmte es auch. An solchen Abenden gab er vor, er sei müde und wolle nach dem Nachtessen zu Bett gehen. Wir aßen immer erst um elf Uhr, Herr Doktor, denn er kam nie früher nach Hause, wegen der Frisuren für die Abendvorstellungen.

Wenn er sein Abenteuer fertig erzählt hatte, rauchte er Zigaretten und ging dabei im Zimmer auf und ab, und er war ein so hübscher Kerl mit seinem Schnurrbart und seinem Kraushaar, daß ich dachte: Es ist doch wahr! Alles, was er erzählt hat, ist wahr! Ich bin ja auch in ihn vernarrt, weshalb sollten die andern nicht ebenfalls in diesen Mann verschossen sein? Da hätte ich oft am liebsten losgeheult und mir alles vom Herzen geschrien und wäre auf und davon gelaufen oder hätte mich aus dem Fenster gestürzt, während ich den Tisch abdeckte und er eine Zigarette nach der anderen rauchte. Er gähnte und sperrte den Mund weit auf, um mir zu zeigen, wie müde er sei, und bevor er ins Bett stieg, sagte er zwei- oder dreimal: ‚Gott, wie werde ich heute nacht gut schlafen!‘

Ich trag’ ihm nichts nach, denn er wußte nicht, wie er mich quälte. Nein, er konnte es nicht wissen! Er spielte sich nun einmal gern mit seinen Weibern auf, wie ein Pfau sein Rad schlägt. Er war schließlich so weit, daß er glaubte, alle sähen ihn an und wollten ihn.

Ganz schlimm wurde es erst, als er alterte.

Oh, Herr Doktor, als ich sein erstes weißes Haar entdeckte, da durchzuckte mich ein Schrecken, daß es mir den Atem verschlug, und dann eine Freude – eine häßliche Freude – und doch eine so große, oh, so große Freude! Ich sagte mir: Jetzt ist's vorbei... jetzt ist es vorbei... Es war mir, als käme ich aus einem Gefängnis frei. Nun wollten die anderen nichts mehr von ihm, und ich hatte ihn ganz für mich allein.

Es war eines Morgens in unserem Bett. – Er schlief noch, und ich beugte mich über ihn und wollte ihn mit einem Kuß wecken, da sah ich in seinen Locken an der Schläfe eine fadendünne Strähne, die silberweiß glänzte. War das eine Überraschung! Ich hätte es nicht für möglich gehalten! Zuerst dachte ich daran, ich wolle es ausreißen, damit er es nicht sehe; als ich aber genauer hinschaute, entdeckte ich noch ein anderes, weiter oben. Weiße Haare! Er bekam weiße Haare! Mein Herz hämmerte zum Zerspringen, und meine Haut begann leicht zu schwitzen. Und doch war ich im Grunde froh!

Es ist häßlich, solche Gedanken zu haben; aber an jenem Morgen habe ich meine Hausarbeit gern und richtig vergnügt verrichtet. Ich weckte ihn noch nicht, und erst als er die Augen aufschlug, sagte ich zu ihm:

‚Weißt du, was ich entdeckt habe, während du schliefst?'

‚Nein.'

‚Ich habe gesehen, daß du weiße Haare hast.'

Er fuhr ärgerlich zusammen und setzte sich im Bett auf, als hätte ich ihn gekitzelt, und brummte böse: ‚Das ist nicht wahr.'

‚Doch, an der linken Schläfe. Vier weiße Haare.'

Er sprang mit einem Satz aus dem Bett und lief zum Spiegel.

Er fand sie nicht. Da zeigte ich ihm das erste, ganz unten, das kleine gekräuselte, und sagte:

‚Es nimmt mich ja nicht wunder bei dem Leben, das du führst. In zwei Jahren bist du fertig!‘

Na ja, Herr Doktor, ich hatte richtig prophezeit: Zwei Jahre später war er nicht wiederzuerkennen. Wie schnell sich doch so ein Mann verändert! Er war freilich immer noch ein hübscher Mann, aber er verlor seine Frische, und die Frauen liefen ihm nicht mehr nach. Ach, damals habe ich Schweres mit ihm durchgemacht! Er hat mich abscheulich behandelt. Nichts konnte ich ihm recht machen, rein gar nichts. Er hat seinen Beruf aufgegeben und einen Hutladen aufgemacht, und dabei ging ein Haufen Geld flöten. Dann hat er Schauspieler werden wollen, aber auch da hat er es zu nichts gebracht, und schließlich hat er angefangen, auf alle öffentlichen Bälle zu gehen. Immerhin war er vernünftig genug, ein wenig Geld auf die Seite zu legen. Davon bestreiten wir jetzt unseren Lebensunterhalt. Es reicht knapp aus, üppig ist es nicht! Wenn ich denke, daß er einmal fast ein Vermögen besessen hat!

Wie er's jetzt treibt, haben Sie ja gesehen. Es ist, wie wenn ihn eine Art Wahnsinn gepackt hätte. Er muß jung sein, muß mit Frauen tanzen, die nach Parfüm und Pomade duften. Armer Schatz, du!“

Tief gerührt, dem Weinen nah, betrachtete sie ihren greisen Mann, der schnarchte. Dann trat sie leise zu ihm hin und drückte ihm einen Kuß auf das Haar. Der Arzt war aufgestanden und schickte sich zum Gehen an. Er fand vor diesem seltsamen Paar keine Worte mehr.

Gerade als er gehen wollte, bat sie:

„Wollen Sie mir nicht vielleicht doch Ihre Adresse dalassen? Wenn es ihm je schlechter geht, könnte ich Sie holen.“

HEIMKEHR

Das Meer peitscht die Küste mit kurzen, stets gleichen Wellen. Kleine weiße Wolken treiben rasch wie Vögel am weiten blauen Himmel dahin, vom heftigen Wind davongetragen, und das Dorf in der Talfalte, die sich zum Ozean hinabzieht, wärmt sich in der Sonne.

Gleich am Anfang des Ortes steht einsam am Rand der Landstraße das Haus der Martin-Lévesques. Es ist eine kleine Fischerkate mit Lehmwänden und einem Strohdach, das blaue Schwertlilien wie ein Federbusch zieren. Ein Gärtchen, nicht viel größer als ein Taschentuch, macht sich vor der Tür breit. Zwiebeln, ein paar Kohlköpfe. Petersilie und Kerbel wachsen darin. Eine Hecke schließt es längs des Weges ab.

Der Mann ist auf Fischfang, und die Frau flickt vor dem Häuschen die Maschen eines großen braunen Netzes, das wie ein riesiges Spinngewebe über die Mauer gespannt ist. Ein vierzehnjähriges Mädchen sitzt auf einem Strohsessel beim Gartentor. Es hat den Stuhl hintenübergekippt, den Rücken an den Zaun gelehnt und stopft Wäsche, Armeleutewäsche, die schon oft ausgebessert und geflickt worden ist. Ein anderes, um ein Jahr jüngeres Mädchen wiegt in seinen Armen einen Säugling, der noch nicht gehen und sprechen kann, und zwei Bübchen, das eine zwei, das andere drei Jahre alt, hocken dicht voreinander auf der Erde, wühlen mit ihren tolpatschigen Händchen im Erdreich und werfen einander ganze Hände voll Staub ins Gesicht.

Niemand spricht. Nur der Säugling, den man in Schlaf zu wiegen versucht, weint leise, ohne abzusetzen, mit einem feinen quäkenden Stimmchen. Eine Katze schläft auf dem Fenstersims, und am Fuß der Mauer bilden voll aufgeblühte Levkojen ein dichtes Polster aus weißen Blüten, über dem ganze Schwärme von Fliegen summen.

Plötzlich ruft das kleine Mädchen, das beim Zauntor näht:

„Mama!“

Die Mutter antwortet:

„Was ist denn?“

„Da ist er wieder.“

Seit dem Morgen sind sie in Angst, weil ein Mann um das Haus streicht, ein alter Mann, der aussieht wie ein Bettler. Sie haben ihn schon bemerkt, als sie den Vater ans Boot begleitet hatten, um beim Ausfahren mit dabei zu sein. Er saß dem Haus gegenüber auf dem Grabenrand. Als sie dann vom Strand zurückkamen, war er immer noch da und sah zum Haus hinüber.

Er schien krank und sehr elend. Mehr als eine Stunde hatte er sich nicht gerührt; dann, als er sah, daß man ihn für einen Strolch ansah, war er aufgestanden und weitergehumpelt.

Bald aber hatten sie ihn mit seinen langsamen und müden Schritten wieder des Wegs kommen sehen. Und abermals hatte er sich hingesetzt, diesmal etwas weiter weg, als wollte er sie belauern.

Die Mutter und die Mädchen hatten Angst.

Zumal die Mutter quälte sich, denn sie war ängstlichen Gemütes, und Lévesque, ihr Mann, sollte erst bei einbrechender Nacht vom Fang zurückkommen.

Ihr Mann hieß Lévesque; sie nannte man Martin, und so hatte man sie die Martin-Lévesques getauft. Das war so gekommen: Sie hatte in erster Ehe einen Matrosen namens Martin geheiratet, der jeden Sommer nach Neufundland auf Kabeljaufang ausfuhr.

Nach zweijähriger Ehe gebar sie ihm ein Töchterchen, und sie war wieder im sechsten Monat schwanger, als das Schiff, auf dem ihr Mann Dienst tat, verschollen blieb. Es war eine Dreimast-Bark, die *Zwei Schwestern*.

Man hörte nie mehr etwas von ihr; keiner von den Matrosen der Besatzung kam zurück. Man nahm also an, sie sei mit Mann und Maus untergegangen.

Die Martin wartete zehn Jahre lang auf ihren Mann und zog mit Müh und Not ihre beiden Kinder auf. Da sie eine tüchtige und brave Frau war, hielt ein Fischer aus der Gegend, Lévesque, der Witwer war und einen Jungen hatte, um sie an.

Sie heiratete ihn und bekam in drei Jahren noch zwei Kinder.

Sie führten ein kümmerliches, arbeitsames Leben. Brot war teuer, und Fleisch war in ihrem Haus etwas fast Unbekanntes. Im Winter, wenn die Stürme tobten, mußte man zuweilen beim Bäcker Schulden machen. Aber die Kinder waren gesund. Es hieß im Dorf:

„Tüchtige Leute, die Martin-Lévesques. Die Martin rackert sich ab, und Lévesque ist im Fischfang allen über."

Das Mädchen, das beim Zaun saß, sagte:

„Man könnte meinen, er kennt uns. Vielleicht ist es ein Bettler aus Epreville oder Auzebosc."

Doch die Mutter war ihrer Sache sicher. Nein, nein, das war bestimmt keiner aus der Gegend!

Da er unbeweglich wie ein Zaunpfahl dasaß und unverwandt zum Haus der Martin-Lévesques herüberstarrte, wurde die Martin wütend. Die Angst verlieh ihr Mut, sie ergriff eine Schaufel und trat vor die Tür hinaus.

„Was tut Ihr da?" rief sie zu dem Vagabunden hinüber.

Er antwortete mit heiserer Stimme: „Frische Luft schnappen. Habt Ihr etwas dagegen?"

Sie rief zurück:

„Warum spioniert Ihr hier vor meinem Haus herum?"

Der Mann entgegnete:

„Ich tu' keinem Menschen etwas zuleide. Ist es

denn nicht erlaubt, sich an der Straße hinzusetzen?"

Da sie nichts darauf zu erwidern fand, ging sie wieder hinein.

Der Tag verging langsam. Gegen Mittag verschwand der Mann. Aber er kam um fünf Uhr wieder vorbei. Den ganzen Abend sah man ihn nicht mehr.

Lévesque kehrte erst zurück, als es schon finstere Nacht war. Man erzählte ihm alles. Er meinte:

„Entweder ist es ein zudringlicher Mensch oder irgendein Juxbruder."

Und er ging unbesorgt zu Bett, während seine Frau immer noch an den Herumstreicher denken mußte, der sie mit so sonderbaren Augen angestarrt hatte.

Als der Tag anbrach, stürmte es heftig, und der Matrose, der sah, daß er nicht ausfahren konnte, half seiner Frau beim Netzflicken.

Um neun Uhr kam das älteste Mädchen, eine Martin, das Brot geholt hatte, mit ganz verstörtem Gesicht heimgerannt und rief:

„Mama, er ist wieder da!"

Die Frau erschrak, sie wurde kreidebleich und sagte zu ihrem Mann:

„Geh du zu ihm hinaus und sprich mit ihm, Lévesque. Er soll nicht in einem fort so zu uns herüberstieren. Mich macht das ganz hintersinnig."

Und Lévesque, ein baumlanger Seemann mit ziegelroter Haut, einem dichten roten Bart, blauen Augen mit kohlschwarzen Punkten mittendrin, einem kräftigen Hals, den er zum Schutz vor Wind und Wetter auf hoher See immer mit einem Wollschal umwickelt hatte, ging ruhigen Schrittes hinaus und trat zu dem Herumstreicher.

Sie begannen ein Gespräch.

Die Mutter und die Kinder schauten ihnen von weitem angstvoll und zitternd zu.

Plötzlich stand der Unbekannte auf und kam mit Lévesque auf das Haus zu.

Die Martin wich zu Tode erschrocken zurück. Ihr Mann sagte zu ihr:

„Gib ihm ein Stück Brot und ein Glas Apfelwein. Er hat seit vorgestern nichts gegessen."

Sie traten zusammen ins Haus, die Frau und die Kinder gingen ihnen nach. Der Stromer setzte sich und fing an zu essen. Er hielt den Kopf gesenkt. Alle die Blicke, die auf ihm ruhten, waren ihm unbehaglich.

Die Mutter stand vor ihm und starrte ihn unverwandt an. Die beiden großen Mädchen, die Martinschen, lehnten an der Tür. Die eine trug das Jüngstgeborene auf dem Arm. Sie hielten ihre Augen gierig und wie gebannt auf ihn gerichtet, und die beiden Bübchen, die in der Asche des Kamins saßen, hatten von ihrem Spiel mit dem verrußten Kochkessel abgelassen, als wollten auch sie den Fremden genau betrachten.

Lévesque hatte sich einen Stuhl geholt und fragte ihn nun:

„Ihr kommt also von weit her?"

„Ich komme von Cette."

„Zu Fuß, so wie Ihr seid?"

„Ja, zu Fuß. Wenn man kein Geld hat, bleibt einem wohl nichts andres übrig."

„Wo wollt Ihr denn hin?"

„Hierher wollte ich."

„Kennt Ihr hier jemanden?"

„Schon möglich."

Dann schwiegen sie. Er aß gemächlich, obwohl er ausgehungert war, und trank nach jedem Bissen Brot einen Schluck Apfelwein. Er hatte ein verlebtes, eingefallenes Gesicht voller Runzeln und hatte allem Anschein nach viel Schweres durchgemacht.

„Wie heißt Ihr?"

Er antwortete, ohne aufzublicken:

„Ich heiße Martin."

Ein unerklärlicher Schauder ließ die Mutter zusammenfahren. Sie machte einen Schritt auf den Landstreicher zu, als wollte sie ihn von näher betrachten, und blieb mit herabhängenden Armen und offenem Mund vor ihm stehen. Niemand sprach mehr ein Wort. Schließlich fragte Lévesque weiter:

„Seid Ihr von hier?"

Er antwortete: „Ja, ich bin von hier."

Und als er endlich doch den Kopf hob, trafen sich die Augen der Frau und die seinen und blieben starr ineinander haften, ohne sich loszulassen, als hätten ihre Blicke sich festgekrallt.

Auf einmal sagte sie mit ganz veränderter, leiser, zitternder Stimme:

„Bist du's, mein Mann?"

Langsam brachte er hervor:

„Ja, ich bin es."

Er rührte sich nicht und kaute weiter an seinem Brot.

Lévesque war eher erstaunt als erregt. Er fragte zögernd:

„Bist du's wirklich, Martin?"

Der andere antwortete einfach:

„Ja, der bin ich."

Da fragte der zweite Mann:

„Wo kommst du denn her?"

Der erste erzählte:

„Von der afrikanischen Küste. Wir sind auf eine Sandbank aufgelaufen. Zu dritt haben wir uns gerettet, Picard, Vatinel und ich. Dann sind wir von Wilden gefangen worden, sie haben uns zwölf Jahre lang festgehalten. Picard und Vatinel sind gestorben. Mich hat ein reisender Engländer mitgenommen und nach Cette gebracht. Und da bin ich nun."

Die Martin hatte ihr Gesicht in die Schürze vergraben und weinte.

Lévesque sagte leise:

„Was sollen wir nur tun?"

Martin fragte:

„Bist du jetzt ihr Mann?“

Lévesque antwortete:

„Ja, das bin ich.“

Ihre Blicke trafen sich, und sie schwiegen.

Da betrachtete Martin die Kinder, die ihn im Kreis umstanden, deutete mit einer Kopfbewegung auf die beiden großen Mädchen und fragte:

„Sind das meine?“

Lévesque bestätigte:

„Das sind deine.“

Er stand nicht auf, küßte sie nicht, er stellte nur fest:

„Gütiger Gott, sind die schon groß!“

Lévesque sagte aufs neue:

„Was sollen wir nur machen?“

Martin war ebenso ratlos und wußte es auch nicht. Zuletzt entschied er sich:

„Ich will mich ganz nach dir richten. Ich möchte nichts tun, was dir nicht recht ist. Immerhin, es ist ärgerlich, im Hinblick auf das Haus. Ich habe zwei Kinder, du hast drei, jeder die seinen. Gehört jetzt die Mutter dir oder gehört sie mir? Ich bin einverstanden, wie du's haben willst. Aber das Haus gehört mir, das hat mir mein Vater hinterlassen, ich bin hier geboren, und es liegt auch was Schriftliches beim Notar.“

Die Martin weinte noch immer und schluchzte leise in ihre blaue Linnenschürze. Die beiden großen Mädchen waren nähergekommen und schauten ihren Vater ängstlich an.

Er war mit Essen fertig. Jetzt sagte auch er:

„Was sollen wir nur tun?“

Lévesque hatte einen guten Gedanken:

„Wir gehen zum Pfarrer. Der soll entscheiden.“

Martin erhob sich, und als er auf seine Frau zuging, warf sie sich schluchzend an seine Brust.

„Mein Mann! Da bist du wieder! Martin, mein armer Martin, du bist wieder da!“

Sie hielt ihn fest umschlungen, plötzlich berührt von einem Hauch der Vergangenheit, von Erinnerungen überwältigt, die ihr die Zeit, als sie zwanzig war, und ihre ersten Umarmungen wieder ins Gedächtnis riefen.

Auch Martin war tief bewegt und küßte sie auf ihre Haube. Die beiden Kinder im Kamin fingen an zu heulen, als sie ihre Mutter weinen hörten, und der Jüngste auf dem Arm der zweitältesten Martinschen quäkte schrill los wie eine verstimmte Querpfeife.

Lévesque stand dabei und wartete.

„Gehen wir", sagte er, „wir müssen die Sache in Ordnung bringen."

Martin ließ seine Frau los, und als er seine beiden Töchter anblickte, sagte die Mutter zu ihnen:

„Gebt eurem Vater wenigstens einen Kuß."

Sie traten beide zugleich zu ihm heran, ohne eine Träne in den Augen, erstaunt und ein bißchen ängstlich.

Und er küßte sie, eine nach der andern, auf beide Wangen, mit einem derben bäurischen Schmatz. Als der Jüngste den fremden Mann auf sich zukommen sah, stieß er ein so durchdringendes Geschrei aus, daß er fast Krämpfe bekam.

Dann gingen die beiden Männer zusammen fort.

Als sie am Café du Commerce vorbeikamen, fragte Lévesque:

„Wie wär's mit einem Schnäpschen?"

„Ich bin schon dabei", erklärte Martin.

Sie traten ein, setzten sich in die noch leere Gaststube, und Lévesque rief:

„Heda, Chicot! Zwei Doppelstarke vom Guten. Martin ist heimgekommen. Martin, du weißt ja, der Mann von meiner Frau, Martin von den *Zwei Schwestern*, der Verschollene."

Und der Wirt, ein schmerbäuchiger, vollblütiger Mensch, der vor Fett fast platzte, trat mit drei Gläsern in der einen Hand und einer Flasche in der andern zu ihnen und fragte gemütsruhig:

„Schau an! Da bist du ja wieder, Martin?“

Martin antwortete:

„Da bin ich wieder.“

WER WEISS?

I

Mein Gott! Mein Gott! Ich bin also endlich soweit, daß ich niederschreiben kann, was ich erlebt habe! Aber werde ich es auch können? Werde ich es über mich bringen? Es ist alles so seltsam, so unerklärlich und unbegreiflich, so irrsinnig!

Wäre ich nicht sicher, daß ich das alles gesehen habe, wüßte ich nicht genau, daß in meinen Folgerungen keinerlei Fehlschluß möglich ist, daß kein Irrtum in meinen Wahrnehmungen vorliegt, keine Lücke in der unerbittlichen Kette meiner Beobachtungen besteht, dann würde ich glauben, ich sei einfach einer Sinnestäuschung zum Opfer gefallen, ich hätte mich von einer rätselhaften Vision narren lassen. Schließlich, wer weiß!

Heute lebe ich in einer Heilanstalt. Aber ich bin freiwillig hineingegangen, aus Vorsicht, aus Angst! Ein einziger Mensch kennt meine Geschichte. Der Arzt hier. Jetzt will ich sie aufschreiben. Ich weiß selbst nicht recht, warum. Um sie loszuwerden, denn ich fühle sie in mir wie einen unerträglichen Alpdruck.

Folgendes hat sich zugetragen:

Ich bin seit jeher ein Einzelgänger gewesen, ein Träumer, eine Art Sonderling und Grübler, wohlwollend, mit wenigem zufrieden, ohne Bitterkeit gegen die Menschen und ohne Hader gegen den Himmel. Ich habe mich zeitlebens abgesondert und einsam gelebt, aus einer Art Schamgefühl, das mich in Gegenwart anderer beschleicht. Wie kann man das erklären? Ich könnte es nicht. Ich sperre mich nicht dagegen, unter die Menschen zu gehen, mit meinen Freunden zu plaudern oder zu speisen; aber wenn ich sie geraume Zeit in meiner Nähe habe, spüre ich, wie sie alle, auch die nächststehenden, mich müde machen, wie sie mir zum Hals heraushängen und auf die Nerven gehen, und ich empfinde ein mehr und mehr wachsendes Verlangen, den geradezu quälenden Wunsch, sie möchten jetzt fortgehen, oder ich selbst könnte mich davonmachen und allein sein.

Dieser Wunsch ist mehr als ein bloßes Bedürfnis, er ist eine zwingende Notwendigkeit. Und würden die Leute, mit denen ich zusammen bin, länger bleiben, müßte ich ihre Gespräche länger mit anhören, geschweige denn gar ihnen ein aufmerksames Ohr leihen, dann würde mir bestimmt etwas Schlimmes zustoßen. Doch was? Ach, wer weiß? Vielleicht nur eine Ohnmacht? Ja! Wahrscheinlich!

Ich bin so gern allein, daß ich nicht einmal die Nähe anderer Menschen, die im selben Hause schlafen, ertragen kann. In Paris zu wohnen ist mir unmöglich, weil ich mich dort in einem fort sterbenselend fühle. Ich gehe seelisch zugrunde, und mein Körper wie auch meine Nerven machen wahre Martern durch, so bringt mich die unzählbare Menschenmasse, die rings um mich wimmelt und lebt, herunter, selbst wenn sie schläft. Ach, der Schlaf der andern peinigt mich noch ärger, als was sie sprechen. Und ich kann mich nie ausruhen, wenn ich weiß, ja wenn ich nur spüre, daß hinter einer Wand Menschen atmen, deren Leben durch dieses regelmäßige Aussetzen der Vernunft unterbrochen ist.

Warum bin ich so? Wer weiß? Vielleicht ist es sehr einfach zu erklären: Ich werde sehr rasch all dessen überdrüssig, was nicht in meinem Innern vorgeht. Und es gibt viele Menschen, die im gleichen Falle sind wie ich.

Wir sind zweierlei verschieden geartete Menschen auf Erden. Diejenigen, die andere Menschen nötig haben, denen die andern Ablenkung, Beschäftigung, Ruhe bieten, die vom Alleinsein ermattet, erschöpft, völlig entkräftet werden wie durch die Besteigung eines gefährlichen Gletschers oder die Durchquerung der Wüste – und diejenigen, die im Gegenteil durch andere ermüdet, gelangweilt, belästigt, richtig gerädert werden, während die Abgeschiedenheit sie beruhigt und mit Ruhe erquickt und ihrem Denken Unabhängigkeit und ungebundene Phantasie beschert.

Im ganzen genommen, handelt es sich hier um ein normales psychisches Phänomen. Die einen haben die Gabe, nach außen zu leben, die andern, ihr Leben nach innen zu führen. Bei mir ist die Aufmerksamkeit für äußere Dinge nur beschränkt rege und rasch erschöpft, und sobald sie ihre Grenzen erreicht hat, empfinde ich in meinem ganzen Körper und in meinem ganzen Fühlen und Denken ein unerträgliches Unbehagen.

Daraus folgte, daß ich mein Herz – früher und auch jetzt noch – an unbelebte Gegenstände hängte. Sie bekommen für mich die Bedeutung von lebenden Wesen, und mein Haus ist (oder war) mir zu einer Welt geworden, in der ich ein abgeschiedenes und tätiges Leben führte, umgeben von lauter Dingen, Möbeln, altvertrauten Nippsachen, die meinen Augen wohltun wie sympathische Gesichter. Ich hatte das Haus nach und nach damit vollgestellt, ich hatte es damit geschmückt und fühlte mich darin zufrieden, getröstet, glücklich wie in den Armen einer liebenswerten Frau, deren gewohnte Zärtlichkeit zu einem stillen und sanften Bedürfnis geworden ist.

Ich hatte dieses Haus in einem schönen Garten erbauen lassen, der es von den Landstraßen absonderte, und zwar vor den Toren einer Stadt, in der ich gelegentlich gesellschaftlichen Umgang finden konnte, wenn ich vielleicht hie und da Verlangen danach verspürte. Alle meine Dienstboten schliefen in einem abgelegenen Gebäude hinten im Gemüsegarten, der von einer hohen Mauer umschlossen war. In der Stille meiner entlegenen Wohnstätte, die verborgen und versunken unter dem Laub der mächtigen Bäume lag, wirkte die dunkle Nacht, die mich umhüllte, so ausruhend und wohltuend auf mich, daß ich jeden Abend stundenlang das Zubettgehen hinauszögerte, um diese Stimmung länger genießen zu können.

An jenem Tag hatte man im Stadttheater *Sigurd* gespielt. Ich hatte diese herrliche, zauberhafte Oper zum erstenmal gehört und mich sehr daran gefreut.

Ich ging zu Fuß nach Hause, munteren Schrittes, den Kopf voll von Melodien und Tönen, und meine Augen waren noch trunken von anmutigen Bildern. Es war finster, stockfinster, so finster, daß ich kaum die Landstraße erkennen konnte und ein paarmal fast in den Graben gepurzelt wäre. Von der Stadtgrenze bis zu meinem Haus hat man ungefähr einen Kilometer zu gehen, vielleicht ist es etwas weiter, also rund zwanzig Minuten, wenn man gemächlich geht. Es war ein Uhr morgens, ein Uhr oder auch halb zwei. Der Himmel hellte sich vor mir etwas auf, und der Mond wurde sichtbar, die traurige Mondsichel des letzten Viertels. Der Mond im ersten Viertel, der um vier oder fünf Uhr abends aufgeht, ist hell, fröhlich, silbrig glänzend; aber die Sichel, die nach Mitternacht am Himmel emporsteigt ist rötlich, trüb, beängstigend, ein Mond, der so recht zum Hexensabbat paßt. Alle, die in der Nacht unterwegs sind, haben das vermutlich schon beobachtet. Die erstere, und wäre sie fadendünn, wirft einen zwar schwachen, doch frohgemuten Schein, der das Herz erfreut und auf der Erde scharf umrissene Schatten zeichnet. Die zweitgenannte verbreitet kaum ein blasses Licht, das so trüb ist, daß es fast keine Schatten wirft.

Ich nahm in der Ferne die dunkle Masse meines Gartens wahr, und da befiel mich – ich weiß nicht, wie es kam – ein unerklärliches Unbehagen bei der Vorstellung, ich müsse dort hineingehen. Ich ging langsamer. Die Luft war sehr mild. Die mächtige Baumgruppe sah aus wie eine Gruft, unter der mein Haus begraben lag.

Ich öffnete mein Gartentor und betrat die lange Sykomorenallee, die auf das Haus zuführte. Sie wölbte sich über dem Weg wie ein hoher Tunnel und führte durch dichte Gebüsche und um Rasenflächen herum, in denen die Blumenbeete unter der weniger undurchdringlichen Finsternis sich wie ovale Flecken mit verschwommenen Umrissen abhoben.

Als ich näher auf das Haus zukam, wurde mir mit einemmal seltsam beklommen zumute. Ich blieb stehen. Nichts war zu hören. Kein Lufthauch bewegte die Blätter. Was habe ich bloß? dachte ich. Seit zehn Jahren kam ich so nach Hause, ohne daß mich je auch nur im entferntesten die leiseste Unruhe angewandelt hätte. Angst hatte ich nicht. Ich habe mich nachts nie gefürchtet. Hätte ich einen Menschen, einen Halunken, einen Dieb gesehen, so hätte mich eine rasende Wut gepackt, und ich hätte mich ohne Zögern auf ihn gestürzt. Außerdem war ich bewaffnet. Ich hatte meinen Revolver bei mir. Aber ich ließ ihn, wo er war, denn ich wollte das Angstgefühl nicht in mir aufkommen lassen, das mich beschlich.

Was war es nur? Eine Vorahnung? Das rätselhafte, bange Vorgefühl, das sich der Sinne der Menschen bemächtigt, wenn sie etwas Unerklärliches kommen sehen? Vielleicht. Wer weiß?

Während ich vorwärtsging, überlief es mich allmählich kalt und kälter, und als ich vor der Umfriedungsmauer meiner weitläufigen Behausung mit ihren geschlossenen Läden stand, fühlte ich, daß ich ein paar Minuten warten müsse, ehe ich die Tür aufmachte und hineinging. Ich setzte mich also auf eine Bank unter den Fenstern meines Wohnzimmers. Dort blieb ich sitzen, leicht zitternd, den Kopf gegen die Mauer gelehnt, und schaute in das dunkle Laubwerk. In diesen ersten Augenblicken bemerkte ich nichts Ungewöhnliches ringsum. In meinen Ohren brummte es von Zeit zu Zeit; doch das habe ich oft. Manchmal meine ich Eisenbahnzüge vorbeifahren zu hören, es ist mir, als hörte ich Glocken läuten, als hörte ich eine Menschenmenge vorübergehen.

Bald wurde dieses Brummen deutlicher, präziser, erkennbarer. Ich hatte mich getäuscht. Es war nicht das gewöhnliche Sausen meiner Arterien, das solche Geräusche in meine Ohren übertrug, sondern ein ganz besonderes, freilich sehr verworrenes Geräusch, das ohne jeden Zweifel aus dem Innern meines Hauses kam.

Ich vernahm es durch die Mauer hindurch, dieses unausgesetzte Geräusch. Es war eher ein Scharren als ein Geräusch, ein schwer bestimmbares Rumoren vieler Dinge, als hätte jemand alle meine Möbel leise gerüttelt, vom Platz gerückt und hin und her geschoben.

Oh, ich habe noch ziemlich lange daran gezweifelt, ob ich recht gehört hatte. Doch als ich mein Ohr an einen Laden hielt, um den seltsamen Aufruhr in meiner Wohnung besser wahrzunehmen, war ich schließlich überzeugt, völlig sicher, daß in meinem Hause etwas Ungewöhnliches und Unbegreifliches vorging. Ich hatte keine Angst, aber ich war... Wie soll ich es in Worte fassen?... Ich war entsetzt und erstaunt zugleich. Ich machte meinen Revolver nicht schußfertig – ich ahnte, ja ich wußte, daß er mir nichts nützen würde. Ich wartete.

Ich wartete lange, ich konnte mich zu nichts entschließen. Mein Geist war völlig licht, aber ich stand irrsinnige Ängste aus. Ich wartete. Ich war aufgestanden und lauschte noch immer dem Geräusch, das stetig zunahm, das manchmal eine heftige Intensität annahm und fast zu einem ungeduldigen, zornigen Grollen, zu einem geheimnisvollen Aufruhr ausartete.

Dann nahm ich plötzlich, voll Scham über meine Feigheit, meinen Schlüsselbund hervor, suchte den passenden heraus, steckte ihn ins Schloß, drehte ihn zweimal um und stieß die Tür mit aller Kraft auf, so daß der Flügel gegen die Wand prallte.

Der Aufprall knallte wie ein Gewehrschuß, und da antwortete diesem Knall ein fürchterlicher Tumult, der von unten bis oben in meinem Haus losbrach. Das kam so unerwartet, so entsetzlich, so ohrenbetäubend, daß ich ein paar Schritte zurückwich und, obwohl ich deutlich fühlte, daß es nutzlos war, meinen Revolver aus dem Futteral zog.

Noch immer wartete ich, oh, nur eine kleine Weile. Jetzt vernahm ich deutlich ein sonderbares Trampeln auf den Stufen meiner Treppe, auf den Parkettböden, den Teppichen, ein Getrappel, das nicht von Schuhsohlen, nicht von menschlichem Schuhwerk herrührte, sondern von Krücken, von Krücken aus Holz und Eisen, die wie Zimbeln dröhnten. Und dann sah ich auf einmal unter meiner Tür einen Lehnstuhl, meinen großen Armstuhl, in dem ich zu lesen pflegte. Er kam im Schlendergang herausgewackelt und ging durch den Garten davon. Hinter ihm her kamen andere, die Sessel aus meinem Wohnzimmer, dann die niedrigen Ruhebetten, die wie Krokodile auf ihren kurzen Beinen fortkrochen. Dann hüpften alle meine Stühle wie Ziegen munter hopsend vorbei, und zuletzt die kleinen Hocker, die wie Kaninchen vorüberhoppelten.

Oh! wie aufregend! Ich verkroch mich in ein dichtes Gebüsch, kauerte mich darin nieder und schaute gespannt dem Vorbeizug meiner Möbel zu. Denn sie machten sich alle davon, eines hinter dem andern, rasch oder langsam, je nach Größe und Gewicht. Mein Klavier, mein großer Flügel, galoppierte vorbei wie ein durchgehendes Pferd, und in seinem Innern klirrten leise die Saiten. Die kleinsten Ausstattungsgegenstände flitzten über den Sand gleich

Ameisen, die Bürsten, Kristallfläschchen, Schalen, und schillerten im Mondenschein wie Leuchtkäferchen. Die Stoffe krochen daher, legten sich dann wie Seepolypen, Lachen gleich, breit hin. Ich sah meinen Schreibtisch herauskommen, ein seltenes, wertvolles, zierliches Möbel aus dem letzten Jahrhundert. Darin verwahrte ich alle meine Briefe, die ich erhalten hatte, die ganze Geschichte meines Herzens, eine alte Geschichte, unter der ich so schwer gelitten hatte! Und darin waren auch Fotografien.

Plötzlich hatte ich keine Angst mehr. Ich stürzte mich auf meinen Schreibtisch und packte ihn, wie man einen Dieb packt, wie man eine Frau festhält, wenn sie davonlaufen will. Aber er rannte unaufhaltsam weiter, und trotz all meinem Kraftaufwand und ungeachtet meines Zorns konnte ich nicht einmal seinen Lauf etwas aufhalten. Wie ich mich nun verzweifelt gegen diese fürchterliche Kraft anstemmte, schlug ich bei diesem wütenden Ringen lang auf den Boden hin. Da kugelte er mich vor sich her, schleifte mich durch den Sand, und schon begannen die Möbel, die hinter ihm kamen, über mich hinwegzugehen; sie trampelten auf mir herum, daß meine Beine ganz zerquetscht und wund waren. Als ich ihn dann fahrenließ, rannten die andern alle über mich hinweg wie eine Kavallerieattacke über einen vom Pferd gestürzten Soldaten.

Halb wahnsinnig vor Entsetzen, konnte ich mich schließlich aus der großen Allee abseits schleppen und mich aufs neue unter den Bäumen verstecken, und so sah ich zu, wie die winzigsten, die geringsten, die bescheidensten Dinge verschwanden, Sachen, von denen ich überhaupt nichts mehr wußte, kurz, alles, was mein Eigentum gewesen war.

Dann hörte ich weit hinten in meinem Haus, das jetzt hohl klang wie alle leeren Häuser, ein fürchterliches Getöse zuschlagender Türen. Sie fielen im ganzen Hause krachend ins Schloß, von oben bis unten, bis schließlich die Tür des Vestibüls, die ich Unsinniger diesem Auszug selbst geöffnet hatte, sich als letzte geschlossen hatte.

Jetzt ergriff auch ich die Flucht und rannte stadtwärts, und erst, als ich in den Straßen Leuten begegnete, die zu dieser späten Stunde auf dem Heimweg waren, fand ich mein kaltes Blut wieder. Ich klingelte an der Tür eines Hotels, wo ich bekannt war. Ich hatte mit den Händen den Staub von meinen Kleidern geklopft und erzählte nun, ich hätte meinen Schlüsselbund verloren, und daran sei auch der Schlüssel zum Gemüsegarten gewesen, wo meine Dienstboten in einem Haus für sich schliefen, hinter der Umfriedungsmauer, die mein Obst und mein Gemüse vor Dieben schütze.

Ich vergrub mich bis zu den Augen in dem Bett, das man mir gab. Aber ich fand keinen Schlaf und wartete auf den grauenden Morgen, während ich dem rasenden Pochen meines Herzens lauschte. Ich hatte Weisung gegeben, mein Gesinde, sobald es tagte, zu benachrichtigen, und so klopfte denn mein Kammerdiener schon um sieben Uhr früh an meine Tür.

Sein Gesicht sah ganz verstört aus.

„Es ist heute nacht etwas Schreckliches passiert", sagte er.

„Was denn?"

„Man hat das ganze Mobiliar gestohlen, alles, alles ohne Ausnahme, sogar die kleinsten Dinge."

Diese Nachricht freute mich. Warum? Wer weiß? Ich war vollkommen Herr meiner selbst, ich war sicher, daß ich alles, was ich mit angesehen hatte, für mich behalten könne, daß ich es verhehlen, in meinem Bewußtsein begraben könne wie ein furchtbares Geheimnis. Ich antwortete also:

„Dann sind es bestimmt die gleichen Diebe gewesen, die mir auch meine Schlüssel gestohlen haben. Man muß sofort die Polizei benachrichtigen. Ich stehe gleich auf und bin in ein paar Minuten auch dort."

Die Untersuchung zog sich über fünf Monate hin. Sie führte zu keinerlei Ergebnissen, man fand nichts, nicht das kleinste meiner Möbel und Kunstgegenstände noch die leiseste Spur der Diebe. Ja, zum Donnerwetter! Hätte ich gesagt, was ich wußte... Hätte ich es gesagt... dann hätte man mich eingesperrt und nicht die Diebe! Mich, als den Menschen, der so etwas hatte sehen können.

Oh, ich war klug und schwieg. Aber mein Haus habe ich nicht wieder möbliert. Das hätte ja keinen Sinn gehabt. Es hätte immer wieder von vorne angefangen. Ich wollte nicht mehr dorthin zurück. Ich ging auch nicht mehr dorthin zurück. Ich habe mein Haus nicht wiedergesehen.

Ich fuhr nach Paris, wohnte in einem Hotel und konsultierte mehrere Ärzte über meinen Nervenzustand, der mich seit jener beklagenswerten Nacht sehr beunruhigte.

Sie rieten mir, auf Reisen zu gehen. Ich befolgte ihren Rat.

II

Ich machte zunächst einen Abstecher nach Italien. Die Sonne tat mir gut. Ein halbes Jahr lang reiste ich ohne festes Ziel von Genua nach Venedig, von Venedig nach Florenz, von Florenz nach Rom, von Rom nach Neapel. Dann streifte ich durch Sizilien, ein Land, das wegen seiner Naturpracht und seiner Bauwerke, um all der Überreste aus der Zeit der Griechen und Normannen willen, bewundernswert ist. Ich fuhr nach Afrika hinüber und durchquerte gemächlich die große gelbe und schweigende Wüste, in der Kamele, Gazellen und wandernde Araber umherziehen. In ihrer leichten, klaren Luft kann es weder tagsüber noch nachts spuken.

Ich kehrte über Marseille nach Paris zurück, und trotz der provenzalischen Lebensfreude stimmte mich das trübere Licht des Himmels traurig. Ich verspürte bei meiner Heimkehr nach Europa das beängstigende Gefühl, das ein Kranker empfindet, der sich geheilt glaubt, bis ihn ein dumpfer Schmerz warnt, daß der Herd des Übels nicht erloschen ist.

Dann fuhr ich nach Paris. Schon nach einem Monat wurde es mir dort langweilig. Es war Herbst, und ich beschloß, noch vor Einbruch des Winters eine kleine Reise durch die Normandie zu machen, da ich sie noch gar nicht kannte.

Selbstverständlich ging ich zuerst nach Rouen, und acht Tage lang wanderte ich wohltuend abgelenkt, entzückt, begeistert in dieser mittelalterlichen Stadt, diesem erstaunlichen Museum außerordentlicher Baudenkmäler, umher.

Als ich nun aber eines Abends gegen vier Uhr in eine unwahrscheinlich seltsame Gasse einbog, in der ein tintenschwarzer Bach, *Eau de Robec* genannt, dahinfloß, wurde meine völlig durch das sonderbare, altertümliche Aussehen der Häuser gefesselte Aufmerksamkeit auf einmal durch den Anblick einer ganzen Reihe von Trödlerläden abgelenkt, die einer neben dem andern folgten.

Ah, sie hatten ihren Aufenthaltsort gut gewählt, diese schmierigen Händler mit allerhand altem Ramsch, in diesem phantastischen Gäßchen über dem finsteren Wasserlauf, unter diesen spitzigen Ziegel- und Schieferdächern, auf denen immer noch dieselben alten Wetterfahnen knarrten wie in früheren Zeiten.

Hinten in den dunklen Läden sah man haufenweise geschnitzte Truhen, Fayencen aus Rouen, Nevers, Moustiers, buntbemalte Statuen, andere aus Eichenholz, Christusbilder, Madonnen, Heilige, Kirchenzierat, Meßgewänder, Chorröcke, sogar heilige Gefäße und ein altes Tabernakel aus vergoldetem Holz, das außer Gebrauch war. Oh, was für seltsame Höhlen waren doch in diesen hohen Häusern, diesen großen Häusern, die vom Keller bis zum Dachboden vollgepfropft waren mit Dingen aller Art, deren Zeit vorüber schien, die ihre ursprünglichen Besitzer, ihr Jahrhundert, ihre Zeit, ihre Moden überlebt hatten und jetzt von neuen Geschlechtern als Kuriosität gekauft werden sollten.

In dieser Hochburg der Antiquitätenhändler erwachte meine Liebe zu schönen Möbeln und Gegenständen wieder. Ich ging von Laden zu Laden, überquerte mit zwei langen Schritten die Brücken aus vier morschen Brettern, die über den übelriechenden Wasserlauf der *Eau de Robec* führten.

Barmherziger Himmel! Was für ein Schrecken durchfuhr mich! Einer meiner schönsten Schränke stand vor mir, am Rande eines Gewölbes, das mit den verschiedenartigsten Gegenständen vollgestopft war und aussah wie der Eingang zu den Katakomben eines Friedhofs für alte Möbel! An allen Gliedern zitternd ging ich näher heran. Ich zitterte so schrecklich, daß ich ihn nicht anzurühren wagte. Ich streckte die Hand aus, zögerte aber. Und doch: er war es wirklich! Ein Louis-XIII-Schrank, ein einzigartiges Stück, das jeder, der es nur einmal gesehen hatte, sogleich wiedererkennen mußte. Als ich dann unwillkürlich meine Augen über die dunklen Tiefen des Gewölbes hinschweifen ließ, da gewahrte ich drei meiner Lehnstühle mit Petit-Point-Bezügen, dann noch weiter hinten meine beiden Henri-II-Tische, die so große Raritäten waren, daß oft Leute aus Paris gekommen waren, um sie sich anzusehen.

Man stelle sich meine seelische Verfassung vor!

Und ich ging weiter hinein, halb gelähmt, halb tot vor Erregung, aber ich ging vorwärts, denn ich bin nicht feige, ich ging weiter, immer weiter, wie ein Ritter in uralten Zeiten in eine Zauberhöhle eindrang. Schritt um Schritt fand ich alles wieder, was mir gehört hatte, meine Leuchter, meine Bücher, meine Gemälde, meine Stoffe, meine Waffen, alles, außer dem Schreibtisch mit meinen Briefen. Den sah ich nirgends.

Ich ging weiter, stieg in dunkle Gänge hinab und hernach in die oberen Stockwerke hinauf. Ich war allein. Kein Mensch war in diesem weitläufigen, wie ein Labyrinth verwinkelten Haus zu sehen.

Die Nacht brach herein, und ich mußte mich in der Finsternis auf einen meiner Stühle setzen, denn ich wollte auf keinen Fall weggehen. Von Zeit zu Zeit rief ich: „Hallo! Hallo! Ist niemand da?“

Ich war bestimmt schon über eine Stunde da, als ich Schritte hörte, leichte, langsame Schritte, ich weiß nicht, wo. Es fehlte nicht viel, und ich wäre davongelaufen. Doch dann ermannte ich mich und rief von neuem, und nun gewahrte ich einen Lichtschimmer im anstoßenden Zimmer.

„Wer ist da?“ sagte eine Stimme.

Ich antwortete: „Ein Käufer.“

Die Stimme erwiderte:

„Es ist reichlich spät, um einfach so in einen Laden hereinzukommen.“

Ich versetzte:

„Ich warte seit mehr als einer Stunde auf Sie.“

„Sie hätten ja morgen wieder vorbeikommen können.“

„Morgen bin ich nicht mehr in Rouen.“

Ich wagte nicht weiterzugehen, und er kam und kam nicht. Ich sah immer den Schein seines Lichts, das einen Wandteppich beleuchtete, auf dem zwei Engel über den Gefallenen eines Schlachtfeldes schwebten. Auch dieser Teppich gehörte mir. Ich sagte:

„Was ist? Kommen Sie bald?“

Er antwortete:

„Ich warte auf Sie.“

Da stand ich auf und ging zu ihm hinüber.

Mitten in einem geräumigen Zimmer stand ein ganz winziges Männchen. Es war ganz klein und sehr dick, dick wie eine gespenstische Erscheinung, ein grauenhafter Nachtmahr.

Er hatte einen spärlichen Bart mit ungleich langen, schütteren, gelblichen Haaren, und nicht ein einziges Haar auf dem ganzen Kopf! Nicht ein einziges Haar! Da er seine Kerze mit ausgestrecktem Arm hochhielt, um mich sehen zu können, erschien mir sein Schädel wie ein kleiner Mond in diesem großen, mit alten Möbeln vollgestopften Raum. Das Gesicht war verrunzelt und aufgedunsen, die Augen nicht wahrnehmbar.

Ich handelte drei Stühle ein, die eigentlich mir gehörten, und zahlte auf der Stelle eine erkleckliche Summe. Dann gab ich nur die Nummer meines Zimmers im Hotel an. Sie sollten am nächsten Morgen vor neun Uhr dort abgeliefert werden.

Dann ging ich hinaus. Er begleitete mich äußerst höflich bis zur Haustür.

Ich begab mich unverzüglich zum Hauptpolizeikommissar und erzählte ihm, wie mir mein Mobiliar gestohlen worden war und was ich soeben entdeckt hatte.

Er verlangte sofort telegrafisch Auskunft bei der Staatsanwaltschaft, die die Untersuchung dieses Diebstahl durchgeführt hatte, und bat mich, die Antwort abzuwarten. Eine Stunde später traf sie ein. Sie lautete für mich sehr zufriedenstellend.

„Ich werde den Mann festnehmen und sofort verhören lassen", sagte der Kommissar zu mir, „denn er könnte Verdacht geschöpft haben und Ihr Eigentum verschwinden lassen. Wollen Sie inzwischen zu Abend essen und in etwa zwei Stunden wieder hierherkommen? Dann ist er hier, und ich kann ihn in Ihrem Beisein einem neuen Verhör unterziehen."

„Sehr gern, Herr Kommissar. Ich danke Ihnen herzlich."

Ich ging zum Abendessen ins Hotel und aß mit besserem Appetit, als ich gedacht hatte. Ich war trotz allem recht zufrieden. Er war dingfest gemacht.

Zwei Stunden später ging ich wieder zu dem Polizeikommissar. Er erwartete mich.

„Tja, lieber Herr", sagte er, als er mich erblickte. „Ihr Mann ist unauffindbar. Meine Leute haben ihn nicht festnehmen können."

Ah! Ich fühlte, wie mir die Sinne schwanden.

„Aber Sie haben doch sein Haus gefunden?" fragte ich.

„Gewiß. Es wird sogar überwacht und scharf im Auge behalten, bis er zurückkommt. Was ihn betrifft, so ist er verschwunden."

„Verschwunden?"

„Ja, verschwunden. Er verbringt gewöhnlich seine Abende bei seiner Nachbarin, ebenfalls einer Trödlerin, einer sonderbaren Hexe, der Witwe Bidoin. Sie hat ihm heute abend nicht gesehen und kann keinerlei Auskunft über ihn geben. Wir müssen bis morgen warten."

Ich ging. Ach, wie düster, beklemmend, wie gespentisch kamen mir die Straßen von Rouen vor!

Ich schlief schlecht, wachte immer wieder, von Alpdrücken gequält, aus unruhigem Schlummer auf. Da ich aber nicht wollte, daß es aussah, als wäre ich sehr beunruhigt oder hätte es besonders eilig, wartete ich bis zehn Uhr am nächsten Morgen und ging erst dann zur Polizei.

Der Händler war nicht wieder aufgetaucht. Sein Laden blieb geschlossen.

Der Kommissar sagte mir:

„Ich habe alle notwendigen Schritte unternommen. Die Staatsanwaltschaft ist über den Fall im Bilde. Wir gehen jetzt zusammen in diesen Laden, lassen ihn öffnen, und Sie können mir dann alles zeigen, was Ihr Eigentum ist."

Wir nahmen eine Droschke und fuhren hin. Vor der Tür des Ladens standen Polizisten und ein Schlosser. Man brach die Tür auf.

Als wir eintraten, sah ich weder meinen Schrank noch meine Tische, nichts, rein gar nichts von allem, was zum Mobiliar meines Hauses gehörte, nichts war mehr vorhanden, während ich am vergangenen Abend keinen Schritt machen konnte, ohne auf eines meiner Möbel zu stoßen.

Überrascht warf mir der Kommissar zuerst einen mißtrauischen Blick zu.

„Mein Gott, Herr Kommissar“, sagte ich, „das Verschwinden meiner Möbel fällt seltsam auf die Minute mit der Flucht des Händlers zusammen.“

Er lächelte und meinte:

„Sie haben recht. Sie hätten gestern keine Möbel kaufen und bezahlen sollen, die Ihnen gehörten. Das hat ihn stutzig gemacht.“

Ich erwiderte:

„Was mir unbegreiflich scheint, ist der Umstand, daß überall da, wo gestern noch meine Möbel standen, jetzt andere Möbel hingestellt sind.“

„Oh!“ gab der Kommissar zur Antwort, „er hatte die ganze Nacht Zeit und fraglos auch Komplizen. Das Haus hat vermutlich eine geheime Verbindung mit den Nachbarhäusern. Seien Sie unbesorgt, ich werde mich sehr aktiv mit der Sache befassen. Der Gauner wird uns nicht lange entkommen. Wir bewachen ja seine Räuberhöhle.“

Ach, mein Herz, mein Herz! Mein armes Herz, wie wild es klopfte!

Ich blieb vierzehn Tage in Rouen. Der Mann tauchte nicht wieder auf. Mich nahm das nicht wunder! Wer hätte diesem Menschen auch etwas anhaben oder ihn gar erwischen können?

Am sechzehnten Tag aber erhielt ich frühmorgens

von meinem Gärtner, der mein ausgeplündertes und seither leerstehendes Haus hütete, folgenden seltsamen Brief:

Verehrter Herr,
ich habe die Ehre, Ihnen mitzuteilen, daß in der vergangenen Nacht etwas vorgefallen ist, was kein Mensch begreifen kann, die Polizei sowenig wie unsereiner. Alle unsere Möbel sind wieder da, ausnahmslos alle, alle bis auf die kleinsten Gegenstände! Das Haus sieht jetzt genauso aus, wie es am Tag vor dem Diebstahl ausgesehen hatte. Man könnte darüber den Verstand verlieren. Das ist in der Nacht vom Freitag zum Samstag vor sich gegangen. Die Wege sind zerwühlt, wie wenn man alles vom Gartenzaun bis zur Haustür geschleift hätte. So hat es auch am Tag ausgesehen, als die Möbel verschwanden.
Wir erwarten Sie. Ihr ergebener Diener
Raudin, Philippe.

Ah, nein! Nein, nein, nein! Ich gehe nicht dorthin zurück!
Ich brachte den Brief dem Kommissar von Rouen.
„Eine sehr geschickte Rückerstattung", meinte er. „Stellen wir uns tot. Wir werden den Mann demnächst einmal schnappen."

Aber man hat ihn nicht geschnappt. Nein, sie haben ihn nicht geschnappt, und jetzt habe ich Angst vor ihm, als wäre er ein reißendes Tier, das man auf meine Fersen gehetzt hat.
Unauffindbar! Er ist unauffindbar, dieses Ungetüm mit dem Mondschädel! Man wird ihn nie festnehmen. Er wird nicht wieder in sein Haus kommen. Was kann ihm schon daran liegen! Nur ich kann ihm begegnen, und ich will nicht.
Ich will nicht! Ich will es nicht! Nein, ich will nicht!
Und wenn er zurückkommt, wenn er in seinen Laden zurückkehrt, wer kann ihm schon beweisen,

daß meine Möbel bei ihm waren? Nur ich kann gegen ihn zeugen, und ich fühle wohl, daß meine Aussage verdächtig wird.

Ach, nein! Dieses Leben war nicht länger zu ertragen. Und ich konnte das Geheimnis der Vorgänge, die ich mit angesehen habe, nicht länger für mich behalten. Ich konnte nicht weiterleben wie andere Menschen, mit der dauernden Angst, ähnliche Dinge würden sich vielleicht erneut abspielen.

Ich habe also den Arzt aufgesucht, der diese Heilanstalt leitet, und habe ihm alles erzählt.

Er hat mich lange ausgefragt und schließlich gesagt:

„Wären Sie damit einverstanden, für einige Zeit hierzubleiben?"

„Sehr gerne."

„Besitzen Sie Vermögen?"

„Ja."

„Wünschen Sie einen Pavillon für sich allein?"

„Ja."

„Möchten Sie Freunde empfangen?"

„Nein, Herr Doktor, nein, keinen Menschen. Der Mann aus Rouen könnte mich aus Rachsucht bis hierher verfolgen..."

Und jetzt bin ich allein, allein, ganz allein, seit drei Monaten. Ich bin einigermaßen ruhig. Nur vor etwas habe ich Angst... Wenn der Trödler wahnsinnig würde... und wenn man ihn in diese Irrenanstalt brächte... Sogar Gefängnisse sind nicht sicher...

IM SCHOSS DER FAMILIE

Die Straßenbahn nach Neuilly war eben an der Porte Maillot vorbeigekommen und klapperte nun die breite Straße hinunter, die zur Seine führt. Die kleine Lokomotive, die vor den Personenwagen gespannt war, tutete bei jedem Hindernis, das sich zeigte, spuckte ihren Dampf aus und keuchte wie ein Mensch, der vom Laufen außer Atem geraten ist, und ihre Kolben ratterten wie eilig dahinhastende eiserne Beine. Die schwüle Hitze eines Sommerabends brütete auf der Landstraße, und obwohl kein Windhauch zu spüren war, stieg eine weiße, kreidige, undurchsichtige Staubwolke auf, die mit ihrem wärmlichen Dunst das Atmen schwer machte, an der feuchten Haut klebenblieb, sich in die Augen setzte und in die Lungen eindrang.

Da und dort traten Leute unter die Tür ihres Hauses und schnappten noch ein bißchen Luft.

Die Wagenfenster waren herabgelassen, und die Vorhänge flatterten bei der raschen Fahrt lustig im Winde. An diesen heißen Tagen zogen die meisten Fahrgäste den Aufenthalt auf der Plattform oder auf dem Dach vor, und so saßen denn nur wenige Personen im Innern des Wagens. Es waren hauptsächlich wohlbeleibte Damen in geschmacklosen, auffallenden Kleidern, Kleinbürgerinnen aus der Vorstadt, die ihre mangelnde Vornehmheit durch eine völlig unangebrachte würdevolle Haltung ersetzten, und ein paar Herren, abgearbeitete, vergilbte, verkümmerte Gestalten, die von der langen Büroarbeit ganz schief gewachsen waren. Ihre trübseligen, gequälten Gesichter verrieten häusliche Sorgen, ewigen Geldmangel und Enttäuschung über das Fehlschlagen langgehegter Hoffnungen. Denn sie gehörten alle zu dem Heer abgeschlissener armer Teufel, die kümmerlich und sparsam in einem schäbigen Gipshäuschen vegetieren, mit einem winzigen

Beet, das ihnen das Gärtchen vorstellt, inmitten dieser Landschaft rund um Paris, in der Dungablagen und Schuttplätze vorherrschen.

Dicht bei der Wagentür unterhielt sich ein kleiner, dicker Mann mit Pausbacken und einem Hängebauch, der ihm zwischen den gespreizten Beinen herunterhing, in einem schwarzen Anzug, ein Ordensbändchen im Knopfloch, mit einem großen hageren, verwahrlost aussehenden Menschen, der einen schmutzigen weißen Baumwollanzug trug und einen alten Panamahut aufhatte. Der erste sprach langsam, immer wieder zögernd, daß man zuweilen den Eindruck hatte, er stottere. Es war Herr Caravan, Beamter im Marineministerium. Der andere, ein ehemaliger Sanitätsoffizier an Bord eines Handelsschiffs, hatte sich schließlich am Rundplatz von Courbevoie niedergelassen, wo er die vagen medizinischen Kenntnisse, die ihm nach einem abenteuerlichen Leben noch geblieben waren, an der armen Bevölkerung dieser Ortschaft ausließ. Er hieß Chenet und ließ sich Doktor titulieren. Über seinen Lebenswandel wurde allerlei gemunkelt.

Herr Caravan hatte von jeher das normale Dasein eines Büromenschen geführt. Seit dreißig Jahren kam er regelmäßig und pünktlich wie ein Uhrwerk Morgen für Morgen auf dem gleichen Weg in sein Amt und begegnete unterwegs an denselben Orten denselben Menschen, die ihren Geschäften nachgingen, und jeden Abend kehrte er auf demselben Weg zurück, wo er wieder dieselben Gesichter traf, die er altern gesehen hatte.

Jeden Tag kaufte er zuerst an der Ecke des Faubourg Saint-Honoré sein Groschenblatt und holte dann seine beiden Semmeln; hierauf betrat er das Ministerium wie ein Missetäter, der sich der Polizei stellt.

Er begab sich schleunigst in sein Büro, das Herz von Unruhe erfüllt und in steter Angst vor einem Rüffel wegen irgendeines Versäumnisses, das er sich vielleicht hatte zuschulden kommen lassen.

Nichts hatte jemals am eintönigen Ablauf seines Daseins etwas verändert, denn kein Geschehnis berührte ihn außerhalb des Bürodienstes und abgesehen von Beförderungen und Gratifikationen. Ob er nun im Ministerium oder zu Hause im Kreise seiner Familie war (denn er hatte – ohne Mitgift – die Tochter eines Kollegen geheiratet), immer sprach er nur vom Dienst. Nie kam sein von der verdummenden täglichen Fron verkümmerter Geist auf andere Gedanken, andere Hoffnungen, andere Träume; er ging völlig in seinem Ministerium auf. Nur etwas vergällte ihm immer wieder die Befriedigung an seinem Beruf: die Aufstiegsmöglichkeiten für die Marinekommissäre, die Klempner, wie man sie wegen ihrer Silberlitzen nannte, zum Amt eines Unterabteilungs- und Abteilungsleiters. Jeden Abend zog er vor seiner Frau, die seine Haßgefühle teilte, in den kräftigsten Ausdrücken dagegen los und versuchte ihr zu beweisen, daß es in jeder Hinsicht ungehörig sei, Leuten, die eigentlich zur See fahren sollten, Stellen in Paris zu verschaffen.

Jetzt war er alt geworden und hatte nichts von seinem Leben gehabt, denn vom Gymnasium war er ohne Übergang ins Büro gekommen, und an Stelle der Pauker, vor denen er früher gezittert hatte, waren nun seine Vorgesetzten die gefürchteten Popanze. Stand er vor der Tür eines dieser häuslichen Despoten, dann zitterte er am ganzen Körper; und von dieser unausgesetzten Angst war ihm ein linkisches Auftreten geblieben, eine unterwürfige Haltung und eine Art nervöses Stottern.

Paris kannte er nicht besser als ein Blinder, der von seinem Hund Tag für Tag vor dieselbe Tür geführt wird, und las er in seinem Groschenblatt die Berichte und Skandalaffären, so nahm er sie zur Kenntnis wie phantastische Märchen, die mit Absicht zum

Ergötzen der kleinen Angestellten ausgedacht waren. Als Mann der Ordnung, reaktionär, ohne einer bestimmten Partei anzugehören, aber allen „Neuerungen“ feind, überging er die politischen Ereignisse, die sein Blatt übrigens im Solde gewisser Auftraggeber jeweils entsprechend färbte, und wenn er abends die Avenue des Champs-Elysées hinaufging, betrachtete er die wogende Menge der Spaziergänger und den wimmelnden Strom der Equipagen wie ein Reisender, der in der Fremde ferne Gegenden durchstreift.

Da er in diesem Jahr seine obligatorische dreißigjährige Dienstzeit vollendet hatte, war ihm am 1. Januar das Kreuz der Ehrenlegion verliehen worden, die übliche Belohnung in diesen militarisierten Verwaltungsbehörden für lange und erbärmliche Dienstbarkeit – offiziell hieß das *treue Dienste* – dieser an ihre Aktendeckel geschmiedeten Zwangsarbeiter. Diese unerwartete neue Würde gab ihm mit einemmal eine niegekannte hohe Auffassung von seiner Tüchtigkeit und wandelte von Grund auf seine ganze Lebensführung. Von Stund an trug er keine farbigen Beinkleider und Phantasieröcke mehr, sondern nur noch schwarze Kniehosen und lange Gehröcke, auf denen sich sein breites Ordensbändchen besonders gut ausnahm. Er rasierte sich jeden Morgen, pflegte seine Nägel mit größerer Sorgfalt, wechselte alle zwei Tage die Wäsche, aus einem berechtigten Gefühl für das Schickliche und für die Achtung, die er dem *Orden* zollte, dem er ja jetzt angehörte. So war er von heute auf morgen ein anderer Caravan geworden, geschniegelt, hoheitsvoll und dennoch leutselig.

Zu Hause sprach er bei jeder Gelegenheit von „seinem Kreuz“. Er war so hoffärtig geworden, daß er es nicht einmal mehr ertrug, im Knopfloch anderer Leute irgendwelche Orden zu sehen. Vor allem brachte ihn der Anblick fremdländischer Ordenszeichen maßlos auf. „Man dürfte das Tragen solcher ausländischen Auszeichnungen in Frankreich nicht zulassen!" pflegte er zu sagen. Insbesondere verübelte er es dem Doktor Chenet, den er allabendlich in der Straßenbahn traf, daß er ein beliebiges Bändchen, bald ein weißes, bald ein blaues, orangefarbenes oder grünes, trug.

Das Gespräch der beiden Männer vom Arc de Triomphe bis nach Neuilly drehte sich übrigens jedesmal um das gleiche. An jenem Tag wie an den vorhergegangenen befaßten sie sich mit verschiedenen örtlichen Mißständen, an denen sie beide gleichermaßen Anstoß nahmen. Dabei kam der Bürgermeister von Neuilly besonders schlecht weg. Dann – wie es in Gesellschaft eines Arztes unweigerlich kommen mußte – schnitt Caravan das Kapitel der Krankheiten an, in der Hoffnung, er könne bei dieser Gelegenheit gleich ein paar Ratschläge oder gar eine Konsultation unentgeltlich herausschlagen, wenn er es geschickt anstelle und sich nicht durchschauen lasse. Der Gesundheitszustand seiner Mutter machte ihm übrigens seit einiger Zeit wirklich Sorgen. Sie hatte häufig lange Ohnmachten, und obwohl sie schon neunzig war, wollte sie sich einfach nicht pflegen.

Ihr hohes Alter stimmte Caravan weich, und immer wieder fragte er den Doktor Chenet: „Erleben Sie das oft, daß jemand so alt wird?" Und beglückt rieb er sich die Hände, vermutlich nicht sosehr, weil ihm viel daran lag, daß die gute Frau noch ewig lang lebte, sondern eher, weil die zähe Langlebigkeit seiner Mutter ihm selber ein langes Leben verhieß.

Er fuhr fort: „Oh, in meiner Familie wird man steinalt. Ich zum Beispiel – ich bin sicher, daß ich erst im hohen Alter sterbe, es sei denn, es stoße mir ein Unglück zu." Der Arzt warf ihm einen mitleidigen Blick zu. Er betrachtete flüchtig das rote Gesicht seines Nachbarn, seinen feisten Hals, seinen Schmerbauch, der zwischen den beiden kraftlosen, schwabbligen Speckbeinen herabhing, die ganze schlagflüssige, dicke Gestalt, die den alten, verkalkten Stubenhocker verriet, dann schob er den schmuddlig grauen Panamahut, der seinen Kopf bedeckte, mit einer raschen Handbewegung nach hinten und gab grinsend zur Antwort: „Na, so sicher ist das nun wieder nicht, mein Lieber. Ihre Mutter ist eine kleine, schmächtige Person, und Sie sind ein Dickwanst." Betroffen schwieg Caravan.

Doch da langte die Straßenbahn an der Haltestelle an. Die beiden Reisegefährten stiegen aus, und Herr Chenet lud Caravan gegenüber ins Café du Globe, ihr Stammlokal, zu einem Wermut ein. Der Wirt, mit dem sie befreundet waren, streckte ihnen zwei Finger hin, und sie drückten sie ihm über die Flaschen auf dem Schanktisch hinweg. Dann setzten sie sich zu drei Liebhabern des Dominospiels, die schon seit Mittag unentwegt dort saßen. Nach dem unmeidlichen „Was gibt's Neues?" wurden ein paar herzliche Worte gewechselt. Hierauf vertieften sich die Spieler wieder in ihre Partie, und bald danach wünschten ihnen Caravan und der Doktor eine gute Nacht. Die drei reichten ihnen die Hand, ohne aufzublicken, und das ungleiche Paar trennte sich und ging zum Abendessen nach Hause.

Caravan wohnte in einem kleinen zweistöckigen Haus am Hauptplatz von Courbevoie. Im Erdgeschoß befand sich das Geschäft eines Coiffeurs.

Zwei Zimmer, ein Eßzimmer und eine Küche, in denen alte, zusammengeleimte Stühle je nach Bedarf von Raum zu Raum wanderten, bildeten die ganze Wohnung. Madame Caravan verbrachte ihre ganze Zeit damit, sie reinzuhalten, während ihre zwölfjährige Tochter Marie-Louise und ihr neun Jahre alter Sohn Philippe-Auguste sich mit den Gassenjungen des Viertels auf der Straße herumtrieben.

Über seiner Wohnung hatte Caravan seine Mutter

untergebracht. Ihr Geiz war weit herum in aller Leute Mund, und sie war so mager, daß es hieß, der liebe Gott habe ihre eigenen knickerigen Grundsätze bei ihr angewendet. Sie war ewig mißgelaunt, und es verging kein Tag, ohne daß sie sich mit irgendwem herumgezankt oder einen Wutanfall gehabt hätte. Von ihrem Fenster aus nahm sie die Nachbarsleute vor der Tür aufs Korn, beschimpfte die Gemüsehökerinnen, die Straßenkehrer und die Gassenjungen, die dafür Rache nahmen und ihr von weitem nachliefen, wenn sie ausging, und hinter ihr drein grölten.

Ein kleines, unglaublich gedankenloses normannisches Dienstmädchen besorgte den Haushalt und schlief im zweiten Stock bei der Alten, damit ihr nichts zustieß.

Als Caravan nach Hause kam, war seine Frau, die von einer krankhaften Putzwut befallen war, gerade dabei, mit einem Flanellappen die Mahagonistühle, die in den leeren Zimmern herumstanden, auf Hochglanz zu polieren. Sie trug immer Zwirnhandschuhe und band sich eine Haube mit bunten Bändern um, die ihr beständig schief aufs Ohr rutschte. Jedesmal, wenn man sie beim Wichsen, Bürsten, Putzen oder Waschen überraschte, sagte sie: „Ich bin nicht reich. Bei mir ist alles einfach, aber Sauberkeit ist mein Luxus, und der ist so viel wert wie ein anderer."

Da sie praktisch veranlagt war und zudem stets unnachgiebig ihren Kopf durchsetzte, war ihr Rat in allem und jedem ihrem Manne maßgebend. Jeden Abend bei Tisch und später im Bett besprachen sie eingehend alles, was im Büro vorgegangen war, und wenn sie auch zwanzig Jahre jünger war als er, vertraute er sich ihr wie einem Beichtvater an und befolgte ihre Ratschläge bis ins kleinste.

Sie war nie hübsch gewesen. Jetzt aber war sie geradezu häßlich mit ihrer kleinen, ausgemergelten Gestalt. Sie hatte es nie verstanden, sich gefällig zu kleiden, und ihre schwachen weiblichen Reize, die durch eine wohlüberlegte Art, sich anzuziehen, hätten hervorgehoben werden müssen, waren überhaupt nie zur Geltung gekommen. Ihre Röcke saßen die ganze Zeit völlig verrutscht auf der Seite, und sie kratzte sich, unbekümmert um etwaige Zuschauer, in einem fort an allen möglichen Stellen. Diese üble Angewohnheit war zu einer wahren Sucht ausgeartet. Der einzige Schmuck, den sie sich leistete, war eine Unmenge seidener Bänder, die sie kunterbunt an den prunkvollen Hauben anbrachte, die sie gewöhnlich zu Hause aufsetzte.

Sobald sie ihren Mann erblickte, stand sie auf und gab ihm einen Kuß auf seinen Backenbart. – „Hast du an Potin gedacht, mein Lieber?"

(Es handelte sich um eine Besorgung, die er zu machen versprochen hatte.) Da sank er völlig niedergedonnert auf einen Sessel; zum viertenmal hatte er es vergessen.

„Es ist wie verhext", sagte er, „es ist wie verhext! Ich kann lange den ganzen Tag daran denken, am Abend vergesse ich's doch immer wieder." Da er aber so verzweifelt dreinschaute, tröstete sie ihn: „Na, wenn schon, du wirst halt morgen dran denken. Nichts Neues im Ministerium?"

„Doch, eine große Neuigkeit: Schon wieder so ein Klempner zum Unterabteilungsleiter ernannt!"

Sie wurde ernst.

„In welcher Abteilung?"

„Im Büro für auswärtige Einkäufe."

Ärgerlich erwiderte sie: „Also an Ramons Stelle, ausgerechnet an die Stelle, die ich für dich vorgesehen hatte. Und Ramon? Was ist mit dem? Pensioniert?"

Er stammelte: „Ja, in den Ruhestand versetzt."

Nun packte sie eine rasende Wut. Ihre Haube rutschte auf die Schulter.

„Jetzt ist aber Schluß mit dieser Dreckbude, weißt

du! Dort hast du nichts mehr zu suchen! Wie heißt er denn, dein neuer Kommissär?"

„Bonassot."

Sie nahm das Marine-Jahrbuch, das sie stets zur Hand hatte, und schlug nach: „Bonassot. – Toulon. – Geboren 1851. – Aspirant 1871, Unter-Kommissär 1875. – Ist der Mensch überhaupt je zur See gefahren?"

Diese Frage heiterte Caravan wieder auf. Er brach in ein schallendes Lachen aus, so daß sein Bauch wackelte.

„Wie Balin, genauso wie Balin, sein Chef!" Dann brachte er unter brüllendem Lachen einen alten Witz vor, den das ganze Ministerium ausgezeichnet fand. „Man könnte sie nicht mal zu Wasser die Schiffsstation am Point-du-Jour besichtigen lassen. Sie würden ja auf den kleinen Flußdampfern seekrank."

Aber seine Frau blieb ernst, als hätte sie nichts gehört, dann kratzte sie sich bedächtig am Kinn und murmelte: „Wenn wir nur einen Abgeordneten einschalten könnten! Wenn einmal die Kammer erfährt, was sich dort alles tut, fliegt der Minister hoch im Bogen..."

Draußen im Treppenhaus ging ein wüstes Geschrei los und schnitt ihr das Wort ab. Marie-Louise und Philippe-Auguste kamen von der Straße herauf und traktierten einander auf der Stiege mit Ohrfeigen und Fußtritten. Ihre Mutter rannte wütend hinaus, packte jedes an einem Arm, schüttelte sie tüchtig und beförderte sie unsanft ins Zimmer.

Kaum bemerkten die beiden Rangen ihren Vater, sprangen sie zu ihm hin, und er küßte sie lange und zärtlich. Dann setzte er sich hin, nahm sie auf seine Knie und begann mit ihnen ein munteres Geplauder.

Philippe-Auguste war ein häßlicher Bengel, mit struppigem Haar, schmutzig vom Kopf bis zu den Füßen, mit einem Gesicht wie ein schwachsinniger

Tropf. Marie-Louise sah schon ihrer Mutter ähnlich, sprach wie sie, sagte ihr alles nach und kopierte sie sogar in ihren Bewegungen. Auch sie fragte: „Was gibt's Neues im Ministerium?“ Und er antwortete vergnügt: „Dein Freund Ramon, der jeden Monat einmal zum Essen bei uns ist, wird uns verlassen, Kindchen. Es kommt ein neuer Chef an seine Stelle.“ Sie blickte zu ihrem Vater auf und sagte mit altklugem Erbarmen: „Also hat dich schon wieder einer überrundet?“

Er hörte auf zu lachen und gab keine Antwort. Dann versuchte er abzulenken und wandte sich zu seiner Frau, die jetzt gerade die Fensterscheiben blankrieb: „Der Mama oben geht's gut?“

Madame Caravan hörte mit Reiben auf, kehrte sich um, rückte ihre Haube zurecht, die ihr in den Rücken hinabgerutscht war, und sagte mit bebenden Lippen: „Ach ja, weil du grade von deiner Mutter sprichst: Sie hat mir eine schöne Bescherung angerichtet! Denk dir nur, vorhin ist Madame Lebaudin, die Frau des Coiffeurs, heraufgekommen und hat von mir ein Paket Stärke ausleihen wollen, und da ich ausgegangen war, hat deine Mutter sie hinausgeworfen und ‚Bettelpack‘ geschimpft. Ich habe ihr aber gehörig die Meinung gesagt, der Alten! Sie hat zwar getan, als hörte sie nichts, wie jedesmal, wenn man ihr tüchtig die Leviten liest; aber sie ist ebensowenig taub wie du und ich, weißt du. Das ist alles Affentheater, und der Beweis: Sie ist gleich danach in ihr Zimmer hinaufgegangen, ohne ein Wort zu sagen.“

Caravan schwieg betreten. Da kam das Dienstmädchen hereingestürmt und meldete, das Essen sei angerichtet. Er nahm einen Besenstiel, der immer in einer Ecke verborgen bereit stand, und klopfte damit dreimal an die Zimmerdecke, um seine Mutter zu verständigen. Dann ging man ins Eßzimmer hinüber, und die junge Madame Caravan schöpfte die Suppe in die Teller, während die Alte auf sich warten ließ. Sie kam und kam nicht, und die Suppe wurde allmählich kalt. Da fing man ganz langsam an zu essen; und als die Teller geleert waren, wartete man erneut. Madame Caravan war wütend und ließ ihre Wut an ihrem Mann aus: „Weißt du, sie macht das mit Absicht. Du hältst ihr aber auch jedesmal die Stange!" Er war ganz verdattert, als er so zwischen den beiden Frauen stand, und schickte Marie-Louise hinauf, sie solle die Großmutter holen. Dann blieb er regungslos, mit niedergeschlagenen Augen sitzen, während seine Frau wütend mit der Spitze ihres Messers auf den Fuß des Weinglases trommelte.

Plötzlich ging die Tür auf, und das Kind erschien wieder, allein, ganz außer Atem und kreidebleich. „Großmutter ist hingefallen!" stieß es aufgeregt hervor.

Mit einem Satz sprang Caravan auf, warf seine Serviette auf den Tisch und rannte ins Treppenhaus hinaus. Man hörte seine schweren, hastigen Schritte draußen verhallen, während seine Frau, die glaubte, ihre Schwiegermutter habe sich aus purer Bosheit eine List ausgedacht, verächtlich die Achseln zukkend gemächlich hinterdrein ging.

Die Alte lag lang ausgestreckt, mit dem Gesicht nach unten, mitten im Zimmer auf dem Boden, und als ihr Sohn sie umgedreht hatte, rührte sie sich nicht, und man sah, wie ausgemergelt sie war mit ihrer gelbgewordenen, mit tausend Fältchen überzogenen, wie gegerbten Haut, mit den geschlossenen Augen, den zusammengebissenen Zähnen und ihrem ganzen hageren, steif ausgestreckten Körper.

Caravan hatte sich neben ihr auf die Knie geworfen und ächzte: „Meine arme Mutter! Meine arme Mutter!" Aber seine Frau warf nur einen prüfenden Blick auf die Leblose und erklärte dann: „Ach was, sie hat wieder einmal eine Ohnmacht, weiter nichts. Verlaß dich drauf: Sie will uns nur das Essen versalzen!"

Man trug die Bewußtlose aufs Bett und kleidete sie völlig aus. Nun begannen alle, Caravan, seine Frau, das Dienstmädchen, sie abzureiben. Doch all ihren Anstrengungen zum Trotz kam sie nicht wieder zu sich. Nun schickte man Rosalie nach dem Doktor Chenet. Er wohnte unten am Fluß, in der Richtung gegen Suresnes. Es war weit, und sie mußten lange warten. Endlich kam er; er sah sich die alte Frau genau an, untersuchte sie eingehend, horchte sie ab und erklärte dann: „Sie hat ausgelitten."

Caravan warf sich über den Leichnam, von wildem Schluchzen geschüttelt, und küßte krampfhaft das starre Antlitz seiner Mutter. Er weinte heftig, und dicke Tränen fielen wie Wassertropfen auf das Gesicht der Toten.

Die junge Madame Caravan stellte, wie es sich unter diesen Umständen schickte, ihre Ergriffenheit gebührend zur Schau. Sie stand hinter ihrem Mann, stieß ab und zu ein schwaches Stöhnen aus und rieb sich in einem fort die Augen.

Caravan richtete sich plötzlich mit ganz verquollenem Gesicht auf. Sein spärliches Haar hing ihm wirr ins Gesicht, und er sah in seinem echten Schmerz abstoßend häßlich aus. „Aber... sind Sie auch sicher, Doktor?... Sind Sie auch ganz sicher?"

Der Arzt trat rasch herzu, betastete mit berufsmäßiger Routine die Leiche, wie etwa ein Kaufmann, der seine Ware herausstreicht. „Da, sehen Sie nur, mein Lieber, betrachten Sie einmal das Auge!" Er hob das obere Augenlid auf, und unter seinem Finger wurde unverändert der Blick der Alten sichtbar, nur daß vielleicht die Pupille ein wenig größer war. Caravan spürte, wie es ihm einen Stich ins Herz gab, und der Schreck fuhr ihm bis ins Mark der Knochen. Herr Chenet ergriff den verkrampften Arm der Toten, bog gewaltsam die Finger auseinander und sagte mit einem Gesicht, als wäre er über einen Widerspruch wütend: „Sehen Sie sich doch nur einmal die Hand an! Ich täusche mich nie, verlassen Sie sich drauf!"

Caravan warf sich laut aufweinend auf das Bett, während seine Frau immer noch leise aufschnupfend die nötigen Vorkehrungen traf. Sie rückte den Nachttisch heran, breitete eine Serviette darüber, stellte vier Kerzen darauf, zündete sie an, nahm dann einen Buchsbaumzweig, der immer hinter dem Spiegel über dem Kamin steckte, und legte ihn in einen Teller, den sie mit frischem Wasser füllte, da sie kein Weihwasser zur Verfügung hatte. Nach kurzer Überlegung warf sie aber in das Wasser noch eine Prise Salz. Wahrscheinlich bildete sie sich ein, sie vollbringe damit eine Art Weiheakt.

Als sie mit dem ganzen Zeremoniell, das nun einmal zu einem Sterbefall gehört, zu Ende war, blieb sie bewegungslos stehen. Doch da sagte der Arzt, der ihr beim Anordnen der Gegenstände an die Hand gegangen war, leise zu ihr: „Wir müssen Caravan hinausbringen." Sie nickte zustimmend und trat zu ihrem Gatten, der immer noch auf den Knien lag und schluchzte. Sie hob ihn an einem Arm auf, während Herr Chenet ihn am andern stützte.

Man setzte ihn zunächst auf einen Stuhl, und seine Frau gab ihm einen Kuß auf die Stirn und redete ihm gut zu. Der Arzt unterstützte ihre verständigen Worte und riet ihm, den Kopf hochzuhalten, den Mut nicht sinken zu lassen und sich ins Unvermeidliche zu schicken, kurz, lauter Dinge, die bei einem so jähen Schicksalsschlag schwerfallen. Hierauf faßten sie ihn beide wieder unter den Armen und führten ihn hinaus.

Er greinte wie ein großes Kind, schluchzte hin und wieder krampfhaft auf, völlig zusammengebrochen, mit hängenden Armen und schlaffen Beinen. So schleppte er sich die Treppe hinunter, ohne zu wissen, was mit ihm geschah, während er willenlos und mechanisch die Füße bewegte.

Man setzte ihn behutsam in den Lehnstuhl, an seinen Platz bei Tische, vor seinen fast leeren Teller, wo der Löffel noch in einem Restchen Suppe lag. Da blieb er sitzen, ohne sich zu regen, und starrte vor sich hin auf sein Glas. Er war so benommen, daß er keinen Gedanken mehr zu fassen vermochte.

Madame Caravan unterhielt sich währenddessen in einer Ecke mit dem Doktor, erkundigte sich nach den notwendigen Formalitäten und bat ihn um alle möglichen praktischen Auskünfte. Schließlich nahm Herr Chenet, der anscheinend auf irgend etwas wartete, seinen Hut, erklärte, er habe noch nicht zu Abend gegessen, und wollte sich verabschieden. „Wie? Sie haben noch nicht gegessen?" rief Madame Caravan. „Aber bleiben Sie doch, Doktor, bleiben Sie doch hier! Sie sollen gleich etwas aufgetischt bekommen, was wir eben gerade haben. Sie werden doch begreifen, wir können jetzt einfach nicht an Essen denken."

Er lehnte dankend ab, und wollte sich empfehlen. Doch sie ließ nicht locker.

„Was denn? Sie wollen doch nicht schon gehen? In solchen schweren Stunden ist man froh, wenn man einen Freund bei sich hat, und vielleicht können Sie meinen Mann dazu bringen, daß er sich ein bißchen stärkt. Er hat es so bitter nötig, wieder zu Kräften zu kommen."

Der Doktor verneigte sich und legte seinen Hut auf einen Stuhl. „In diesem Fall sage ich nicht nein, Madame."

Sie gab der völlig kopflosen Rosalie ein paar Weisungen, und dann setzte sie sich gleichfalls zu Tisch, nur um so zu tun, als äße sie, wie sie sagte, und dem Doktor Gesellschaft zu leisten.

Man aß noch einmal von der kalten Suppe. Herr Chenet bat um einen zweiten Teller. Dann wurde eine Schüssel mit herrlich nach Zwiebeln duftendem Lyoneser Fettdarm aufgetragen, und Madame Caravan entschloß sich, davon zu kosten.

„Ganz ausgezeichnet!“ lobte der Doktor. Sie lächelte. „Nicht wahr?“ Dann wandte sie sich an ihren Mann und nötigte ihn: „Nimm doch auch ein bißchen, mein lieber, armer Alfred, nur damit du etwas in den Magen kriegst. Denk doch nur, du mußt sonst die ganze Nacht ohne Essen verbringen!“

Folgsam hielt er den Teller hin, wie er auch zu Bett gegangen wäre, wenn man es ihn geheißen hätte. Ohne Widerspruch und ohne Überlegung gehorchte er in allem. Und er aß.

Der Doktor bediente sich selbst und füllte seinen Teller dreimal nach, während Madame Caravan von Zeit zu Zeit ein großes Stück auf die Gabel spießte und es mit einer Art wohleinstudierter Unachtsamkeit hinunterschlang.

Als dann eine große Schüssel voll Makkaroni erschien, murmelte der Doktor: „Alle Wetter! Das wird mir munden!“ Und diesmal legte Madame Caravan allen vor. Sie füllte sogar die Tellerchen, in denen die Kinder herummanschten; man ließ ihnen alle Freiheit, sie tranken puren Wein und setzten einander bereits unter dem Tisch mit Fußtritten zu.

Herr Chenet erinnerte daran, wie gern Rossini dieses italienische Gericht gegessen habe. Dann sagte er auf einmal: „Nanu, das reimt sich ja! Man könnte ein Gedicht so anfangen:

Der Maestro Rossini
aß gerne Makkaroni...“

Niemand hörte ihm zu. Madame Caravan war plötzlich nachdenklich geworden; sie ließ sich alle nur möglichen Folgen des Ereignisses durch den Kopf gehen. Ihr Mann drehte indessen Brotkügelchen, legte sie vor sich auf das Tischtuch und stierte dann mit stumpfsinniger Miene darauf hinab. Da ihn ein brennender Durst quälte, führte er in einem fort sein mit Wein gefülltes Glas zum Mund, und sein Verstand, der schon durch den Schock und den Kummer durcheinandergeraten war, wurde allgemach immer wirrer, und es war ihm, als wäre er völlig außer Rand und Band, so benommen war er von der beginnenden, mühsamen Verdauung.

Der Doktor trank im übrigen wie ein Bürstenbinder und bekam sichtlich nach und nach einen tüchtigen Schwips. Sogar Madame Caravan erlag der Reaktion, die auf jede nervöse Erschütterung folgt, und fühlte sich ebenfalls erregt und verwirrt, obwohl sie nur Wasser trank. Auch ihr Kopf war ein bißchen benebelt.

Herr Chenet hatte angefangen, Geschichten von Todesfällen zu erzählen, die ihn komisch dünkten. Denn in dieser Pariser Bannmeile, wo fast lauter aus der Provinz zugezogene Leute wohnen, findet man jene allbekannte Gleichgültigkeit des Bauern gegen die Toten, wären sie auch Vater oder Mutter, jene ehrfurchtslose Haltung, jene unbewußte Gefühlsroheit, die so häufig in ländlichen Gegenden und so selten in Paris anzutreffen sind. Der Doktor erzählte: „Da holt man mich also vergangene Woche in die Rue de Puteaux. Ich gehe eiligst hin, finde den Kranken schon ins bessere Jenseits abgegangen, und an seinem Bett sitzt die ganze Familie und leert in aller Gemütsruhe eine Flasche Anisette, die tags zuvor gekauft worden war, um einen letzten Wunsch des Sterbenden zu erfüllen."

Aber Madame Caravan hörte gar nicht zu; sie dachte immer nur an die Erbschaft. Und Caravan, in dessen Hirn alles leer war, begriff nichts von alledem.

Der Kaffee wurde aufgetragen. Man hatte ihn sehr stark gebraut, denn jeder mußte seiner seelischen Widerstandskraft tunlichst nachhelfen. Nach jeder Tasse, zu der man jeweils einen Kognak kippte, stieg eine jähe Röte in die Gesichter, und die ohnedies schon wirren Gedanken gerieten vollends durcheinander.

Dann bemächtigte sich der Doktor unversehens der Branntweinflasche und goß allen ein wenig Schnaps in die leergetrunkenen Kaffeetassen. Stumm, wohlig aufgelöst in der behaglichen Wärme des Verdauens, wider Willen von dem animalischen Wohlbehagen befallen, das Alkohol nach dem Essen verleiht, schlürften sie langsam den gezuckerten Kognak, der auf dem Boden der Tasse einen gelblichen Sirup bildete.

Die Kinder waren eingeschlafen, und Rosalie brachte sie zu Bett.

Nun gab Caravan hemmungslos dem Bedürfnis nach, das alle unglücklichen Menschen Betäubung suchen läßt, und er stürzte hintereinander mehrere Schnäpse hinunter. Seine verglasten Augen leuchteten auf.

Der Doktor erhob sich schließlich und wollte gehen. Er faßte seinen Freund beim Arm und sagte: „Vorwärts! Kommen Sie mit. Ein bißchen frische Luft wird Ihnen gut tun. Wenn man Kummer hat, darf man nicht zu Hause hocken und Trübsal blasen."

Caravan gehorchte fügsam, setzte seinen Hut auf, nahm seinen Spazierstock und ging mit. Arm in Arm schritten die beiden unter dem klaren Sternenhimmel zur Seine hinunter.

Balsamisch duftende Luft durchzog die warme Nacht, denn alle Gärten rings in der Runde standen in dieser Jahreszeit in voller Blüte. Die Wohlgerüche der Blumen, die tagsüber schlummerten, schienen beim Nahen des Abends zu erwachen und verströmten sich, mit den leichten Lüftchen vermengt, die durch das Dunkel strichen.

Die breite Straße war menschenleer und still mit ihren zwei Reihen Gaslaternen, die bis zum Arc de Triomphe verliefen. Dort unten aber brauste Paris in einem roten Dunst. Es war wie ein andauerndes Rollen, dem zuweilen in weiter Ferne, draußen im flachen Land, der Pfiff eines Zuges antwortete, der mit Volldampf näherraste oder durch die Provinz dem Ozean zueilte.

Die frische Luft, die den beiden Männern ins Gesicht wehte, überraschte sie zunächst, sie erschütterte das Gleichgewicht des Doktors und verstärkte das Schwindelgefühl, das Caravan seit dem Abendessen immer wieder befiel. Er ging wie in einem Traum dahin, völlig benommen und gedankenabwesend, wie innerlich gelähmt, ohne jeden fühlbaren Kummer, in einer Art seelischer Erstarrung, die ihm jeden Schmerz ersparte. Ja, er empfand sogar eine gewisse Erleichterung, die durch die linden Ausdünstungen der Nachtluft noch spürbarer wurde.

Als sie bis zur Brücke gekommen waren, wandten sie sich nach rechts. Vom Fluß her wehte ihnen ein frischer Luftzug ins Gesicht. Das Wasser floß melancholisch und ruhig dahin. Eine dichte Reihe hoher Pappeln säumte seine Ufer. Es war, als schwämmen Sterne auf dem Wasser und würden von der Strömung auf und nieder geschaukelt. Ein feiner weißlicher Dunst schwebte über der gegenüberliegenden Böschung und trug den Lungen einen feuchten Geruch zu. Caravan blieb plötzlich stehen; dieser Geruch vom Flusse her weckte in seinem Herzen uralte Erinnerungen.

Er sah mit einemmal seine Mutter wieder vor sich, wie sie früher, als er noch ein Kind war, dort unten in der Picardie vor der Tür kniete und in dem schmalen Bach, der durch den Garten floß, die Wäsche wusch, die auf einem Haufen neben ihr im Grase lag. Er hörte in der ländlichen Stille das Klopfen des Bleuels und ihre Stimme, die rief: „Alfred, bring mir die Seife!" Und er roch denselben Geruch fließenden Wassers, denselben Nebel, der aus dem nassen Erdreich aufstieg, den vertrauten sumpfigen

Dunst, dessen Geschmack sich ihm unvergeßlich eingeprägt hatte und den er ausgerechnet an diesem Abend, an dem seine Mutter gestorben war, wiederfinden mußte.

Er blieb stehen, erstarrt in einem erneuten Anfall wilder Verzweiflung. Wie ein jäher Lichtstrahl erleuchtete diese Erinnerung mit einem Schlag das ganze Ausmaß seines Unglücks, und dieser Lufthauch, der ihn zufällig angeweht hatte, stürzte ihn in den finsteren Abgrund tiefen Leids, für das kein Trost vorhanden ist. Er fühlte, wie sein Herz durch diese Trennung für immer zerrissen war. Sein Leben war mitten entzweigeschnitten, und seine ganze Jugendzeit entschwand, verschlungen von diesem Tod. Alles, was „früher" gewesen war, hatte ein Ende. Alle Erinnerungen aus seinen jungen Jahren verrannen. Niemand würde wieder mit ihm über das Vergangene sprechen, über die Leute, die er einst gekannt hatte, über seine Heimat, über ihn selbst, über alle die heimlichen Ereignisse seines verflossenen Lebens. Ein Teil seines Wesens hatte aufgehört zu existieren. Nun war es Zeit, daß auch der andere starb.

Eine Erinnerung nach der andern zog an seinem Geist vorüber. Er sah „die Mama" wieder, als sie noch jünger war, in Kleidern, die sie auf dem Leib getragen hatte, bis sie völlig abgenutzt waren, so lange, daß sie scheinbar unzertrennlich mit ihrer Person verwachsen waren. Er fand sie in unzähligen Lebenslagen wieder, die er längst vergessen hatte; er sah, ganz verwischt und undeutlich, ihre Züge wieder, ihre Art, sich zu bewegen, hörte ihren Tonfall, erinnerte sich an ihre Gewohnheiten, ihre Eigenheiten, ihre Zornausbrüche, die Falten ihres Gesichts, die Bewegungen ihrer mageren Finger, alle ihre besonderen Eigenarten, sich zu geben und zu benehmen, die nun für ewig dahin waren.

Er klammerte sich an den Doktor und stieß ein

dumpfes Stöhnen aus. Seine schlappen Beine zitterten; sein ganzer dicker Leib wurde von Schluchzen geschüttelt, und er stammelte: „Meine Mutter! Meine arme Mutter! Meine arme Mutter!..."

Doch sein Begleiter, der immer noch beschwipst war und heimlich vorhatte, den angebrochenen Abend an einem jener Orte zu beschließen, die er insgeheim zu besuchen pflegte, wurde über diesen wilden Anfall verzweifelten Kummers ungeduldig. Er nötigte ihn, sich auf der grasbewachsenen Uferböschung hinzusetzen, und machte sich gleich danach unter dem Vorwand, er müsse noch einen Patienten aufsuchen, kaltherzig aus dem Staub.

Caravan weinte lange. Als er sich dann fast die Augen ausgeweint hatte, als sein ganzes Herzeleid sozusagen verströmt war, verspürte er aufs neue Erleichterung, fühlte er sich mit einemmal ruhig und gelassen.

Der Mond war aufgegangen und badete den Horizont in seinem sanften Licht. Die hohen Pappeln ragten silbrig schimmernd empor, und der Nebel über der Ebene sah aus wie schwebender Schnee. Der Fluß, in dem jetzt keine Sterne mehr schwammen, der jedoch wie mit Perlmutter überzogen dahinfloß, zog wie immer seine Bahn, von schimmernden Schauern gekräuselt. Die Luft war mild, eine würzige Brise wehte. Ermattet schlief die Erde, und Caravan sog in tiefen Zügen die sanfte Stille der Nacht ein. Er atmete lange und mit Behagen, und es war ihm, als fühlte er, wie ihn bis in die Finger und Zehen erfrischende Ruhe und überirdischer Trost durchströmten.

Er wehrte sich dennoch gegen dieses Wohlbehagen, das ihn übermannte. Immer wieder sagte er sich: Meine Mutter, meine arme Mutter! Aus einer Art Gewissenhaftigkeit, wie sie einem anständigen Mann wohl ansteht, versuchte er sich zum Weinen zu zwingen; aber er konnte einfach nicht mehr. Er empfand nicht mehr die geringste Traurigkeit bei den Gedanken, bei denen er eben noch in so heftiges Schluchzen ausgebrochen war.

Da erhob er sich; er wollte nach Hause gehen. Gemächlich, Schritt für Schritt ging er heimwärts. Rings umgab ihn die ruhige Teilnahmslosigkeit der heiteren Natur, und sein Herz hatte ohne sein Zutun Frieden gefunden.

Als er bei der Brücke anlangte, sah er das Lichtsignal der letzten Straßenbahn, die abfahrbereit dastand, und dahinter die erleuchteten Fenster des Café du Globe.

Da packte ihn unvermittelt das Bedürfnis, irgendwem sein Unglück zu erzählen, Mitgefühl zu erwekken, sich interessant zu machen. Er legte sich ein klägliches Gesicht zurecht, stieß die Tür des Kaffeehauses auf und ging auf die Theke zu, wo der Wirt unentwegt thronte. Er rechnete mit einem wirkungsvollen Auftritt; alle Gäste würden aufspringen, zu ihm kommen, ihm die Hand reichen und sich erkundigen: „Um Himmels willen, was haben Sie denn?“ Aber niemand bemerkte seine Trauermiene. Da stemmte er die Ellbogen auf die Theke, barg die Stirn in den Händen und murmelte: „Mein Gott! O mein Gott!“

Der Wirt maß ihn prüfend und fragte: „Ist Ihnen schlecht, Herr Caravan?“ Er gab zur Antwort: „Nein, lieber Freund, aber meine Mutter ist soeben gestorben.“ Der Wirt ließ ein zerstreutes „Ah!“ vernehmen; und da ein Gast aus dem Hintergrund des Lokals rief: „Ein Bier, bitte!“, antwortete er alsbald mit Donnerstimme: „Jawohl, sofort! ... Kommt gleich!“ und stürzte davon, um den Gast zu bedienen. Den verblüfften Caravan ließ er einfach stehen.

Am selben Tisch wie schon vor dem Abendessen saßen immer noch unbeweglich die drei Dominospieler in ihr Spiel vertieft. Caravan trat Mitgefühl heischend zu ihnen heran. Da keiner von ihm Notiz nahm, entschloß er sich zum Reden. „Seit wir uns zum letztenmal gesehen haben“, sagte er, „hat mich ein schweres Unglück betroffen.“

Sie hoben alle drei zugleich ein wenig den Kopf, verwandten aber keinen Blick von ihrem Spiel. „Nanu, was denn?“ – „Meine Mutter ist gestorben.“ Einer von ihnen brummte: „Ah, so was!“ mit dem gemacht betrübten Gesicht, wie es gänzlich unbeteiligte Leute bei solchen Gelegenheiten aufsetzen. Ein anderer, dem nichts Rechtes einfiel, zog bloß die Stirn kraus und äußerte sein Beileid durch eine Art trauriges Pfeifen, das er von sich gab. Der dritte wandte sich wieder dem Spiel zu, als dächte er: Na, wenn es weiter nichts ist!

Caravan hatte zumindest ein paar Worte erwartet, die – wie man sagt – aus dem Herzen kamen. Als er nun so teilnahmslos empfangen wurde, entfernte er sich empört über soviel Gleichgültigkeit gegenüber dem Schmerz eines Freundes, obwohl dieser Schmerz augenblicklich dermaßen betäubt war, daß er ihn kaum mehr spürte.

Er ging hinaus.

Seine Frau wartete auf ihn. Sie saß im Nachthemd auf einem niedrigen Stuhl am offenen Fenster und dachte immer nur an die Erbschaft.

„Zieh dich rasch aus“, sagte sie, „wir können die Sache besprechen, wenn wir im Bett sind.“

Er hob den Kopf und deutete mit einem Blick zur Decke hinauf. „Aber... dort oben... ist doch niemand.“ – „Doch, doch, Rosalie ist bei ihr. Du kannst sie um drei Uhr früh ablösen, wenn du ein wenig geschlafen hast.“

Er blieb aber doch in Unterhosen, um für alle Fälle bereit zu sein, band ein seidenes Tuch um den Kopf und legte sich neben seine Frau, die schon unter die Decke gekrochen war.

Eine Zeitlang lagen sie stumm nebeneinander. Sie überlegte.

Selbst zu dieser Stunde zierte ihre Nachthaube eine rosa Schleife, und sie saß ein bißchen schief auf einem Ohr, als hätten alle Hauben, die sie trug, unweigerlich diese Gewohnheit.

Plötzlich schaute sie zu ihm hinüber und fragte: „Weißt du, ob deine Mutter ein Testament gemacht hat?" Er zögerte. „Ich... ich... glaube nicht... Nein, sie hat bestimmt keines gemacht." Madame Caravan blickte ihrem Mann in die Augen und sagte dann leise und mit wutbebender Stimme: „Das ist eine Gemeinheit, sag' ich dir! Seit zehn Jahren rakkern wir uns für sie ab, pflegen sie, sie wohnt bei uns und ißt bei uns! Deine Schwester hat das alles nicht für sie getan, und ich hätte es auch nicht getan, wenn ich gewußt hätte, wie es mir gelohnt wird. Jawohl, es ist eine Schande, und ich werde es ihr nie vergessen. Du wirst mir nun einwenden, sie habe uns ja Kostgeld bezahlt. Das stimmt. Aber die liebevolle Pflege seiner Kinder kann man nicht mit Geld bezahlen, man zeigt sich nach dem Ableben in seinem Testament erkenntlich. So machen es anständige Menschen. Das hab' ich nun von meiner Mühe und meinen Plackereien! Eine saubere Geschichte! Wahrhaftig, das lob' ich mir!"

Aufs höchste bestürzt sagte Caravan immer nur: „Schatz, Liebste, ich bitte dich, ich flehe dich an."

Mit der Zeit beruhigte sie sich wieder und sagte in ihrem gewöhnlichen Ton: „Morgen vormittag müssen wir deine Schwester benachrichtigen."

Er fuhr auf. „Richtig! Daran habe ich gar nicht gedacht. Morgen in aller Frühe schicke ich eine Depesche." Doch sie ließ ihn nicht weiterreden; sie hatte alles schon vorbedacht. „Nein, schick sie erst zwischen zehn und elf Uhr, damit wir noch Zeit haben, uns ein bißchen umzutun, bevor sie kommt. Von Charenton bis hierher braucht sie höchstens zwei Stunden. Wir sagen ihr einfach, du habest den Kopf verloren. Wenn wir sie im Laufe des Vormittags verständigen, sind wir fein 'raus!"

Aber da schlug sich Caravan an den Kopf und sagte in dem eingeschüchterten Ton, mit dem er jedesmal von seinem Vorgesetzten sprach, denn schon beim bloßen Gedanken an ihn zitterte er: „Ich muß auch das Ministerium benachrichtigen." Sie antwortete: „Warum nur? In solchen Fällen ist man immer entschuldbar, wenn man etwas vergißt. Melde es nicht, glaub mir. Dein Chef kann da gar nichts sagen. Und zudem bringst du ihn in arge Verlegenheit." – „O ja, das stimmt", erwiderte er, „und eine schöne Wut kriegt der, wenn er mich nicht kommen sieht. Ja, du hast recht, das ist eine glänzende Idee. Wenn ich ihm dann mitteile, daß meine Mutter gestorben ist, muß er wohl oder übel den Mund halten."

Und begeistert von dem Possen, den er seinem Chef spielen konnte, rieb sich der Beamte die Hände, während über ihm der Leichnam der Alten neben der schlafenden Magd ruhte.

Auf Madame Caravans Gesicht trat ein besorgter Ausdruck. Sie schien einen fixen Gedanken im Kopf zu wälzen, etwas, das sich nur schwer sagen ließ. Schließlich nahm sie sich ein Herz und fragte: „Deine Mutter hat dir doch die Standuhr geschenkt, nicht wahr? Die mit dem Mädchen und dem Bilboquet?" Er dachte eine Weile nach und antwortete dann: „Ja, gewiß. Sie hat gesagt – aber das ist schon lange her, damals, als sie zu uns kam – sie hat gesagt: ‚Die gehört einmal dir, diese Uhr, wenn du gut für mich gesorgt hast.'"

Madame Caravan war nun beruhigt, sie hatte ihre ausgeglichene Gemütsart wiedergefunden und sagte: „Dann müssen wir sie herunterholen. Weißt du, wenn wir warten, bis deine Schwester kommt, läßt sie nicht zu, daß wir sie nehmen." Er wollte nicht recht darauf eingehen. „Glaubst du?" Da antwortete sie ärgerlich: „Natürlich glaube ich's! Haben wir sie erst hier, dann kräht kein Hahn mehr danach, dann gehört sie uns. Genau wie die Kommode in ihrem Schlafzimmer, die mit der Marmorplatte. Die hat sie mir auch geschenkt, als sie gerade ihren guten Tag hatte. Wir können sie dann gleich mit herunternehmen."

Caravan machte ein bedenkliches Gesicht. – „Aber, meine Liebe, das ist eine große Verantwortung!" Da wandte sie sich wütend zu ihm um und sagte: „Ah, wahrhaftig! Wirst du dich eigentlich nie ändern? Lieber läßt du deine Kinder Hungers sterben, als daß du etwas unternähmst! Sie hat mir die Kommode geschenkt, und somit gehört sie uns, oder nicht? Und wenn deine Schwester nicht einverstanden ist, kann sie es mir ja sagen! Sie kann mir den Buckel hinunterrutschen, deine Schwester. Komm, steh auf. Wir wollen jetzt gleich die Sachen herunterholen, die uns deine Mutter geschenkt hat."

Zitternd und bezwungen stieg er aus dem Bett, und als er seine Hosen anziehen wollte, hielt sie ihn davon ab: „Du brauchst dich nicht erst anzukleiden. Behalt nur deine Unterhosen an, das genügt. Ich gehe auch so, wie ich bin."

Und beide gingen im Nachtgewand hinaus, stiegen leise die Treppe empor, öffneten vorsichtig die Tür und betraten das Zimmer, wo allein die vier brennenden Kerzen um den Teller mit dem geweihten Buchsbaumzweig die alte Frau in ihrer starren Ruhe zu bewachen schienen. Denn Rosalie lag zurückgelehnt und beide Beine weit von sich gestreckt reglos in ihrem Lehnstuhl und schlief. Sie hatte die Hände auf dem Rock gekreuzt, den Kopf zur Seite geneigt, und schnarchte ein wenig mit offenem Munde.

Caravan nahm die Standuhr. Es war einer jener grotesken Kunstgegenstände, wie sie die Kaiserzeit massenhaft hervorbrachte. Ein junges Mädchen aus vergoldeter Bronze mit einem Blumenkranz im Haar hielt in der Hand ein Bilboquet, dessen Kugel als Pendel diente. „Gib mir das", gebot Madame Caravan, „und nimm dafür die Marmorplatte der Kommode."

Schnaufend gehorchte er und lud die Marmorplatte mit größter Anstrengung auf seine Schulter.

Dann verzog sich das Paar. Caravan bückte sich unter der Tür und begann schwankend die Treppe hinunterzusteigen, während seine Frau rückwärts ging und ihm mit einer Hand leuchtete, da sie die Uhr unter dem andern Arm trug.

Als sie in ihrer Wohnung angelangt waren, stieß sie einen tiefen Seufzer aus. „Das Schwerste wäre geschafft!" sagte sie. „Jetzt holen wir noch den Rest."

Aber die Schubladen der Kommode waren vollgestopft mit Kleidern der Alten. Das mußte irgendwo versteckt werden.

Da kam Madame Caravan auf einen glänzenden Gedanken. „Hol doch die tannene Holztruhe, die im Vorraum steht. Die ist keine vierzig Sous wert, man kann sie gut hierher stellen." Und als die Truhe zur Stelle war, begann man mit dem Umpacken.

Sie nahmen, eins nach dem andern, die Manschetten, die Halskragen, die Hemden und Hauben, den ganzen armseligen Krempel der alten Frau, die da hinter ihnen lag, heraus und räumten sie sorgfältig in die Holztruhe um, so daß Madame Braux, das zweite Kind der Verstorbenen, nichts merken sollte, wenn sie am nächsten Tag kam.

Als das erledigt war, trugen sie zuerst die Schubladen hinunter, dann die Kommode selbst. Sie packten jedes an einem Ende an, und beide überlegten lange, wo sie sich am besten ausnahm. Man entschied sich für das Schlafzimmer, gegenüber dem Bett, zwischen den beiden Fenstern.

Als die Kommode an ihrem Platz stand, räumte Madame Caravan sogleich ihre eigene Wäsche ein. Die Standuhr wurde auf den Kamin im Eßzimmer gestellt; dann besah sich das Ehepaar die Wirkung, die sie damit erzielten. Sie waren sofort hell begeistert. „Sie macht sich gut da", sagte sie. Er antwortete: „Ja, sehr gut." Hierauf gingen sie zu Bett. Sie blies die Kerze aus, und bald schlief alles in den beiden Stockwerken des Hauses.

Es war schon heller Tag, als Caravan die Augen wieder aufschlug. Er war noch ganz schlaftrunken und erinnerte sich erst nach geraumer Zeit an das Vorgefallene. Diese Erinnerung traf ihn wie ein heftiger Stoß ins Herz. Er sprang aus dem Bett, aufs neue zutiefst bewegt und dem Weinen nahe.

Geschwind stieg er in den zweiten Stock hinauf, wo Rosalie immer noch in der gleichen Stellung wie tags zuvor schlief. Sie hatte die ganze Nacht in einem Zug durchgeschlafen. Er schickte sie an ihre Arbeit und steckte an Stelle der heruntergebrannten neue Kerzen ein. Dann betrachtete er lange seine Mutter, und dabei gingen ihm allerlei scheinbar tiefsinnige Gedanken im Kopf herum, jene üblichen religiösen und philosophischen Banalitäten, die durchschnittliche Geister angesichts des Todes überlegen.

Doch als ihn seine Frau rief, ging er hinunter. Sie hatte ein Verzeichnis all der Dinge aufgestellt, die er im Laufe des Morgens erledigen sollte, und überreichte ihm folgende Liste, über deren Länge er erschrak. Da las er:

1. Meldung des Ablebens auf der Mairie,
2. Totenbeschauer bestellen,
3. Sarg bestellen,
4. Pfarrer verständigen,
5. Bestattungsamt,
6. bei Druckerei vorbeigehen und Todesanzeigen bestellen,
7. zum Notar gehen,
8. Telegraphenamt, Familie verständigen.

Dazu kamen noch eine ganze Menge kleiner Besorgungen. Er nahm seinen Hut und ging.

Währenddessen hatte sich der Todesfall herumgesprochen, und die Nachbarsfrauen rückten an und wollten die Tote sehen.

Beim Coiffeur im Erdgeschoß war es sogar zwischen dem Mann und seiner Frau deswegen zu einem kleinen Auftritt gekommen.

Während er einen Kunden rasierte, strickte sie an einem Strumpf. Da sagte sie: „Wieder eine weniger. Und geizig war die wie selten eine. Ich mochte sie ja nicht leiden, aber ansehen möchte ich sie mir trotzdem."

Während der Gatte das Kinn des Kunden einseifte, brummte er: „Was du wieder für Mucken hast! Auf so was kann doch nur ein Frauenzimmer kommen! Nicht genug, daß sie einen anöden, solange man am Leben ist, nein, sie können einen nicht einmal im Tod in Frieden lassen." – Aber seine Frau ließ sich nicht aus der Fassung bringen und erwiderte: „Ich kann mir nicht helfen, ich muß einfach hinauf! Seit heute früh komme ich davon nicht los. Wenn ich sie nicht noch einmal sehen könnte, so müßte ich mein Lebtag dran denken. Wenn ich sie mir aber richtig angesehen und mir ihr Gesicht eingeprägt habe, dann ist mir nachher wieder wohl."

Der Bartschaber zuckte die Achseln und sagte zu dem Herrn, dessen Backe er gerade rasierte: „Was sagen Sie nun dazu? Solch hirnverbrannte Ideen können doch nur die verflixten Weiber haben! Mir würde es jedenfalls keinen Spaß machen, einen Toten zu sehen." – Aber seine Frau hatte es gehört und gab ihm gleichgültig zur Antwort: „So ist es nun mal, so ist es eben." – Dann legte sie ihr Strickzeug auf den Ladentisch und ging in den ersten Stock hinauf.

Zwei Nachbarinnen waren bereits da und besprachen den Todesfall mit Madame Caravan. Sie berichtete haarklein, wie es zugegangen war.

Man begab sich ins Sterbezimmer. Die vier Frauen betraten es auf den Zehenspitzen und besprengten das Leichentuch eine nach der anderen mit dem Salzwasser, knieten dann nieder, bekreuzigten sich, murmelten ein Gebet und erhoben sich dann wieder. Mit weit aufgerissenen Augen und offenem Mund betrachteten sie lange den Leichnam, während die Schwiegertochter der Toten ihr Taschentuch vor das Gesicht preßte und ein verzweifeltes Schluchzen simulierte.

Als sie sich zum Gehen wandte, sah sie Marie-Louise und Philippe-Auguste im Hemd bei der Tür stehen und neugierig hereinstarren. Da vergaß sie ihren gespielten Kummer, stürzte sich mit erhobener Hand auf sie und keifte mit vor Wut überschnappender Stimme: „Wollt ihr wohl machen, daß ihr 'rauskommt, ihr naseweisen Strolche!"

Als sie zehn Minuten später mit einem neuen Schub anderer Nachbarinnen wieder heraufkam und aufs neue den Buchsbaumzweig über ihrer Schwiegermutter geschwungen, ein Gebet verrichtet, ein paar Krokodilstränen geweint, kurz, alles getan hatte, was ihre Pflicht war, fand sie ihre beiden Kinder wiederum vor. Sie waren hinter ihr drein heraufgekommen. Sie versetzte ihnen anstandshalber ein paar Backpfeifen; aber beim nächstenmal schenkte sie ihnen überhaupt keine Beachtung mehr, und jedesmal, wenn neue Besucher kamen, folgten ihnen die beiden Rangen auf dem Fuße, knieten sich ebenfalls in einer Ecke hin und machten haargenau alles nach, was sie ihre Mutter tun sahen.

Zu Beginn des Nachmittags nahm die Menge der schaulustigen Nachbarinnen ab, und nicht lange, so erschien überhaupt niemand mehr. Madame Caravan kehrte in ihre Wohnung zurück und beschäftigte sich mit den Zurüstungen für die Leichenfeier. Und die Tote blieb einsam und allein.

Das Fenster des Sterbezimmers war offen. Eine sengende Hitze drang herein, ganze Wolken von Staub wehten ins Zimmer. Die Flammen der vier

Kerzen flackerten neben dem regungslosen Körper, und auf dem Leintuch, auf dem Gesicht mit den geschlossenen Augen, auf den beiden Händen krochen Fliegen herum, krabbelten hin und her, spazierten auf und nieder, liefen auf der toten alten Frau umher und warteten, bis demnächst ihre Stunde kam.

Marie-Louise und Philippe-Auguste waren wieder fortgegangen und trieben sich auf der Straße herum. Binnen kurzem waren sie von Kameraden umringt, hauptsächlich von kleinen Mädchen, die aufgeweckter waren und rascher alle Geheimnisse des Lebens erahnten. Sie stellten Frage um Frage wie die Erwachsenen. – „Deine Großmutter ist gestorben?“ – „Ja, gestern abend.“ – „Wie sieht so ein Toter aus?“ – Und Marie-Louise erklärte ihnen alles, erzählte von den Kerzen, dem Buchsbaumzweig, ihrem Gesicht. Daraufhin erwachte in allen Kindern eine übermächtige Neugier, und sie wollten unbedingt auch zu der Toten hinaufgehen.

Sofort organisierte Marie-Louise eine erste Führung mit fünf Mädchen und zwei Knaben, den größten und mutigsten. Sie zwang sie, ihre Schuhe auszuziehen, damit sie nicht erwischt wurden. Dann schlich sich das Trüppchen ins Haus und lief leise wie eine Schar Mäuse die Treppe hinauf.

Als sie im Sterbezimmer angelangt waren, regelte das Mädchen das Zeremoniell, wie sie es bei ihrer Mutter gesehen hatte. Sie führte ihre Spielgefährten feierlich ans Totenbett, kniete nieder, schlug das Kreuzeszeichen, bewegte die Lippen wie im Gebet, stand dann wieder auf, besprengte das Bett mit Wasser, und während die Kinder eng aneinandergedrängt nähertraten und erschreckt, neugierig und wie gebannt auf Gesicht und Hände der Leiche blickten, begann sie auf einmal zu tun, als schluchze sie herzzerbrechend, und drückte ihr kleines Taschentuch an die Augen. Dann fielen ihr plötzlich die Kameraden ein, die vor der Tür warteten, und sie brach ihr Geflenne jäh ab und zog geschwind die ganze Bande mit sich hinaus. Bald darauf brachte sie eine zweite, dann eine dritte Gruppe herauf, denn sämtliche Gassenjungen des Viertels, sogar die kleinen zerlumpten Betteljungen, drängten sich zu diesem neuen Vergnügen. Und jedesmal fing sie wieder vollendet naturgetreu mit den Mätzchen an, die sie ihrer Mutter abgeguckt hatte.

Aber auf die Dauer wurde es ihr langweilig. Ein anderes Spiel lockte die Kinder weg, und die alte Großmutter blieb allein, von allen vergessen und verlassen.

Es wurde dunkel im Zimmer, und auf ihrem ausgemergelten, verrunzelten Gesicht sah man die flackernden Kerzen ihren unruhigen Schein abzeichnen.

Gegen acht Uhr kam Caravan herauf, schloß das Fenster und erneuerte die Kerzen. Er trat jetzt ganz gelassen herein, denn er war es bereits gewohnt, die Leiche anzusehen, wie wenn sie seit Monaten schon dagelegen hätte. Er stellte sogar fest, daß noch keinerlei Zersetzung zu sehen war, und sagte es seiner Frau, als sie sich zum Abendessen setzten. Sie antwortete: „Sieh an! Die ist aus Holz; sie würde sich ein ganzes Jahr frisch halten."

Sie aßen die Suppe, ohne ein Wort zu sprechen. Die Kinder, denen man den ganzen Tag alle Freiheit gelassen hatte, waren todmüde und dösten auf ihren Stühlen. Es herrschte völlige Stille.

Plötzlich brannte die Lampe trüber.

Madame Caravan schraubte sofort den Docht höher. Aber die Lampe gab einen hohlen Ton von sich, ein langgezogenes Gurgeln, und dann erlosch das Licht. Man hatte vergessen, Petroleum zu kaufen! Wenn jetzt noch jemand zum Krämer ginge, würde es mit dem Essen zu spät. So suchte man denn Kerzen; aber es waren keine mehr da außer denen, die droben auf dem Nachttisch brannten.

Madame Caravan, die immer rasch entschlossen handelte, schickte Marie-Louise hinauf; sie sollte zwei davon holen. Dann wartete man im Finstern.

Man hörte deutlich die Schritte der Kleinen, während sie die Treppe emporstieg. Dann folgte eine kurze Stille. Auf einmal kam das Kind Hals über Kopf die Treppe heruntergerannt. Sie riß die Tür auf, ganz verstört, noch viel aufgeregter als am vergangenen Abend, als sie die Unheilsbotschaft brachte, und stammelte nach Atem ringend: „Oh, Papa, Großmama zieht sich an!“

Caravan sprang so erschrocken auf, daß sein Stuhl polternd gegen die Wand flog. Er stotterte: „Was sagst du?... Was sagst du da?...“

Aber Marie-Louise wiederholte vor Aufregung keuchend: „Groß... Groß... Großmama zieht sich an... Sie kommt gleich herunter!“

Er rannte wie von Sinnen die Treppe hinauf, gefolgt von seiner völlig fassungslosen Frau. Aber vor der Tür des zweiten Stocks blieb er stehen, bebend vor Entsetzen, und wagte nicht hineinzugehen. Was erwartete ihn wohl drinnen? – Madame Caravan war kühner als ihr Mann. Sie klinkte die Tür auf und drang ins Zimmer.

Der Raum schien dunkler zu sein als vorher, und in der Mitte bewegte sich eine kleine hagere Gestalt. Sie war tatsächlich aufgestanden, die Alte. Und als sie aus ihrem todähnlichen Schlaf erwacht war, hatte sie sich, noch bevor sie ganz bei Bewußtsein war, auf die Seite gedreht und, auf einen Ellbogen gestützt, drei der vier Kerzen ausgeblasen, die bei dem Sterbebett brannten. Nachdem sie wieder ein wenig zu Kräften gekommen war, war sie aufgestanden und hatte ihre Kleider gesucht. Zuerst hatte es sie etwas verwirrt, daß ihre Kommode nicht mehr dastand. Aber nach und nach hatte sie ihre Sachen zuunterst in der Holztruhe wiedergefunden und hatte sich ruhig angekleidet. Dann hatte sie den Teller mit dem Wasser ausgeleert, den Buchsbaumzweig wieder hinter den Spiegel gesteckt und die Stühle an ihren Platz gestellt und wollte eben hinuntergehen, als ihr Sohn und ihre Schwiegertochter vor ihr auftauchten.

Caravan stürzte auf sie zu, faßte ihre Hände und umarmte sie mit Tränen in den Augen. Seine Frau stand hinter ihm und sagte immer wieder scheinheilig: „Welch ein Glück! Oh, was für ein Glück!"

Doch die Alte blieb ungerührt, sie schien nicht zu begreifen, was vorging. Steif wie ein Standbild und mit eiskaltem Blick fragte sie nur: „Ist das Essen bald fertig?" – Er stammelte kopflos: „Ja, natürlich, Mama, wir haben nur auf dich gewartet." Mit ungewohnter Beflissenheit faßte er sie unter, während die junge Madame Caravan die Kerze nahm und ihnen leuchtete. Sie ging vor ihnen die Treppe hinunter, Stufe um Stufe, rückwärts, wie in der vergangenen Nacht, als sie ihrem Mann leuchtete, der die Marmorplatte trug.

Als sie im ersten Stock ankam, wäre sie beinahe mit zwei Leuten zusammengestoßen, die heraufkamen. Es waren die Verwandten aus Charenton, Madame Braux und dahinter ihr Mann.

Die Frau, eine große, dicke Person mit einem Wasserbauch, prallte zurück, riß ganz entsetzt die Augen auf und wollte davonlaufen. Der Mann, ein Schuster und Sozialist, ein knirpsiges, haariges Männchen, das aussah wie ein Affe, brummte gemütsruhig: „Was ist denn los? Aufersteht sie von den Toten?"

Kaum hatte Madame Caravan die beiden erkannt, machte sie ihnen verzweifelt Zeichen; dann sagte sie laut: „Was? Ihr seid da? Welch angenehme Überraschung!"

Aber Madame Braux war so entgeistert, daß sie einfach nicht begriff, was da vorging. Sie antwortete leise: „Wir sind doch auf eure Depesche hin gekommen. Wir glaubten, sie sei gestorben."

Ihr Mann, der hinter ihr stand, zwickte sie und wollte sie so zum Schweigen bringen. Mit einem boshaften Lachen, das er in seinem dichten Bart verbarg, setzte er hinzu: „Es ist sehr nett von euch, daß ihr uns eingeladen habt. Wir sind auch gleich gekommen.“ Damit spielte er auf die Feindschaft an, die seit langem zwischen den beiden Familien herrschte. Inzwischen war die Alte auf den untersten Stufen der Treppe angelangt, und er trat rasch auf sie zu und rieb sein behaartes Gesicht an ihren Wangen, dann schrie er ihr, weil sie fast taub war, ins Ohr: „Geht's gut, Mutter? Immer noch rüstig, was?“

Madame Braux war maßlos verblüfft über die Tatsache, daß die Totgeglaubte nun auf einmal lebendig vor ihr stand, und wagte gar nicht, sie zu umarmen. Ihr unförmiger Bauch versperrte den ganzen Treppenabsatz und hinderte die andern am Weitergehen.

Unruhig und mißtrauisch, aber ohne ein Wort zu sprechen, beobachtete die Alte alle die Leute, die sie umstanden, und ihre kleinen grauen Augen ruhten forschend und hart bald auf dem einen, bald auf dem andern. Man konnte deutlich aus ihren Blicken ablesen, was sie dachte, und ihre Kinder fühlten sich sehr unbehaglich.

Caravan wollte erklären, wie es gekommen war, und sagte: „Sie war ein wenig leidend, aber jetzt ist sie wieder völlig wohlauf, nicht wahr, Mutter?“

Da setzte sich die alte Frau wieder in Bewegung und antwortete mit ihrer verbrauchten Stimme, die von weit her zu kommen schien: „Es war nur eine Ohnmacht. Ich habe euch die ganze Zeit gehört.“

Ein betretenes Schweigen folgte auf diese Worte. Man begab sich ins Eßzimmer und setzte sich zu einem rasch improvisierten Essen.

Einzig Herr Braux hatte seine Fassung bewahrt. Sein boshaftes Gorillagesicht schnitt unaufhörlich

Grimassen, und er führte allerlei zweideutige Reden, so daß alle sichtlich peinlich berührt waren.

Alle Augenblicke schellte die Glocke im Vorzimmer, und dann kam Rosalie aufgeregt herein und holte Caravan. Der warf seine Serviette auf den Tisch und stürmte hinaus. Sein Schwager fragte ihn zuletzt sogar, ob er heute seinen Empfangstag habe. Er brachte mühsam hervor: „Nein, lauter Bestellungen, nichts Wichtiges."

Als schließlich ein Päckchen gebracht wurde, öffnete er es unüberlegterweise, und zum Vorschein kamen schwarzgeränderte Todesanzeigen. Da wurde er über und über rot, machte das Päckchen schnell wieder zu und versenkte es in seiner Tasche.

Seine Mutter hatte es nicht gesehen. Sie starrte unverwandt auf die Standuhr, deren vergoldetes Pendel auf dem Kamin hin- und herschwang. Die Verlegenheit wurde immer größer, und es herrschte eisiges Schweigen.

Da wandte die Alte das runzlige Hexengesicht ihrer Tochter zu und sagte mit einem boshaften Augenzwinkern: „Am Montag mußt du mir deine Kleine herbringen, ich möchte sie sehen." – Madame Braux rief strahlend: „Ja, Mama!" Aber die junge Madame Caravan war erbleicht und wurde vor Schreck fast ohnmächtig.

Inzwischen waren die beiden Männer nach und nach ins Gespräch gekommen und hatten eine politische Diskussion vom Zaun gebrochen. Braux verfocht die revolutionären kommunistischen Lehren. Er ereiferte sich mächtig, in seinem haarigen Gesicht blitzten die Augen, und er schrie: „Eigentum ist Diebstahl am Arbeiter! Die Erde gehört allen Menschen! Erbschaft ist eine Gemeinheit und eine Schande!..." Plötzlich aber hielt er inne, verlegen wie jemand, der eine Dummheit geäußert hat. Dann setzte er verträglicher hinzu: „Aber jetzt ist nicht der rechte Augenblick, derlei Dinge zu erörtern."

Die Tür ging auf, und Doktor Chenet erschien. Einen Augenblick verschlug es ihm vor Verblüffung fast den Atem, dann aber faßte er sich wieder, trat auf die alte Frau zu und sagte: „Ah, sieh mal an! Die Mama! Oh, ich habe es ja gewußt! Vorhin, als ich die Treppe heraufkam, habe ich mir noch gesagt: Ich will wetten, sie ist wieder auf, die alte Frau!“ Er tätschelte ihr liebevoll den Rücken. „Sie ist unverwüstlich, die begräbt uns noch alle zusammen, ihr werdet's erleben!“

Er setzte sich, trank gern eine Tasse Kaffee mit und mischte sich alsbald in das Gespräch der beiden Männer. Er gab Braux recht, denn er war selbst ein Mitläufer der Kommune gewesen.

Doch nun war die Alte müde und wollte gehen. Caravan sprang dienstfertig auf. Sie blickte ihm fest in die Augen und sagte: „Du wirst mir auf der Stelle meine Kommode und meine Uhr wieder hinaufschaffen.“ – Und als er hilflos stammelte: „Gewiß, Mama!“, nahm sie den Arm ihrer Tochter und verschwand mit ihr nach oben.

Das Ehepaar Caravan blieb fassungslos, stumm zurück. Sie waren völlig niedergedonnert und von dem gräßlichen Unglück, das sie getroffen hatte, gänzlich gebrochen, während Braux sich die Hände rieb und hoch zufrieden seinen Kaffee in kleinen Schlucken schlürfte.

Plötzlich stürzte sich Madame Caravan außer sich vor Wut auf ihn und heulte: „Sie sind ein Dieb, ein Schuft, ein Lump!... Ich spucke Ihnen ins Gesicht, ich... ich...“ Sie fand keine Worte mehr, rang nach Luft. Er aber trank ruhig weiter und lachte nur.

Gerade in diesem Augenblick kam seine Frau zurück, und da lief Madame Caravan ihrer Schwägerin entgegen; und beide, die eine unförmig dick mit ihrem Wasserbauch, die andere mager und wutrasend mit überschnappender Stimme und zitternden Händen, schrien sich aus vollem Halse ganze Fluten wüster Schimpfwörter ins Gesicht.

Chenet und Braux griffen ein, und der Schuster stieß seine Ehehälfte an den Schultern zur Tür hinaus und rief ihr nach: „Raus mit dir, du dumme Kuh, du machst zuviel Krach!“

Man hörte sie noch im Davongehen auf der Straße miteinander zanken.

Herr Chenet verabschiedete sich.

Das Ehepaar Caravan blieb allein.

Da sank der Mann verzweifelt auf einen Stuhl. Kalter Schweiß perlte auf seinen Schläfen, und er keuchte dumpf vor sich hin: „Was soll ich bloß morgen meinem Chef sagen?“

Guy de Maupassant im Diogenes Verlag

Guy de Maupassant (1850–1892), geboren auf Schloß Miromesnil in der Normandie. Nach einem abgebrochenen Jura-Studium arbeitete er ab 1871 als kleiner Beamter im Marine-, später im Kulturministerium in Paris und begann gleichzeitig mit ersten literarischen Arbeiten, unterstützt und geformt von Flaubert, der mit Maupassants Onkel befreundet war. Nach zehnjähriger literarischer Produktion unter Ausschluß der Öffentlichkeit erschien 1880 ein Gedichtband und seine Erzählung *Schmalzpummel*, die ihn mit einem Schlag berühmt machte.

»Maupassants Ahnen waren Rabelais, Montaigne, Molière, La Fontaine, die Starken und die Klaren, jene, die ihn nur durch seine Werke kennen, lieben ihn wegen des unsterblichen Liebesliedes, mit dem er das Leben besungen hat.« *Emile Zola*

»Ich denke oft an Guy de Maupassant, der mir der beste Erzähler des 19. Jahrhuderts zu sein schien... Ich habe die Art Geschichten am liebsten, die ich selber schreiben kann. Eine Form, die viele gute Autoren gehabt hat, aber keinen glänzenderen als Maupassant. Sogar Anton Čechov nahm sich Maupassant zum Vorbild.«
W. Somerset Maugham

Das Haus Tellier
und andere Erzählungen. Aus dem Französischen von Georg von der Vring

Der Schmuck
und andere Erzählungen. Deutsch von Georg von der Vring

Mamsell Fifi
und andere Erzählungen. Auswahl, Übersetzung und Nachwort von Walter Widmer

Das Glück
und andere Erzählungen. Deutsch von Walter Widmer

Eine List
und andere Erzählungen. Deutsch von Walter Widmer

Meistererzählungen
Ausgewählt, übertragen und mit einem Nachwort von Walter Widmer

Anton Čechov im Diogenes Verlag

»Er ist der subtilste Analytiker menschlicher Beziehungen. Wenn wir diese ›Geschichten über Fastnichts‹ lesen, weitet sich unser Horizont, und wir gewinnen einen erstaunlichen Sinn für die Freiheit.«
Virginia Woolf

Das erzählende Werk
Aus dem Russischen von Gerhard Dick, Wolf Düwel, Ada Knipper, Hertha von Schulz, Michael Pfeiffer und Georg Schwarz. Gesamtredaktion, Anmerkungen und Nachweise von Peter Urban

Ein unbedeutender Mensch
Erzählungen 1883-1885

Gespräch eines Betrunkenen mit einem nüchternen Teufel
Erzählungen 1886

Die Steppe
Erzählungen 1887-1888

Flattergeist
Erzählungen 1888-1892

Rothschilds Geige
Erzählungen 1893-1896

Die Dame mit dem Hündchen
Erzählungen 1897-1903

Eine langweilige Geschichte / Das Duell
Kleine Romane I

Krankenzimmer Nr. 6 / Erzählung eines Unbekannten
Keine Romane II

Drei Jahre / Mein Leben
Kleine Romane III

Die Insel Sachalin
Reisebericht

Das Drama auf der Jagd
Eine wahre Begebenheit. Neu deutsch übersetzt von Peter Urban

Meistererzählungen
Ausgewählt von Franz Sutter. Deutsch von Ada Knipper, Herta von Schulz und Gerhard Dick

W. Somerset Maugham im Diogenes Verlag

Meistererzählungen
Ausgewählt von Gerd Haffmans. Aus dem Englischen von Kurt Wagenseil, Tina Haffmans und Mimi Zoff

Gesammelte Erzählungen in 10 Bänden
Deutsch von Felix Gasbarra, Marta Hackel, Ilse Krämer, Helene Mayer, Claudia und Wolfgang Mertz, Eva Schönfeld, Wulf Teichmann, Friedrich Torberg, Kurt Wagenseil und Mimi Zoff u. a.

Honolulu

Das glückliche Paar

Vor der Party

Die Macht der Umstände

Lord Mountdrago

Das ewig Menschliche

Ashenden oder Der britische Geheimagent

Entlegene Welten

Winter-Kreuzfahrt

Fata Morgana

Das gesammelte Romanwerk in bisher 13 Einzelbänden:

Der Menschen Hörigkeit
Roman. Erstmals vollständig in deutscher Sprache. Deutsch von Mimi Zoff und Susanne Feigl

Rosie und die Künstler
Roman. Deutsch von Hans Kauders und Claudia Schmölders

Silbermond und Kupfermünze
Roman. Deutsch von Susanne Feigl

Auf Messers Schneide
Roman. Deutsch von N. O. Scarpi

Theater
Ein Schauspielerroman. Deutsch von Renate Seiller und Ute Haffmans

Damals und heute
Ein Machiavelli-Roman. Deutsch von Hans Flesch und Ann Mottier

Der Magier
Ein parapsychologischer Roman. Deutsch von Melanie Steinmetz und Ute Haffmans

Oben in der Villa
Ein kriminalistischer Liebesroman. Deutsch von William G. Frank und Ann Mottier

Mrs. Craddock
Roman. Deutsch von Elisabeth Schnack

Südsee-Romanze
Roman. Deutsch von Mimi Zoff

Liza von Lambeth
Ein Liebesroman. Deutsch von Irene Muehlon

Don Fernando
oder Eine Reise in die spanische Kulturgeschichte. Deutsch von Matthias Fienbork

Der bunte Schleier
Roman. Deutsch von Anna Kellner und Irmgard Andrae

Viktorija Tokarjewa im Diogenes Verlag

Mara

Erzählung. Aus dem Russischen von Angelika Schneider

Die ehrgeizige Mara hat nur zwei Ziele: Macht und Geld. Da sie beides mangels Ausbildung auf direktem Wege nicht erreichen kann, geht sie den Umweg über Männer.
In *Mara* entwirft die Autorin das psychologisch feinfühlig gezeichnete tragikomische Bild einer modernen russischen ›femme fatale‹.

»Ihre Erzählungen führen sehr direkt an das Wesen der Menschen heran. Was sie sagt, sagt sie in äußerst gedrängter Form. Eine ›Vaterschaft‹ Čechovs scheint vor allem im Umgang mit der Sprache, in der Beobachtungsgabe und im manchmal fast melancholischen Humor durchzuschlagen. Und obwohl Viktorija Tokarjewa in der Sowjetära lebt, sind ihre Figuren zeitlos, sieht man von den wenigen Tönen des Zeitkolorits ab. Wieviel klingt da mit.«
Regula Heusser/Neue Zürcher Zeitung

Happy-End

Erzählung. Deutsch von Angelika Schneider

Aus purem Trotz heiratet Elja viel zu früh den sie naiv vergötternden Tolik und zieht mit ihm zu seinen Eltern in ein russisches Provinznest. Als sie an der Langeweile des Kleinstadtlebens zu ersticken droht, verliebt sich Elja in den Schauspieler Igor, der so wunderschön Lermontow rezitiert. Sie zieht mit ihm nach Moskau. Aber Igor ist Alkoholiker und hat seit Jahren keine guten Rollen mehr gespielt…

»Die große Kunst der Viktorija Tokarjewa besteht im äußerst sparsamen Gebrauch der erzählerischen Mittel. Überflüssige Details zu vermeiden und auf kürzestem Weg ins Herz der Dinge und der Menschen vorzudringen ist die Maxime der Autorin. Ihre Erzählungen sind von geradezu elementarer Wucht. Sie ist eine Meisterin.« *Frankfurter Allgemeine Zeitung*

»Vor allem aber liegt der Zauber von Viktorija Tokarjewas Schreibweise in einem Čechovschen Humor, der das schwere Leben leichter macht, dazu in gelegentlichen Ausflügen ins Träumerisch-Phantastisch-Absurde, im Witz der Formulierung, der den Geist vom Druck der Verhältnisse befreit.«
Deutsche Welle, Köln

Lebenskünstler

und andere Erzählungen. Deutsch von Ingrid Gloede

»Viktorija Tokarjewas Geschichten sind seit jeher von großer Anmut, allesamt Kunst-Stückchen, die einem die Vorstellung von Leichthändigkeit suggerieren. Nicht jedoch von Leichtgewichtigkeit. Die Genrebilder aus dem sowjetischen Alltagsleben, die die Autorin in ihrem Kaleidoskop aufleuchten läßt, sind nichts weniger als heiter, sie sind stellenweise sogar niederdrückend und bestürzend. Wenn sie uns dennoch ein Schmunzeln entlocken, dann liegt das daran, daß die Tokarjewa über einen ausgeprägten Humor verfügt und diese Gabe durchweg einsetzt. Es ist kein Humor der satirischen Art, eher eine sanfte Ironie, gewürzt mit einer Prise Traurigkeit und einem vollen Maß an mitmenschlichem Erbarmen.«
Sabine Brandt/Frankfurter Allgemeine Zeitung

»Viktorija Tokarjewa psychologisiert nicht. Sie erzählt. In einem Ton und mit einer Sicherheit, die nicht den geringsten Zweifel zuläßt, daß hier eine großartige Autorin zu entdecken ist.« *NDR, Hamburg*

»Sie erzählt von Menschen – erstaunlich emanzipierten Frauen –, die einem Ideal nachjagen, dauernd im

Aufbruch begriffen sind und doch an den realen Bedingungen klebenbleiben wie an Leimruten.«
Die Weltwoche, Zürich

Zickzack der Liebe

Erzählungen. Deutsch von
Monika Tantzscher

Die Menschen der Viktorija Tokarjewa rebellieren gegen ein Leben, das mit der Regelmäßigkeit eines Uhrwerks abläuft und keinen Raum für spontanes Glück läßt. Sie träumen vom Überschwang des Herzens und von leidenschaftlicher Liebe – zu deren Unbedingtheit sie sich dann doch nicht entscheiden können. Das Leben zu zweit erscheint wie ein spannender Kampf ›zwischen Wahrheit und Lüge‹. Ironisch und mit Herzblut erzählt eine selbstbewußte Autorin von den Partnerschaftsnöten emanzipierter sowjetischer Frauen.

»Viktorija Tokarjewa schreibt keine tendenziöse Frauenprosa; die Frauen kommen nicht besser weg als die Männer, mögen sie auch völlig anders sein. Mit kinematographisch geschultem Blick beobachtet sie – Absolventin des Leningrader Filminstituts und Verfasserin zahlreicher Drehbücher – Menschen in ihrem privaten und beruflichen Alltag, sensibel und doch auf Distanz, wie ihr Vorbild Čechov.«
Ilma Rakusa/Neue Zürcher Zeitung

Sag ich's oder sag ich's nicht?

und andere Erzählungen
Deutsch von Ingrid Gloede, Angelika Schneider
und Monika Tantzscher

Sag ich's oder sag ich's nicht? lautet die bange Frage, die sich durch das Leben einer jungen Frau zieht wie ein roter Faden. Als reife Frau hält sie Rückschau auf alle Gelegenheiten, die sie durch ihr langes Abwägen verpaßt hat. Als sich eine letzte Gelegenheit bietet, wagt sie schließlich den Sprung ins Ungewisse.

Je suis, tu es, il est ist die Geschichte einer alleinerziehenden Mutter, deren ganzer Lebensinhalt ihr Sohn ist. Eines Tages bringt der Sohn ein junges Mädchen mit nach Hause. Die Mutter findet die junge Frau unsympathisch und wartet, daß ›der Besuch‹ wieder geht. Da teilt der Sohn ihr mit, daß das Mädchen seit ein paar Tagen seine Ehefrau ist.

Pascha und Pawluscha heißen zwei Freunde, die unterschiedlicher nicht sein könnten: Pascha, der Introvertierte, ist Lehrer in einer Sonderschule und geht in der Sorge um ›seine‹ behinderten Kinder auf. Pawluscha, der Sunnyboy, interessiert sich vor allem für Autos und wie man sie gewinnbringend weiterverkaufen kann. Trotzdem verbindet die beiden eine lange Freundschaft – bis Pawluscha eines Sommers auf der Krim dem Freund die Freundin ausspannt...

»Viktorija Tokarjewas Erzählungen sind durchdrungen von trockenem Witz und warmem Humor, distanziert und engagiert zugleich.«
Süddeutsche Zeitung, München

Doris Dörrie im Diogenes Verlag

Liebe, Schmerz und das ganze verdammte Zeug

Geschichten

Vier großartige, liebevolle, traurige, grausame Geschichten: *Mitten ins Herz, Männer, Geld, Paradies.* Geschichten von befreiender Frische.

»...ohne stilistische Bedenken, theoretische Skrupel oder methodische Zweifel. Doch lesen wir sie mit einer Begeisterung wie ein belletristisches Debüt schon lange nicht mehr.« *Frankfurter Allgemeine Zeitung*

»Doris Dörrie ist eine beneidenswert phantasiebegabte Autorin, die mit ihrer unprätentiösen, aber sehr plastischen Erzählweise den Leser sofort in den Bann ihrer Geschichten schlägt, die alle so zauberhaft zwischen Alltag und Surrealismus oszillieren. Ironische Märchen der 80er Jahre – Kino im Kopf.«
Der Kurier, Wien

»Ihre Filme entstehen aus ihren Geschichten.«
Village Voice, New York

»Was wollen Sie von mir?«

und 15 andere Geschichten

Mit diesen knappen, manchmal melancholischen, manchmal sehr komischen, manchmal märchenhaften Geschichten gelingt Doris Dörrie ein kleines Panorama unserer ver-rückten Gesellschaft.

»Es ist vollkommen gleichgültig, ob Sie Doris Dörrie in der Badewanne, im Intercity-Großraumwagen, im Lehnstuhl oder in der Straßenbahn lesen, nur: Lesen Sie sie! Lassen Sie sich nicht irre machen von naserümpfenden Kritikern, diese sechzehn Short-Stories gehören durchweg in die Oberklasse dieser in

Deutschland stets stiefmütterlich behandelten Gattung.« *Deutschlandfunk, Köln*

»Vor allem freut man sich, daß Doris Dörrie den eitlen Selbstbespiegelungen der neuen deutschen Weinerlichkeit eine frische, starke und sensible Prosa entgegenstellt.« *Kölnische Rundschau*

Für immer und ewig

Eine Art Reigen

Ein überschaubarer Kreis von Personen, darunter auch das Model Antonia, im ewigen Karussell des Lebens: Man begegnet sich, verliert sich wieder aus den Augen, liebt und leidet.

»Die Dörrie ist in diesem Buch auf der Höhe ihrer Männer- und Frauencharakterstudien. Spotlight on für ihre Figuren, die sie für sich und über sich selbst sprechen läßt, ohne sie jemals zu bevormunden. Ein Buch zum Lachen und zum Weinen. Zum genießerischen Wehmütigsein und zum sinnigen Nachdenken.« *Die Welt, Bonn*

»Ein buntes Kaleidoskop von Geschichten aus dem prallen Leben.« *NDR, Hannover*

»In *Für immer und ewig* dreht sich, frei nach Arthur Schnitzler, alles um die Liebe, wie in einem Karussel begegnen sich die einzelnen Personen immer wieder in einem wilden Wirbel von Liebe, Leid, und Leidenschaft.« *Augsburger Allgemeine Zeitung*

Der Mann meiner Träume

Erzählung

Doris Dörrie erzählt die Geschichte von Antonia, die den Mann ihrer Träume tatsächlich trifft. Sie erzählt eine moderne Liebesgeschichte, eine heutige Geschichte, deren Thema so alt ist wie die Weltliteratur, eine Geschichte von der Liebe.

»Ein erzählerisches Naturtalent mit einem beneidenswerten Vermögen, unkompliziert und gekonnt zu erzählen. Der Leser beendet die Lektüre mit höchst bewußtem Bedauern darüber, daß er diese kurzweilige, unprätentiöse Erzählung schon hinter sich hat.«
Frankfurter Allgemeine Zeitung

»Doris Dörrie ist als Erzählerin Spezialistin in diffizilen Angelegenheiten der kleinen Rache und gezielten Ohrfeigen zum Zwecke der Unterstützung des eigenen Selbstwertgefühles. Sie ist eine sehr gute Kurzgeschichten-Schreiberin mit der erforderlichen Prise Selbstironie und mit stilistischer Eleganz.«
Die Zeit, Hamburg

Love in Germany

Deutsche Paare im Gespräch
mit Doris Dörrie

»Die Münchner Filmregisseurin Doris Dörrie hat die *Love in Germany* erkundet – in 13 anrührenden und saukomischen Interviews mit deutschen Paaren zwischen Mittelmaß und Beziehungswahn. Ganz normale Leute, aber alle sind mit ihren Ramponiertheiten und unverwüstlichen Liebesträumen Persönlichkeiten. Aufschlußreicher als jede Statistik.«
stern, Hamburg

»Mich hat das Komische im Tragischen immer schon am meisten interessiert.« *Doris Dörrie*

»Wer noch im glücklichen Besitz von Illusionen ist und sich diese zu erhalten wünscht, sollte einen großen Bogen um das schmale Büchlein machen. Wer hingegen immer schon den Verdacht hatte, daß alles nicht so einfach ist, der ist bei Doris Dörrie bestens aufgehoben.« *Ira Panic/Hamburger Morgenpost*